戦(いくさ)百景

長篠の戦い

矢野 隆

講談社

壱　奥平信昌　7

弐　武田勝頼　51

参　鳥居強右衛門　93

肆　内藤昌秀　143

伍　酒井忠次　177

陸　馬場信春　219

漆　織田信長　261

捌　山県昌景　303

終章　347

戦百景 長篠の戦い

壱　奥平信昌

父のつぶやきを虫の声が掻き消した。

奥平九八郎信昌は、眼下に広がる田畑から目を逸らし、隣に立つ横顔を見つめる。四十に手が届こうという父の鬢には、いつの間にか白い物が目立つようになっていた。いくぶん深くなった目尻の皺をなぞるように、一筋の汗が落ちてゆく。

奥平家の居城である亀山城の物見櫓に、信昌は父とともに立っていた。八月の終わり。秋の虫は我が世の春を謳歌している。甲高い鳴き声が、方々から信昌の耳に届く。奥平家の所領である東三河の作手は、四方を山に囲まれている。遠江との国境も近く、連なる山稜を北にむかえば、信濃へと続く。

「父上」

汗がにじむ父の目尻の皺を見つめ、信昌は虫の声に負けぬようわずかに語気を強めた。

「もそっと静かに。どこで誰が聞いておるかわからぬ」

圧のある父の声が、今度ははっきりと信昌の耳に届いた。

どこで誰が聞いているかわからない……。

だから父は、城郭の端に位置するこの櫓を選んだのである。その声は張り詰めているのだが、信昌が見遣る横顔は柔和そのものであった。

「そのような顔をしておっては、皆が不審に思おう。笑え九八郎」

四方が開けた櫓の上で、父は優しく語りかけつつ、みずから笑う。

「はい」

答えながら信昌も口許を和らげる。が、父のようにはいかない。頰の肉が強張ってしまって、どうしても笑みが堅くなってしまう。

「見てみよ九八郎」

言った父が、腰までしかない櫓の壁に手を突いて、遠くを指さす。つられるように信昌は、高々とかかげられた父の塩嘗め指の先を目で追った。

背の肉が盛り上がった黒牛が、荷車一杯に積まれた俵を引いている。どうやら轍の泥に荷車の車輪が取られているようで、三人の足軽が必死になって後ろから押していた。

「びくともせぬな」

口許を緩めながら父がつぶやく。信昌は顔を曇らせ、答えもしない。

「城から助けを出さんと、あれは動かんぞ」

なにを呑気なことを、と心につぶやきながら、仏頂面で城内に米を運び込もうと必死になる男たちを眺める。

「あのままでは埒が明かんぞ」

「父上」

我慢できずに声を荒らげる。すると父はにこやかな顔付きのまま、横目で息子を見た。いつもならば風流にも感じるはずの虫の声が騒がしく、呑気な父と相俟って、信昌の苛立ちを掻き立てる。

「あのような者たちに気を配っておるような暇はございませぬ。我が奥平家の生き死にがかかっておるのですぞ」

「だから九八郎よ」

父は、突き立てた塩嘗め指を己が口許に持ってゆく。

「静かに話せと申したであろう」

「しかし、父上が……」

「わかっておる」

言って父は、立ち往生する荷車にふたたび目をむけた。眼下に広がる田には、根元からわずかに残る稲が点々としている。八月の終わり。刈り取るには少し早いが、敵に奪われるわけにはいかない。百姓たちに刈り取らせ、城に運び込ませていた。

戦である。

「すでに徳川殿は長篠城を囲んでおりまする。武田の後詰もじきに三河に入るのでありましょう」

焦りの色を隠そうともしない信昌の声に、父は穏やかにうなずいた。

勝頼からの書状は、奥平家の当主である父、貞能宛に届いている。それによれば、三河の徳川家康による東三河侵攻の救援として、勝頼はみずからの従兄弟である武田信豊と、信玄公の代よりの重臣、馬場信春を遣わしたという。

家康が攻める長篠城は、奥平家の居城である亀山城の東に位置していた。代々、長篠の地を支配する長篠菅沼家は、古くから奥平家と好を通じる間柄である。奥平家、長篠菅沼家、そこに田峯菅沼家を合わせた三家は、山家三方衆と呼ばれている。山家三方衆は互いに縁組を繰り返し、三家の結束を強めることによって三河東部を支配する有力な御家人であった。

山家三方衆は、三家ともに武田家に従属している。もちろん今回の、家康の東三河侵攻に際しても、武田家の将として働かねばならない。

しかし……。

父の腹は別のところにある。

そして信昌も。

「家康殿の申し出。私はこれ以上ない厚遇であると存じまする」

武田家を裏切る。

それが親子の総意であった。

「いきり立つな九八郎」

父の目は今もまだ、荷車にむけられている。立ち往生に気付いた城から、数人の男たちが出て来て荷車を押している。

「おっ、動くぞ」

「父上」

「ほら見よ」

父が言うのと、車輪が泥を脱するのは同時だった。一度、泥を離れた車輪は、物凄い勢いで回り始める。ずんずんと荷車を引いてゆく黒牛の背後で、男たちが喜びの声を上げていた。

「儂等の決断が、彼奴等の道を決めるのだなぁ」

しみじみと父が言った。

なにをわかりきったことを、と信昌は思う。将とはそういうものではないか。奥平家は父と信昌だけではない。血縁だけでもない。この城に拠る者たち。城下の民。この地で生きる人々すべてが、奥平家とともにある。

武田家につくか。

徳川を選ぶか。

勝者に与すれば、奥平家はより一層栄えることになろう。だが敗れれば当然、拠るべき地を失う。最悪、一族郎党皆殺し。奥平家は潰えることにもなりかねない。

「故に我等は選ばねばならぬのです」

遠くに見える山々のなだらかな稜線を見つめる父が、深い溜息を吐く。

信昌は詰め寄る。

「迷うておられるのですか父上」

「いや」

「我等は後戻りはできぬのですぞ」

父に語りかけながら、己に言い聞かせてもいた。

「信玄公は死んだのです」

今川家との長年の同盟を反故にし、武田信玄が駿河に侵攻したのは五年前のことであった。瞬く間に駿河の大半を占領した信玄は、その勢いに乗じ三河東部にも手を伸ばした。桶狭間の戦での今川義元の敗死以降、徳川家に従属していた山家三方衆であったが、戦巧者である信玄率いる武田軍を前に、この時、三家ともに武田家の軍門に下ったのである。

しかし、信玄が死んだ。

それまで信長との同盟が足枷となって踏み止まっていた三河侵攻を、本格的に開始した信玄は、三方ヶ原にて家康を完膚なきまでに叩いた。討死寸前まで追い込まれた家康は、辛くも浜松城に逃げ帰ったのだが、信玄の優勢は揺るぎないものであった。このまま一気に徳川を討ち滅ぼすかに見えた武田軍であったが、急遽全軍転進、信濃へと退いたのである。

信玄の病を理由に。

しかし実際は、信玄は陣中で病没していたのである。

「信玄公は三年の間は己が死を秘せと遺言なされた。しかしすでに家康公は、信玄公の死を知っておられる。勝頼殿は隠しおおせることができなかったのです」

新たな武田家の惣領となった勝頼は、己が死を三年のうちは秘せという信玄の遺言を守ろうとした。だがその秘事は、ひと月もせぬうちに家康の耳に入ったのである。

今回の東三河侵攻は、信玄の死をきっかけにしたものであった。

「信玄公の死を知っておるのは、家康殿だけではありますまい。信長、小田原の北条、越後の上杉……。武田家は虎狼の輪に放り込まれた幼き犬でござりまする。重臣たちがどれだけ懸命に守ろうとも、信玄公亡き今、どこまで保てることか」

「勝頼殿では支えられぬと申すか」

「わかりませぬ」

信昌は素直に答え、続けた。

「勝頼殿をどうこう言えるほどに、身近に御仕えしたわけではありませぬ。ですが、信玄公という重石を失っては、誰が継いでも同じことかと。現に家康公は信玄公にあれほど手痛い敗北を喫しておきながら、その死を知った途端、凄まじい勢いで東三河を侵蝕しておるではござりませぬか」

家康は信玄の死を知るとすぐに、駿河へ出兵し、駿府城まで攻め寄せた。

「家康公の勢いは止められませぬ。それ故、父上も書を認めたのではござらぬか」

「うむ」

腰までの壁に尻をつけ、父が大きく伸びをした。あまりに反るので、頭から真っ逆さまに落ちはせぬかと心配になる。身を乗り出して手を差し伸べようかとした信昌をよそに、父はくるりと身をひるがえして、そのまま胡坐をかいた。

「たしかにのぉ……」

手甲を着けた手で顎をさすりながら、父がおおきな欠伸をひとつした。

「御主の申す通り、家康の勢いは凄まじい。まるで信玄公にやられた腹いせをしておるようにの」

「腹いせでもなんでもよろしかろう。とにかく腹を決めねばなりませぬ。同意の旨を認めた書を一刻も早う家康殿に届けねば、じきに馬場美濃の軍が作手にやってまいりまするぞ」

長篠の後詰は、奥平家が治める作手に陣を張ることになっていた。

「なにを悩んでおられるのです父上。家康殿の申し出に不服がおありか」

「いいや。御主の申す通り、これ以上無き厚遇であると思う」

もし家康が勝てば、今まで山家三方衆が治めていた地をすべて奥平家に与え、家康の息女を信昌の妻として娶らせる。それとは別に新たな知行地を三千貫文。家康だけではなく信長の保証付きで約束しようという内容であった。三河の一国衆に過ぎない奥平家に、家康の息女が輿入れするなど、考えられないことである。それだけでも奥平家に対する、家康の期待のほどがわかる。

「いささか、うますぎるとは思わぬか」

父が片方の眉を吊り上げ、息子を見上げる。

「たしかに長篠城は東三河を押さえるためには、どうしても手に入れておかねばならぬ城じゃ」

寒狭川と宇連川というふたつの川が交わる地に立つ長篠城は、川に面する切り立った崖の上に立ち、開けているのは北方だけという天然の要害の地に建つ城であった。守り易く攻めにくい。それ故、東三河の地を守る際は、この城に籠ることになる。長篠城の攻防が、東三河侵攻の要となるのは当然の成り行きといえた。

「長篠城を手に入れるためとはいえ、いささか話が出来過ぎておるような気がするのは儂だけかのぉ」

「いまさら……」

信昌は壁の縁を握りしめ、父を睨む。

「家康殿と好を通じんとなされたのは、父上にございましょう。私は、それに従うたまでにござる」

「最初に話を持って来たのは、家康の方じゃ」

「どちらが先かなどという話をしておるのではござりませぬ」

「おい、九八郎」

またも父が指を口許に持って行った。

「誰に聞かれても構いませぬ。この城には身内しかおりませぬ」

祖父の道紋(どうもん)、叔父の常勝(つねかつ)もともにこの城にいる。父、貞能に惣領の座を譲ってもなお、祖父の道紋は奥平家の最長老として重きを成していた。

「いっそのこと御爺様に聞いてもらった方が良い。この城ごと徳川に付くのであれば、御爺様や叔父上の了解も得ねばなりませぬ」

「だからよ……」

父がこれみよがしに溜息を吐いた。

「あの二人がそう簡単に首を縦に振ると思うか」

「奥平家の惣領は父上にござりましょう。父上が家康殿に与すると申されれば、御爺様や叔父上も首を縦に振るしかござりますまい」

「一筋縄に行くかのぉ」

「行かせねば……」

「武田家に従うと決めたのは父上じゃ。父上は信玄公のことをえらく気に入っておられたからな。未だにその死が受け入れられんようじゃ。儂が家康に付くと申せば、どれほどの誹り（そし）を受けようか」

信昌の言葉を断ち切ってまで、気弱な繰り言を口にする父に苛立ち（いらだ）が募る。

「家康殿に従おうと思うがと話を持ち掛けてきたのは父上ではありませぬか。今さら、そのように腰が落ち着かぬのでは、私はどうしたら良いのです。御爺様や叔父上が首を縦に振らねば、父上は家康殿とのことは反故になされるおつもりか」

「そんなに大きい声で喚く（わめ）と、人が来るぞ」

「構いませぬっ。もはや私は腹を決めておるのです。信玄は死んだのです。武田家の命運は尽きた。これからは織田と徳川の世にござりまする」

「御主はまだ若い故、気が短いのだ」

齢（よわい）十九。若いとはいえ、信昌は奥平家の嫡男（ちゃくなん）として家臣領民を背負う覚悟は出来ているつもりだ。腹を定めきれぬ父よりは、幾倍も増しだと信じて疑わない。

「儂は奥平家のことを第一に思うておるからこそ……」

「奥平家のことがどうしたのですかな、兄上」

突如、聞こえてきた新たな声に、父の肩が大きく跳ねた。

「叔父上」

信昌の声に、新たな声を発した小男はちいさくうなずき、父を冷淡な眼差しで見据える。奥平常勝。貞能の弟であった。猜疑（さいぎ）の色をたたえた目で親子をとらえながら、常勝はゆっくりと歩を進める。

「兄上たちが物見櫓でなにやら騒がしく言い争っておると聞いて来てみたが……」

弟から目を逸らし、父が信昌を横目でにらんだ。騒ぎ立てたのは信昌であると、父の目が責めている。

信昌は悪びれず、あえて叔父に対して胸を張ってみせた。

「いったい、このような所でなにを話しておったのですかな」

鼻息の荒い甥を無視するように、常勝が兄の前に立って問う。

「丁度良いところに来られた。叔父上もお聞き下され」

「信昌」

「良いではありませんか。いずれ叔父上にも話さねばならぬのですから」

父の律する言葉を撥（は）ねのけ、信昌は張った胸で迫るようにして、叔父との間合いを詰めた。東三河の小さな領国を守るために、奥平家の男たちはたえず大国の狭間で戦に身を投じてきた。叔父もその一人である。己よりも頭ひとつ大きい甥に迫られても、眉ひとつ動かさない。

「なんじゃ」

毛先がつんと上を向いて揃う髭の下にある口をへの字に曲げながら、常勝が甥を見上げる。落ち窪んだ眼窩の奥に光る瞳に、仄かな怒気が揺らめいていた。信昌は動じることなく、鼻の穴を大きく膨らませる。

「止せ信昌」

「兄上は黙っておいてもらおう」

甥を睨み上げたまま、常勝が兄に言い放つ。今なお胡坐のままの貞能は、おろおろと二人の顔に目をやっている。

信昌はこめかみの辺りに生温い物を感じた。ゆっくりと流れる汗が、頬を伝って首筋から襟口へと流れ込む。黙った三人に、虫の声が容赦なく降り注ぐ。叔父の汗の匂いがうっすらと漂ってくる。思いっきり鼻から息を吸い、叔父の気を呑みこむ。そして、腹の底から気迫と同時に声を吐いた。

「武田家との手切れを話し合うておりました」

「なに」

常勝の目が信昌から逸れ、座ったままの兄にむく。

「信昌が申しておることは」

「い、いや……」

「頃合いではございませぬか。これ以上、叔父上に隠しだてしておっても詮無きことにございましょう」

信昌の言を聞き流しつつ、常勝は兄を見据えたまま問う。

「誠にございまするか兄上」

「ま、誠じゃ」

観念したように答えた貞能は、責めるような弟の視線から逃れるように、うなずいて顔を横にむけた。

「父上は存じておるのか」

「まだじゃ」

目を逸らしたままの兄に、常勝は溜息を浴びせかけると、腰までの壁に手をやった。両手で縁をつかみ、城外に目をむける。

「信昌」

稲が刈り取られ、乾いた田の群れを眺めつつ、常勝が甥の名を呼んだ。叔父の紺地の陣羽織に白く染め抜かれた奥平団扇が、目に飛び込んでくる。団扇のなかに松の木が描かれたそれは、奥平家の紋であった。

「兄上は乗り気ではないように見えるが、手切れを言い出したのは御主か」

「それは……」

「儂じゃ」

答えに窮する息子を見かねた貞能が、みずから名乗り出た。城下を見つめる叔父の口から、ふたたび溜息が漏れる。

「何故」

「信玄公が死した今、武田家は仕舞いぞ」

「徳川とはどこまで」

「すでに内応の約定をいたしておる」

「父上に内密に」

「あぁ」

三度目の溜息が虫の声に溶けてゆく。

「家康はなんと」

問うた叔父の隣に並び、信昌が父に代わって答える。

「山家三方衆の領地一切を奥平家に与え、家康殿の御息女と私の縁組。それと新たな知行として三千貫をとのこと」

「ほう」

常勝の視線が頬に突き刺さった。信昌は平然と城下を眺める。

乾いてひび割れた田に赤蜻蛉が舞い踊る。陽が西に傾き朱く染まる陽の光に照らされ、羽虫どもの体が朱く輝いていた。戦の気配など、蜻蛉はどこ吹く風。民は、戦火を避け野山に逃げ去っている。人気の消えた田畑に、朱き群れが舞う姿はどこか寂しげであった。

秋の夕暮れの風は涼やかである。夜の訪れを喜ぶように、虫の声が先刻よりも勢いを増しているように思えた。

西の空に落ちてゆく陽光に照らされながら、信昌は隣に立つ叔父に語りかける。

「今度の戦は、田峯、長篠、両菅沼家との長年の遺恨を晴らす契機であろうと存じまする」

常勝は強い髭を揺らすことなく、甥の言葉に耳を傾けている。

「山家三方衆として両家と足並みを揃えておっては、奥平家はいつまで経っても東三河の国衆止まり」

「其方(そなた)は家康殿の息女を妻に貰い、徳川家の縁戚となり、山家三方衆の領国をすべて平らげるつもりであろうが……」

叔父が、背後に座る兄に目をむけた。

「其方たちが裏切れば、甲斐(かい)におる仙丸(せんまる)たちは無事ではあるまい」

貞能の体がびくりと震えた。

奥平家は従属の証として、武田家に人質を差し出している。貞能の息子である仙丸は、一族の子女二人とともに甲斐にいた。

「兄上は仙丸を犠牲にしてでも、徳川に付かれると申されるのか」

「せ、仙丸は……」

口籠(くちご)る父に代わって、信昌は叔父に詰め寄る。

「奥平家のためにござりまする。御家のためになったとなれば、仙丸もきっと喜んでくれましょう」

「腹違いとはいえ、弟である仙丸をそうも容易(たやす)う見捨てるとは、信昌は見事な武士よのぉ。奥平家の世継ぎとして申し分無い。良き子に恵まれましたのぉ兄上」

皮肉を聞き流せるほど、信昌は大人ではなかった。

「聞き捨てなりませぬな叔父上」

面前まで迫り、叔父を見下ろす。壁の縁に肘をかけたまま、常勝は悠然と甥を見上げる。

「なんじゃ」

「私が仙丸を容易く見捨てるとは、叔父上といえど聞き捨てなりませぬぞ」

「腹違いの幼き弟など、嫡男にとって目障り以外の何物でもなかろう。今度の寝返りに乗じて始末できるのじゃ。一石二鳥ではないか。いや……。山家三方衆の領地と家康の息女……。其方にとっては一石三鳥じゃな」

「叔父上といえど許せぬ」

肩を震わせ、腰に佩く太刀の柄を握る。

「わかった」

太刀を抜かんとした信昌を制するように、父が声を上げた。弟と息子の目が、座ったままの貞能へと注がれる。

「父上に話す。それで白黒を付けようではないか」

「兄上がそう申されるなら」

言って常勝が壁から離れ、太刀の間合いから逃れる。

「承知」

柄を握りしめたまま堅く目を閉じ、信昌は息を整える。空は闇に覆われ、虫の声が夜気を激しく震わせていた。

「もういっぺん抜かしてみぃっ！　この阿呆めがっ！」

怒鳴り声と同時に、父が床を滑りながら飛んで行き、壁にぶつかり止まった。先刻まで父がいた場所には、肩で激しく息をする白髪の老人が立っている。

奥平道紋。貞能と常勝の父であり、信昌の祖父にあたる男だ。

「起きろ」

道紋は、仁王立ちのまま吐き捨てた。白壁の下に横たわる貞能が、腹を押さえながら体を起こす。

「今、なんと言った。あ」

右の眉だけを思いきり吊り上げて祖父が問うのを、信昌は膝を滑らせ父に近寄りながら聞いた。

「ですから、奥平家は家康殿に臣従いたさんと……」

そこで父は言葉を切った。己の鼻先に迫る足の裏の所為である。

「なにをしておる信昌」

足の裏の主である道紋が、振り上げた己の足首をつかむ孫をにらむ。張りを失い緩んだ皮に覆われた足を両手で握りしめたまま、信昌は祖父に答える。

「こは父上と私の意にござりまする。父上だけを御責めになられるのは……」

そこまで言って口を塞がれた。いや、頬に凄まじい衝撃を受けて、言葉を放てなくなったのだ。

殴(なぐ)られた。

道紋は六十二になりながら、片足をつかまれ体勢がおぼつかない上で、若き信昌が口をつぐんでしまうほどの強烈な一撃を放てる。老いてもなお血気盛んな奥平家の隠居は、惣領と嫡男を前にして、なおも猛(たけ)る。

「放せ信昌」

「放しませぬ」

答えると同時に拳が降ってくる。鼻先を斜めに打たれ、両目の間のあたりに冷たい物を感じた。それはすぐに生温い流れとなって、鼻の穴から滴りはじめる。灯明の微かな光に照らされる黒ずんだ床板に、艶(つや)を持った滴(しずく)が点々と散らばってゆく。

道紋の足の裏から逃れるように、父が膝をするすると滑らせ下座に控えた。

「待てっ」

後ろを振り返ろうとした祖父の足から、信昌は手を放した。

「たっ！」

たわけがっ、と祖父は口走ろうとしたのであろう。だが道紋は、突然拘束を解かれた足首を御せずに、振り返る勢いに翻弄され頭から床に転がった。部屋の隅で成り行きをうかがっていた叔父の常勝が、道紋の元へと素早く動き、顔から床に激突するのはなんとか避けられた。道紋は息子に抱えられたまま、殺気みなぎる視線を孫にむける。

「いきなり放すな、馬鹿者めがっ！」

「申し訳ありませぬ」

鼻から血を垂らしながら、信昌は深々と頭を下げた。

「まったく、御主等親子はっ……」

「とにかく、父上が落ち着きなされませ」

道紋を抱きかかえながら、常勝が穏やかに言った。下座で震える父と、平伏したままの信昌をそのままに、道紋は息子の手を振り払って立ち上がると、上座に腰を落ち着けた。それを見届けると、常勝も部屋の隅にふたたび座り直す。

「信昌」

祖父の声が降って来る。信昌は答えずに、続きを待つ。

「貞能も」

「ははっ」

道紋に言われ、父がそそくさと蹴られる前の場所に座り直した。

信昌は頭を下げたまま動かない。鼻から落ちる血は先刻よりは収まって来ているが、息をする度に粘りのある滴が、床へと落ちる。

「信昌っ！」

「はい」

怒りを帯びた祖父の声に、信昌は毅然とした声で答える。

己は責められるようなことはなにひとつしていない。責められるべきは祖父のほうだ。父は理を説いただけである。それを不服に思った祖父が、怒りにまかせて父を蹴り飛ばし、なおも蹴ろうとしたのをかばった信昌を殴りつけたのである。しかも二度。

近頃、祖父は怒り易くなった。それが年の所為なのか。慕っていた信玄が死んだからなのか。若い信昌にはわからない。

「御主もこっちに来て座れ」

「は」

頭を下げたまま、足だけを動かして父の背後に控える。

「鼻は大丈夫か」

問うてきたのは叔父であった。

「大事ありませぬ」

顔を伏せたまま答える。

「面を上げよ」

己のしでかしたことを後ろめたいと思っているのか、祖父が声音を幾分和らげながら孫に告げる。信昌はゆっくりと躰を起こしてゆく。顔を上げる刹那、袖口で鼻を拭った。すでに血は収まっている。鼻の穴の周りを汚す血を拭い取って、祖父と正対した。

「大事ないか」

「ありませぬ」

「そうか」

ひとつ咳払いをした道紋は、白い髭の先を指先でつまみながら貞能をにらむ。

「先刻の話は聞かなかったことにする。今宵はこれまでじゃ。下がれ」

「しかし父上」

貞能は身を乗り出して、道紋に詰め寄ろうとする。

「武田信豊殿、土屋昌続殿の軍勢が作手に参る。作手より設楽へむかい、長篠を包囲する徳川勢の背後を突く。これに奥平家も呼応するようにと、すでに勝頼公からの命が下っておる。こは東より攻め来たる馬場信春殿の軍勢と呼応しての動きぞ。我等が西より、馬場殿が東より攻め寄せて、徳川の軍勢を挟み撃ちにする。それが勝頼公の策ぞ。御主はそれをぶち壊しにするつもりか」

「徳川に付くとなれば、致し方ありませぬ」

「御主は黙っておれ」

答えられずにいる父に代わって信昌が口を開くと、渋面の祖父がたしなめる。

「いずれ勝頼公も出陣なされる。それまで家康を長篠の地に足止めしておくようにと、直々に書をいただいておる。そは儂と御主に宛てられた書じゃぞ貞能。知らぬとは申させぬぞ」

「父上の前で読みました故、そのようなことを申すつもりはござりませぬ」

「ではなにか貞能。御主はあの書を読んでおきながら、その時にはすでに家康と書を交わしておったということか」

貞能がちいさくうなずく。

「この馬鹿息子めがっ」

「父上」

怒りに任せて腰を浮かせようとした道紋を、常勝の冷静な声が律する。

「また足蹴になさるおつもりか」

「そうでもせねば、儂の気が……」

「怒りに任せて手を出しておっては、話が進みませぬ」

小さい身体に覇気をみなぎらせた常勝にたしなめられ、道紋は仕方なく尻を床につけた。だが収まり切らぬようで、怒りに満ちた目でもう一人の息子をにらむ。かすかな明かりでさえ、祖父の白目が真っ赤に染まっているのがわかった。

信昌はかすかに震える父の背を見る。

「もはや我等は道を決めたのです。御爺様と叔父上にも承服していただき、奥平家一丸となって、家康殿に従わねばなりませぬ」

「なんじゃ信昌」

父への言葉を聞きとがめた祖父が、信昌に問う。顔を上げ、堂々と道紋を見据え、信昌は腹から気を吐いた。

「まずは、奥平家の手勢によってこの城に籠っておる武田の兵どもを追い払います」

武田家に与する三河の国人たちの城には、甲斐から城番の兵が差し向けられている。

「その後、我等は亀山城に籠り、長篠城を包囲する家康殿のため武田の後詰の行く手を阻みまする」

「正気か」

殺気がこもった声を投げてくる祖父に、信昌は堂々と答える。

こんなところで退く訳にはゆかぬのだ。すでに雪玉は転がりはじめている。無理に止めれば崩れて終り。二度と元には戻らない。

家康に賭ける。

もはや父からの申し出だからではなく、信昌自身の意地であった。

「徳川に与すれば、山家三方衆の領する地をすべて奥平家に与えることと、それとは別に新たに三千貫の知行を与えると、家康殿は申されておりまする。それと……」

孫にむけているとは思えぬほど残忍な気を瞳から放ち、道紋は上座で怒りに身を震わせている。しかし信昌は動じない。

「家康殿の御息女を我が妻として奥平家に輿入れさせると申されておりまする」

「輿入れじゃと……。徳川の惣領の娘をか……」

白い髭が揺れた。信昌は口を堅く閉じ、力強くうなずいて見せる。

「父上、もはや信玄公はこの世にはおりませぬ。家康殿もそれを承知で、長篠に兵を進められたのです。時の勢いは武田家から織田、徳川へと」

「黙れ」

信昌の覇気に乗じて言葉を重ねた貞能を、視線をむけもせずに道紋はひと言で圧した。上座にどっかと腰を落ち着ける奥平家の隠居を照らす左右の灯火が、老人の総身から放たれる怒気に触れて消えるかと思わんばかりに激しく揺らめく。

「兄上」

肉親四人のみが座す部屋に満ち満ちた剣呑な気配を破るように、常勝が平素と変わらぬ声を兄に投げる。

「兄上の本心は何処にあらせられまするか。聞いておれば、熱を持って徳川に与せんと説いておるのは信昌のみであるように思えるのだが」

そう思われても結構。信昌はすでに父の援護など見切っていた。ずいと膝を前に滑らせ、叔父を見る。

「どう思われても構いませぬが」

「御主には聞いておらぬ。少し黙っておれ」

冷淡な声が信昌を止める。が、鼻息を荒らげた奥平家の嫡男は止まるつもりはない。

「いいえ、黙りませぬ。今度の戦において、いずれに付くか。こはこれより後の奥平家を左右する重き決断にござりまする。父上が戸惑うておられるのも無理はありませぬ。が、父上はすでに家康殿と幾度も書を交わされ、徳川に与することを決しておられるのです。私も同心しておりまする。奥平家の惣領と嫡男が相揃って、徳川に付くと決めたのです。もはや、道はひとつしかござらん」

「良く喋(しゃべ)るのぉ信昌」

常勝が目を細めて、熱くなる甥を見た。

「それほど饒舌(じょうぜつ)になるは、なにか腹がある故ではないか。御主は儂や父上、もしかしたら兄上にすら申していない密約を、家康と交わしておるのではないか」

「無礼なっ」

床を叩き信昌は怒鳴る。

「私は一心に奥平家の行く末を思い、父とともに徳川に与せんと願ったまで。腹などございませぬっ！」

「徳川家の息女との縁組……。儂にはどうにもその辺りが気になるのだがな。奥三河の国衆に対してあまりにも過分な申し出ではないか。え、信昌」

「それだけ奥平家が頼りにされておるということにござりまする。今度の長篠城攻めが成るかどうかは、奥平家にかかっておると家康殿も申されておりまする。長篠城こそ東三河の要。ここを家康殿が押さえることができれば、間違いなく三河は徳川家の物となりましょう」

「もう良いっ！」

道紋が己が膝（ひざ）を叩く。

「御主も偉そうなことを申すようになったではないか。のぉ信昌」

声に不穏な気が満ちている。

「お聞き下され御爺様。もう信玄公はおられぬのです。御爺様が戦の神と讃（たた）えておられた御人はすでに冥途（めいど）にあらせられるのです」

武田家の三河侵攻の折に徳川を離反した奥平家であるが、その数年の間に道紋はすっかり信玄に魅了されていた。いや、もしかしたら祖父は、今川や徳川に頭（こうべ）を垂（た）れていた時ですら、甲斐の虎と呼ばれた信玄を密かに慕っていたのかもしれない。そうとでも考えなければ、これほど武田家に執着する理由がない。奥三河の国衆である奥平家は、その時々で主を代えて今まで生き残ってきたのである。他家への鞍替えなど、これまで幾度もやってきたことなのだ。今回ほど良い条件は、これまでなかったはず。信昌が言うようにこれは奥平家が上野国より三河に居を移して以来最大の好機なのである。

「武田家はいずれ織田、徳川両家によって」

「もう良い」

奥平家の隠居がゆらりと立ち上がった。

「待ってくだされ御爺様」

「とにかく儂は、徳川などには付かん」

それだけ言うと、道紋は親子に背をむけた。

「父上を武田の兵とともに城から出す訳にはゆかぬだろう」

常勝がそれだけ言い残し立ち去った。

「如何にする信昌」

父が問うてくるのを、伏せた顔で受け止める。

「とにかく、我等は進むしかござりませぬ」

そう答えるのが精一杯だった。

信昌たちが家康への内応を道紋に告げて数日のうちに、徳川軍は長篠城を包囲した。勝頼の指図によって三河に遣わされた武田信豊、土屋昌続の軍勢は、作手を抜けて黒瀬(くろせ)の地に陣を構え、長篠の徳川勢の後背を狙う態勢を整えた。

異変はその最中に起こった。

「よくぞご無事で」

亀山城の開かれた大手門の下で、信昌は馬上に声をかけた。よろめくように鞍(くら)から尻を滑らせたのは、貞能である。おぼつかない足で着地したせいでふらついた父の体を、信昌は両手で支え城中に引き入れた。門兵に目で合図をすると、左右の扉がきしみながら閉じられてゆく。

屋敷を目指そうと廓内(くるわ)を歩く親子に、剣呑な視線が容赦なく浴びせ掛けられる。櫓の上、塀の下、廓内の格子窓(こうしまど)。いたるところから気配の棘が信昌の体に突き刺さる。

武田の城番たちであった。

彼等のなかで立ち上った噂の煙が、黒瀬に陣を張る土屋昌続にまで至り、父はいまこうして疲れきっている。

貞能、信昌親子が徳川に通じているという噂が、武田軍のなかで広がっていた。

「もう大丈夫だ」

支える息子の腕を振り払い、貞能が次の廓に通じる門を潜(くぐ)った。門兵たちは奥平家の兵である。作手で生まれ育った者たちだ。すでに親子の噂は耳にしているだろうが、敵意を抱くようなことはない。疲弊した当主を案じるように、眉を八の字にした顔を伏せながら親子を見送る。

この廓を抜ければ、本丸屋敷だ。父の目は塀の上に見える、本丸屋敷の瓦(かわら)屋根をとらえている。

「信昌」

屋敷を見ながら歩を進めつつ、父がささやく。周囲に兵はいない。ただ、方々から視線は感じる。父は息子にしか聞こえない声で続けた。

「明日には城を出るぞ」

「土屋がなにか申してきおりましたか」

隣を行く息子だけが悟れるほど小さく顎を上下させ、貞能は言葉を継ぐ。

「儂が徳川に走るのは間違いないと決めつけて、色々と聞いてきおったわ。敵は、すでに確かな証拠を得ておるのやもしれん」

父は武田家重臣、土屋昌続を〝敵〟と称した。どうやら父の腹も、今度の召集で定まったらしい。

「よくぞ戻ってこられましたな」

「日頃の儂の物腰が功を奏したわ。あっちにふらふら、こっちにふらふら。なにを問われても曖昧な答えに終始しておったら、敵も諦めて帰しおった。が……」

口許に微笑を湛えていた父の顔が引き締まる。

「疑いは晴れてはおらぬ。土屋たちは儂等を危ぶんでおる。城番どもが険しき目をむけてくるくらいならば良いが、あまり悠長に構えておると……」

「我等の身が危ういと」

またも父は子にのみわかる程度にうなずいた。

「この城を抜ける」

「しかし、それでは御爺様たちは」

当初の予定では、祖父と叔父もともに徳川に付くことで、亀山城自体を徳川勢に組み込むはずだった。父は城を抜けると言った。それは祖父と叔父の説得を諦めることと同義である。

「置いてゆくしかあるまい。とにかく事は急を要する。今宵のうちに家康殿に文を送る。明日には我等を迎える兵が遣わされるはずじゃ」

親子二人だけで城を出る際のことも、家康との間で取り決めてある。

「我等に従う兵に伝えよ」

「父上」

詰めの廓に通じる門が番兵により開かれた。二人は無言のまま通り抜け、門扉が閉じられるのを待ってふたたび言葉を交わす。

「どうした」

「叔父上だけでも御連れできませぬか」

常勝は腹の底から反対しているようには、信昌には思えなかった。武田家に執着する道紋を想うが故、兄に従うことを拒んでいるようだった。

「そうなれば父上のみを残してゆくことになろう」

「致し方ありませぬ」

信玄に殉じたいのなら、それは祖父なりの武士としての筋の通し方なのだろう。好きにすればよい。だが、みずからの筋を通すために誰かを道連れにするのは、信昌には納得がゆかない。

「叔父上のこと。とにかく私に任せていただけませぬか」

父は無言のまま、小さくうなずいた。

「どうか、どうか頼みまする叔父上っ！」

甲冑（かっちゅう）を鳴らし、信昌は叔父に詰め寄る。

叔父の部屋に二人きり。灯火もない。格子戸から注ぐささやかな月明かりに浮かぶ叔父の姿を正面にとらえ、信昌は平伏する。

「頭を上げろ信昌」

「いいえ、上げませぬ。叔父上が承服してくださるまで、私は動きませぬ」

「兄上はもう出て行ったのじゃ。早う追い掛けねば、御主の身が危ういぞ」

常勝の言う通りであった。すでに父は、妻子やみずからに従う兵たちとともに城を脱している。信昌たちに同心する奥平家の兵たちの手によって密かに城を離れたため、城番の武田の兵たちは父が城を出たことに、まだ気付いていない。百を超す奥平の兵が城を出たのだ。じきに気付かれる。気付かれれば当然、追手が差し向けられるだろう。

「叔父上がともに行くと申してくれねば、私は城を出ませぬ」

「なにをたわけたことを……」

「お願いです叔父上っ！　私とともに参りましょうぞ」

「父上を一人残して行く訳にはゆかぬ」

「御爺様は武田家とともにあることを望まれたのです。それはもはや、奥平家の行く末とは別儀にござる。御爺様御一人の心裡のことにて、叔父上が道を共にいたすことではござりませぬ。どうかっ」

額を床に叩きつける。

「私と父上に力を御貸しくださりませ」

床を睨みながら信昌は答えを待つ。耐えがたい沈黙がその身を包む。聞こえて来るのは、外で鳴く虫の声だけ。こうしている間にも、父は城を離れている。屈強な兵だけ連れているわけではない。女子供も一緒なのだ。追手が馬で追えば、すぐに追いつかれてしまう。一刻も早く合流せねば。信昌は焦る。

窓外が騒がしい。

武田の兵に気付かれたようだ。

「叔父上っ、頼みまする。私とともに家康殿の元へ参りましょう」

「わかった」

叔父の言葉に信昌は顔を上げた。穏やかに微笑む常勝が、しゃがんだまま甥に寄る。

「叔父上。そうと決まれば、悠長に構えてはおれませぬ」

「待て」

言った叔父の手が、肩に伸びる。

「儂は行かぬ」

「しかし今、わかったと申されたではありませぬか」

「其方たちが徳川に与することを許すという意味ぞ」

「なにを申されておるのです。さぁ共に」

「何度も言わせるな。儂は行かぬ」

肩に触れる叔父の手を上からつかんで、無理矢理立たせようとする信昌であったが、叔父の膂力（りょりょく）によって、みずからが立ち上がることすらできない。

「御主の前では父上も壮健なふりをしておるが、近頃めっきり萎（しお）れてしもうての。寄る年波には勝てぬと、良（よ）う漏らしておるのよ」

道紋のことを語る叔父の目は、幼子に困らされている父親のように穏やかであった。

「御主たちと共に儂まで城を出たと知れば、さぞ気落ちしよう。父上には儂がおらねばならんのじゃ」

「しかし」

「兄上も同じぞ」

信昌の言を断ち切って、叔父が続ける。

「兄上は肝心な時に腰が定まらぬ。今度のことも御主ばかりが父上を説き伏せ、兄上は子の後ろに隠れておる始末。徳川に付こうという気になり、みずから家康に文を送るなどという大きな舵取りは、さすが奥平家の当主よと思うのだがな。最後の踏ん張りがなかなか利かん」

城外の騒ぎが激しくなっていた。もはや戦場へとむかう前の喧噪のようである。父を追う手勢が、すぐにでも城を出ようというのであろう。

「叔父上、時が……」

焦る信昌の肩に手を添えたまま、常勝は悠然と語り続ける。

「兄上には御主がおらねばならん。御主は立派な奥平家の嫡男ぞ。御主がおれば、奥平家の行く末も安泰じゃ」

「叔父上、叔父上……」

手甲に包まれた叔父の手を揺する。

「参りましょう、共に」

「行け。密かに城を抜け、追手よりも先に兄上の元へと辿り着くのじゃ」

「しかし」

「これ以上、説いても無駄だということはわかっておろう。無駄だと悟れば早々に見切りをつけるのも、当主には必要なことぞ」

当主……。

「父上には儂、兄上には其方。儂等は武田、其方等は徳川。奥平家が生き残るためには、これが一番良き策であるとは思わぬか信昌」

叔父の手をいっそう強く握り、堅く目を閉じた。鼻から思いきり息を吸い、信昌はかっと目を開き、叔父にうなずく。

「わかりました。叔父上もどうか御達者で」

「またいつの日か、笑って会おうではないか」

「はい」

信昌は叔父に別れを告げ、祖父に従う奥平家の兵に誘われ密かに城を出た。夜の闇を赤々と照らす追手の灯明を遠くに見ながら、父と落ち合うことになっている石堂ヶ根坂を目指した。

「父上っ」

馬上から叫んだ信昌の声を聞いた貞能が、馬を走らせ駆け寄って来る。一行は坂の上に固まって、信昌を待っていた。

「追手が迫って来ておりまする」

「わ、わかっておる。ほらもうそこに」

己の肩越しにはるか前方を示す貞能の指先に、信昌は目をやった。追手の列が数里先に見えている。

「女と子供等に護衛の兵を付け先行させましょう。我等は兵とともに追手を迎え撃ちまする」

「このまま逃げても」

「間に合いませぬっ！」

きっぱりと言い切り、月光の下、父を見据える。

「叔父上が、御爺様は任せてくれと申しておられました」

「常勝が」

「我等には我等の戦がござりまする」

息子の言葉に父が力強くうなずき、馬首を返した。

「女子供に護衛を付け先に行かせよっ！　我等は追手を迎え撃つっ！」

貞能の命は速やかに実行され、石堂ヶ根坂には奥平家の命運を切り開かんとする男たちだけが残った。

逃がすまいと追ってくる武田の兵が、信昌の眼前に迫っている。

槍をつかむ手に力を込め、股で馬の腹を絞めた。

「来いっ！　奥平信昌の槍を馳走(ちそう)してやるわっ！」

雄叫(おたけ)びをあげる敵の群れにむかい、信昌は馬を走らせた。

弐　武田勝頼

最後の石段を登り、武田四郎勝頼は腰に手を当て深く息を吸った。左右に立つ陣笠をかぶった足軽たちが、そんな主の姿を伏目がちに見守っている。胴丸のみの粗末な兵装で、手には棒をつかみ、二人は門を守っていた。

急襲されたらひとたまりも無いではないか……。

心につぶやきながらも言葉にしない。そんなことを末端の男たちに語ってみても、益のないことであるし、そもそも息が持たない。すぐにでも腰を下ろして、冷たい水を口にしたかった。

武田家の惣領が代々居に定めている躑躅ヶ崎館の裏手にある要害山を登りきったところである。山頂には躑躅ヶ崎館の詰の城が建っていた。この地に敵が攻め寄せてきた際は、惣領である勝頼はこの城に籠ることになっている。

が……。

この地に館を構えた祖父、信虎の頃より武田家の当主がこの城に籠ったことは一度としてない。

国衆の力が強い甲斐の地は、守護である武田家をもってしても容易に治まるものではなかった。これを剛腕をもって力ずくでひれ伏させたのが、勝頼の祖父、信虎であった。信虎によって統一された甲斐の国人たちを束ね、信濃を平らげ、駿河遠江にまで武田の支配を広げたのが、甲斐の虎と呼ばれた父、信玄晴信である。武田家は、祖父、父二代によって戦国の雄と呼ばれるまでに成長した。勝頼はその惣領である。

門兵によって開かれた大手門を潜り、要害山城の中へと進む。

一人である。

惣領なのだ。館の裏手とはいえ、供連れを一人も従わせずに歩くことなど考えられない。供を連れずにうろつくなど、牢人風情のやることである。

それでも勝頼は、時折こうして一人で館の外に出る。時には馬を駆り、信濃との国境あたりまで行くこともあった。

今日の一人歩きは近場も近場。庭をぶらついている程度のことであった。

守兵たちは当然、勝頼の顔を知っている。幾度か一人で城に来てもいた。城内を歩く主を見ると、誰もが膝を突き頭を下げる。身じろぎせずに、勝頼が去るのを待つ男たちをそのままにして、城に入らず裏手に回った。

切り立った要害山の山肌に添うようにして、塀が建てられている。その白き囲いのなかに築かれた庭へと出る。庭の中央には一本の松の木が枝を茂らせていた。大の男が両腕を広げて四人ほど連なってやっと囲めるほどの大樹の根元に、山肌の一部であろう巨大な岩が鎮座している。岩の頂に登ると、塀よりも上に体が出る。そこに座って眺める甲府の街並が、勝頼は好きだった。

三月の風は、暖かくなってきた陽光にくらべると、まだまだ冷たい。その冷たさが、火照った体には気持ち良かった。

急峻な崖を切り開くようにして作られた石段を休みもせずに一気に登ってきた。四半刻あまりの道程とはいえ、さすがに疲れる。齢三十の勝頼で、息が上がるのだ。その石段を、四十を越えた父が息も乱さず歩いていたのを思うと、やはり信玄晴信という男は鍛え方ひとつ取って見ても、己などとは比べものにならぬ見事な武人であったのだと思う。

御主が武田家の惣領じゃ……。

この場所で父は、勝頼にそう言った。兄に腹を斬らせたのは、その二日後のことだ。

本来ならば武田家の惣領になるはずだった兄は、父に謀反を企て、腹を斬って果てた。兄の妻が今川義元の娘であったことが原因である。駿河を欲した父が、今川との同盟を反故にしようとしたことにより、父と兄の間に溝ができた。駿河攻めの用意が進むにつれ溝は深くなり、ついには兄の謀反という形で爆発した。謀反は未遂に終わった。兄は腹を斬らされ、謀反に加担した家臣たちも処断され、父は駿河を攻め、見事に手に入れた。甲斐を本拠とし、領国に海を持たぬ武田家が初めて海を得たのだ。

兄が死ぬ二日前に、この岩の上で交わされた父と子の会話を知る者は、勝頼一人となった。あの時の父の顔は、今でも瞼の奥にはっきりと残っている。

目を閉じ天を見上げた。そして、亡き父を想う。涼やかな風が、体を撫でる。父が隣にいるようだった。

勝頼にとって父は、必ずしも暖かなものではなかった。褒められたこともなければ、笑った顔を見たこともない。瞼の裏に残る父の顔も、やはり険しいものだった。

義信を殺すことにした……。

眼下に見える甲府の街並をにらみながら、父は言った。勝頼とは決して目を合わせはしない。それはいつものことだった。

義信がいないのならば致し方あるまい……。

それが、御主が武田家の惣領じゃ、という言葉の前置きであった。

武田家の惣領を勝頼が継ぐことは、父にとっては致し方ないことだったのである。諏訪四郎勝頼というのが、本来の勝頼の名であった。そもそも勝頼は、武田家の人間ではないのだ。

信玄が滅ぼした信濃の名族、諏訪氏の血を継ぐ者こそ、四郎勝頼なのである。諏訪大社の大祝職を世襲し、下諏訪に勢力を張った諏訪家を攻め滅ぼした信玄は、諏訪家の惣領、諏訪頼重の娘を、みずからの側室にした。その間に出来たのが、勝頼である。武田家による下諏訪支配の要として、勝頼は諏訪家を継ぐはずであった。生まれた時から、そう定められていたのである。故に、信玄の四男でありながら、諏訪四郎勝頼という名を与えられたのだ。

それが証拠に、武田家の通字である〝信〟を与えられていない。諏訪家の通字〝頼〟が与えられた。

信玄にとって勝頼は武田家に連なる子ではないのだ。父の心の奥底には、我が子というより側室である諏訪御寮人の子という想いが強かったのではないか。その心根が、幼い頃から勝頼にむけられていた父の冷淡な眼差しに表れていたのだと思う。

嫡男である義信を失い、他の二人の兄は、一人は早世し、一人は幼き頃の病で目を患い惣領という大役を務めることは難しい。

残ったのが勝頼なのだ。

父にとって不本意極まる結果であったのである。

目を閉じ天を仰いだまま、勝頼は拳を強く握りしめた。山肌を駈け登ってきた冷たい風が、岩から落とさんとするように体を押す。まるで武田家の頂より勝頼を追い落とそうとしているかのごとき強風に、胡坐のまま腹に気を込め、じっと耐える。

良いな勝頼……。

御主が惣領だと言った後、父は淡々と言った。勝頼には否応を述べることすら認められない。父が勝頼を惣領と決めた。それが全てなのだ。

「なれば何故……」

堅く食い縛った歯の隙間から言葉が漏れた。怨嗟に満ちた声には、父に対する想いが込められている。

父は勝頼こそ武田家の惣領だと、この城で言ったのだ。たしかに言った。勝頼は断ることすらできなかったのだ。

なのに……。

家康との戦の最中、父は病を得てそのまま陣中に没した。勝頼もともに戦っていたから、とうぜん今際(いまわ)の際(きわ)の枕元にも付き添っていた。父の弟たちや重臣が周りを囲み、最期(さいご)の言葉に耳を傾ける。

その最中、父は信じられぬ言葉を吐いた。

武王丸(ぶおうまる)が元服した暁には勝頼はすみやかに家督を譲れ……。

武王丸は勝頼の子である。信玄の言葉はまだ続く。

勝頼が武田家代々の旗と孫子の旗を使うことは罷(まか)りならん……。

武田家の惣領としての旗印を、勝頼が陣中で使うことを父は禁じたのである。

この二点を聞いた者は、誰もが思ったであろう。

勝頼は真の惣領ならず。武王丸が元服し、惣領となるまでの中継ぎでしかない。

骨と皮だけになった父の口から発せられたこの言葉をじっさいに耳にした時、勝頼自身がそう思ったのだ。叔父や重臣たちも同様の思いを抱いたのは間違いない。

あの時のことを思い出すと、今でも腸(はらわた)が煮えくり返る。

勝手に諏訪家の惣領としての道筋を付けておいて、勝手に兄を殺しておいて、勝手に勝頼を武田家の惣領にすると決めておいて、その言い草はなんだ。

好き好んで武田家の惣領を継ぐ訳ではない。信玄という男は、勝頼にとって父でありながら祖父の仇でもある男なのだ。幼き頃から温もりを与えてくれていれば、まだ信じられもしようが、他人の子のごとき扱いを受け、都合の良い道具として使われては、父としての情など微塵も無い。

父が死んで二年。今なお勝頼は、父の遺言に苦しまされている。

勝頼は真の武田家の惣領ならずという想いは、家臣たちの心に根強く残っていた。重臣であればあるほど、その想いは強い。日頃、勝頼を軽んじるようなことはいっさい無いのだが、目の奥にいつも嘲りが滲んでいる。

傍流の癖になにを偉そうに……。

己を見る重臣たちの目に宿る厭らしい光が、腹立たしくてたまらない。目の前に居並ぶ重臣たちを残らず斬り捨ててしまえれば、どれだけ楽なことかと思ったことも、一度や二度ではなかった。

武田家も諏訪家も、甲斐も信濃も投げ捨てて、消えてしまいたい。

そういう時、勝頼は決まってこの岩に座る。冷たい岩肌に座し、瞑目し、武田家の惣領にあることを定められた日のことを思い出す。そして、父によって決められた憎々しき己が命運を呪うのだ。

「やはりここにおられましたか」

聞き慣れた声が尻よりも下から聞こえた。ゆるやかに瞼を開き、声のした方に頭を傾ける。

「はぁ……。ここにおられて良うござりました。無駄骨じゃと諦めるには、あの石段はいささか長うござりまするでな。ふぉほほほ」

尖った顎先から伸びる白い髭をつかみながら、岩の上を見上げる翁が言った。六十をひとつふたつ越しているはずである。

翁の名は長坂釣閑斎という。祖父、信虎の代から仕える武田家の重臣で、父が信濃を攻略して後、その支配のために信濃に遣わされた。そのため諏訪家とも馴染みが深く、幼き頃から勝頼に仕えている。

「来るか」

勝頼は己が座る岩の頂を指さす。

「いやいや」

釣閑斎が細い皺首を左右に振る。

「半刻あまりでここまで辿り着いただけでも己を褒めてやりとうござるのに、その岩に登るなど考えただけで気が遠くなりまする」

口ではそう言っているが、やろうと思えばやれぬことはない男であることを勝頼は知っている。齢六十を越えるとはいえ、日頃の鍛練は欠かしていない。武田家の武士は、いついかなる時も戦場に立つことができる腹積もりであらねばならぬというのが、この男の口癖である。勝頼は幼い頃からうんざりするほど聞かされてきた。この男の性根が、飄然とした物言いをさせているのだ。その所為で、武骨な者などには釣閑斎は摑み所が無いなどと言われているのを勝頼は知っている。

「殿の若さが羨ましい。ふぉほほほ」

いつ頃からか、釣閑斎は良く笑うようになった。か細い声と柔和に崩れた顔で、良く笑う。

が……。

良く見ると、弓形に歪んだ目の奥が笑っていない。破顔した目の奥に揺蕩う闇は、勝頼のように長い付き合いの者にしかわからないだろう。

立ち上がりながら、足下に声を投げる。

「いくつになった釣閑斎」

「六十二にござりまするよ。もはや、いつ死んでもおかしゅうはござりませぬ。あまり爺ぃをこき使わぬよう御願いいたしまする。ふぉほほほ」

「御主が好きで登ってきたのであろうっ！」

声高に告げながら、岩を跳ぶ。

宙を舞う勝頼を見上げ、翁があんぐりと口を開く。呆けた顔の釣閑斎の眼前に両の足で着地する。わざとらしい素振りで老臣が胸に手を当てた。

「あ、あまり乱暴なことをなされまするな」

「どうした、息が止まったか」

「止まりかけ申した。ふぉほほ」

胸をさすりながら釣閑斎が飄々と笑う。

「しぶとい爺様よの」

老いて小さくなった肩を叩きながら、勝頼も大声で笑う。幼少のみぎりより諏訪の地で育ったため、甲府の地で勝頼が心底から笑い合える者は少ない。甲斐そして甲府はどこまで行っても他所なのである。武田家にとって勝頼が余所者であるように、勝頼にとっても甲府を故地とは思えなかった。

この四方を山に囲まれた地を、どうしても好きになれない。逃げ場の無い岩の壺の底に落とされたようで、息が詰まる。

諏訪は良い。どこまでも蒼い湖がある。たしかに諏訪も山に囲まれてはいる。だが、湖が心を開いてくれるような気がするのだ。広い空の蒼さを映しこんだ水面が陽光を受けて輝き、黒々とした山稜を清浄な光で洗い流してくれる。冬になれば一面真っ白な氷に覆われ、諏訪大社の神が渡る道を作る。

諏訪は良い。諏訪にいると、勝頼は陰鬱な気に囚われることはない。

「そろそろ、館に御戻りになられませぬと、重臣の方々も御見えになっておられまする」

「山県は」

「もちろん、今日も一番乗りでございましょう」

山県昌景。元は飯富昌景といったが、信玄の命により甲斐の名家、山県家を継いだ。兄の飯富虎昌は、義信の謀反に同心した責めを負い処断されている。

「あの男も変わらぬの」

「武田家一の騎馬武者でありまする故、迅速こそ武士の本分と思うておられる」

「鼻息が荒いことよ」

昌景が率いる武田の赤備は、騎馬武者による突撃を得意としている。武田家に刃向う敵は、人馬赤一色で統一された昌景の軍勢を目の辺りにするだけで震えあがった。

勝頼も戦場にて、昌景たちが馬で敵に躍り込む様を何度も目にしている。徒歩兵同士で押し合い、ひび割れた敵の列へと昌景が率いる騎馬武者たちが突っ込んでゆく。すると、たちまち敵は乱れ、崩れる。感嘆に価する戦いぶりであった。

武田随一の武辺者といえば、勝頼は間違いなく昌景を推す。

だが……。

しょせんは父の子飼いの将。年も勝頼より二十ほど年嵩（としかさ）であるから、多少の遠慮が互いにある。

「さて」

両腕を天高く掲げて全身を大きく伸ばしてから、隣で微笑む釣閑斎を見る。

「今日もまた、年寄りどもは俺の言うことに首を横に振るであろうの」

「某（それがし）も年寄りにござりまするが」

「そなたと跡部（あとべ）は別儀よ」

跡部勝資（かつすけ）は、もともと信濃の跡部郷（ごう）に出自を持つ信玄の頃よりの家臣であった。信濃との縁も濃いため、勝頼が幼い頃から主と家臣のような付き合いをしている。釣閑斎と勝資は、勝頼のなかでも他の信玄の代からの重臣とは一線を画していた。

「ほほほほ」

知っていると言わんばかりに釣閑斎が悪戯（いたずら）な笑い声を吐いてから、鼻から息を吸う。

「一筋縄では行きますまい」

西から東へと流れてゆく群雲を見つめる勝頼に、老臣が溜息とともに言葉を投げた。

「面倒なことよ」

「御先代の遺言がありまする故」

己が死して三年の間は、国境を越えての戦をしてはならん。三年のうちは国の力を蓄えるのだ。そう父は言い残して死んだ。

父が死して二年。すでに勝頼は幾度もその約束を破っている。

「そんな物、守っておられる訳がなかろう」

父が死してすぐに、三河の徳川家康が国境を犯して兵を進めてきた。駿河の地を散々に蹂躙した後、そのふた月後には、武田家が領する奥三河の長篠城を取り囲んだ。

従う国衆が攻められた時、大名は必ず後詰の兵を出さなければならない。それは、国衆が大名に臣従するための絶対に揺るがせない約定である。

だから。

勝頼は兵を挙げた。父が死んで、三月であった。領内での戦である。国境は越えてはいない。だが、重臣たちはそうは見なかった。国境を越えての戦を禁じながら、父は国の力を蓄えろとも言った。

つまり、戦は控えろと言ったも同然なのである。

しかし勝頼は死後三月で兵を挙げた。それが重臣たちには、遺言を軽んずる行いに見えたのだ。

もちろん重臣たちも、長篠城に後詰を送ることに対しては異存はなかった。勝頼は武田家の惣領として、当然のことをしたまでなのである。

お互い、頭ではわかっているのだ。しかし心が両者の間に壁を作る。

このままずるずると信玄公の遺言は無視されてゆくのではないかという不安が、重臣たちの心に闇を生む。勝頼に対する鬱屈が、返答や態度の端々に表れる。

重臣たちの不安がなにに起因しているのか、勝頼には良くわかっていた。が、時に不遜とも思えるような昌景たち信玄子飼いの将たちの態度に触れ、どうしても苛立ちを隠せない。厳しい物言いや、態度を取ってしまう。そしてますます両者の心は離れてゆく。

けっきょく長篠城は奪われた。

作手亀山城の主であった奥平貞能とその息子、信昌の裏切りによって後詰の兵たちが混乱を来し、家康を挟み撃ちにするはずだった勝頼の策は乱れてしまった。足並みのそろわぬ後詰の遅れによって、長篠城は開城。出陣するはずであった勝頼は、けっきょく甲府を動かぬまま長篠城攻防戦の敗北を知った。

「奴等は今も、俺を武田家の惣領だとは思うておらぬのじゃ。故に、俺がやることなすこと首を横に振る」

父が死んだことが、どれほど大きいことだったのか。勝頼は長篠城の攻防戦によって痛感させられた。

貞能、信昌親子が裏切ったのは、父の死の所為なのだ。それだけではない。家康が駿河を攻めた時も、各地の将が次々と戦いもせずに城を開いて徳川に屈服したのである。

勝頼では駄目だ。

信玄という大いなる存在に屈服した国衆たちは、次代の惣領を信じなかった。その結果、長篠城は奪われたのである。

二年の歳月が流れた今も、長篠城は敵の手にあった。

「左様なことはござらぬと思いますがなぁ」

腰に両手を当て、翁が鼻から吐き出す。白い口髭が揺れたのを、腰から離れた皺んだ指がつまむ。

「殿はすでに御先代を越えておられまする」

「ふんっ」

つい鼻で笑ってしまった。生前の父は、家臣たちをしっかりと束ねていたではないか。父が右だと言えば、誰一人刃向いもせず黙って頭を垂れた。

己はどうだと勝頼は心に問う。

重臣どもは黙って頭を垂れはしない。ああだこうだと文句ばかり言う。勝頼が右だと言えば左、左だと言えば右と答える。侃々諤々、延々と時を費やし、やっとのことで納得させても、下げた頭を覗くことはできない。奴等の伏せた顔に宿っているのは、蔑みか怨嗟か。いずれにしろ勝頼を慕っていないのは間違いない。

「武田家の領国は、今が最も広うござりまするぞ」

それは確かだ。

長篠城を奪われた勝頼は、かつて父の同盟相手であった織田信長を攻めた。国境を越えての戦である。信長の領国である美濃の東部、明知城を陥落させた。立て続けに遠江にも侵攻。父の代よりその領有を家康と争い続けた高天神城を開城させた。その後も遠江に出陣し、家康の居城である浜松城まで押し寄せた。

遺言をないがしろにするかの如き出征の数々の結果、武田家の所領は今や甲斐信濃に留まらず、駿河一国、遠江北部に奥三河、東美濃の一部と上野の西半分というかつての父の領国よりも拡大している。武田家の最大版図を、この二年の間に築いたのだ。常に首を振り続ける重臣たちを使って。

「それがなんじゃ」

「なんという言い様にござりましょうや」

吐き捨てた勝頼に答えた釣閑斎が、目を丸くして主を見上げた。この老人の前では、勝頼は若き頃の自分に戻れる。童（わらべ）のような純心な想いを口にすることができるのだ。

唇を尖らせ、蒼天（そうてん）をにらむ。

「俺は武田家の惣領ぞ。父上の頃より武田家の領国を広うしたのじゃ。なのになんじゃ、彼奴等は。なにかというと小言ばかり。御館様はこうであった。信玄公はあぁであったと、ごちゃごちゃごちゃごちゃ……。五月蠅（うるさ）いわっ」

「ほほほほ」

目を細めて釣閑斎が笑う。勝頼は口を尖らせたまま、老臣をにらむ。

「なんじゃ、御主まで俺を虚仮（こけ）にいたしおるか」

「誰も殿を虚仮になどしておりませぬよ」

「しておろうが。山県も馬場も高坂も。奴等だけではない。叔父上たちもそうじゃ」

未だ壮健な父の弟たちは、重臣たちに負けず劣らず鼻息が荒い。

「皆、年寄りでござりまする。御若い殿が心配なのです。故についつい出過ぎたことを申すまでのこと」

「なんじゃ、御主は奴等の味方か」

「某は武田家の味方にござりまする」

「うまいことを申して言い逃れをするな」

「言い逃れではござりませぬ。某にとって、御先代も殿も己が命よりも尊き主君にござります。どちらが大事などということは決してござりませぬ。そは他の重臣たちも同じでありましょう。叔父上たちも、御同様かと存じまするぞ」

それが証拠に、と続けて、年老いた腹心は勝頼の足元に跪いた。

「我等一同、誰一人として殿の元を去った者はおりませぬ」

顔を伏せ、釣閑斎がそれまでよりも重々しい声で続ける。

「奥平貞能のごとき国衆どもはいざ知らず、我等武田家重代の臣は勝頼様を主と仰ぎ従うております。本心より殿と反目いたす所存なれば、この二年の間に謀反を起こしておりましょう。御一族、重臣相揃って殿を惣領と認めておらぬのであらば、すでに勝頼様はこの地におられはいたしますまい。いや、もはや命すらも……」

そこまで言って釣閑斎は口籠った。老臣を見下ろし、勝頼は言葉を継ぐ。

「俺しかおらぬ。故に生かされておるだけのこと」

「武王丸様がおりましょう。御先代は、武王丸様が元服の折には武田家の惣領を武王丸様にと御遺言なされておるのです。武田家の惣領は武王丸様であったと御一族、重臣揃って表明いたせば、問題ありますまい」

「容赦ないことを言う」

「殿がわからぬことばかり申されるからです」

顔を上げて、釣閑斎が笑う。

「今日の評定(ひょうじょう)は、これより先の武田家を決める大事な席となりましょう。依怙地(いこじ)になられず、重臣たちと向き合うてみてはいかがでしょうや」

重臣たちと向き合う……。

「うむ」

曖昧な答えを吐いて勝頼はしゃがみ、老臣に手を差し伸べる。

「下りの方が危ない。俺がおぶってやろうか」

「まだ、そこまで老いぼれてはおりませぬよ」

恭しく主の差し出す手を断わり、釣閑斎が見事なくらいに素早く立ち上がる。

「行きまするぞ殿」

無言のままうなずいて、勝頼は老いて小さくなった背中を追った。


張り詰めた気が、開け放たれた広間から漏れだしている。軒下を通りかかった獣ですら、剣呑な気に当てられて逃げだしそうだった。

躑躅ヶ崎館で一番広い部屋である。祖父の頃より、一族重臣相揃っての評定の時は、この部屋を使っていた。上座に腰を据える勝頼の背後には、いささか時代遅れな大鎧が鎮座している。盾無の鎧と呼ばれるこの鎧は、甲斐武田家の祖、新羅三郎義光公の物であった。武田家の惣領になる者は、この鎧と源氏の白旗である御旗を受け継ぐことになっている。御旗と盾無の鎧こそ、武田家惣領の証であった。

「なにやら……」

居並ぶ重臣から声が上がった。目鼻以外が毛に覆われた男の目が勝頼を見据えている。丸く大きな白目に浮かぶ小さな瞳に光は無い。まるで子供が描く達磨のようだと、この男を見る度に勝頼は思う。

主の心の声など聞こえるはずもなく、男は言葉を続けた。

「今日はいちだんと険しい顔をなされておられまするなぁ」

男の声が触れた場所すべてが緩やかに震えているように感じられる。それほど大きな声ではないはずなのだが、この館いちの広さを誇る部屋の隅々にまで届く。

この男こそ、武田家随一の猛将、山県昌景であった。

「始まる前からそのように肩に力を入れておられると、終わりまで持ちませぬぞ」

大きなお世話だ……。

もちろん言葉になどしない。勝頼は口許に微笑を湛え、返答の文言(もんごん)を色々と脳裏に思い浮かべる。皮肉を込め、軽はずみで無遠慮な重臣を牽制するべきか。昌景の底意などいっさい気付かぬといった風情(ふぜい)で、平然と礼を言うべきか。武田家の惣領として、もっとも相応(ふさわ)しい返答を模索する。

「無礼であろう山県殿。ほれ見よ、御館様が困られておろう」

勝頼の返答よりも先に、昌景の隣に座る男が赤き衣をまとう同朋をたしなめた。昌景は手勢の軍装だけではなく、平素の衣も赤い。小袖に肩衣(かたぎぬ)、袴(はかま)もすべて赤。その上に毛で覆われて真っ黒な顔が乗っているから、広間に集(つど)う誰よりも目を引いた。

それでなくても昌景には人の気を引くようなところがある。昌景こそ天性の武人だと、父は目を細めて良く言っていた。戦場を駆ければ、誰もが昌景に気をやる。彼が槍を振るえば、味方は勇躍し、敵は恐怖に震えあがる。それほどの男はそうはいないと、父はみずからの駿馬(しゅんめ)を自慢するかのように勝頼に語って聞かせた。

今は、己の駿馬のはず……。

手綱(たづな)を持っているという実感はない。

「なにが無礼じゃ馬場美濃。儂は御館様に忠告いたしておるだけじゃ。力を入れ過ぎておっては疲れまするぞとな」

「戦場であればそれも良かろうが、ここは評定の席ぞ。御疲れになられようと、大事あるまい」

昌景が馬場美濃と呼んだのは、馬場美濃守信春である。この男も、信玄子飼いの将の一人だ。隣に座る深紅の昌景と合わせたかのように、黒一色の装束にまとめている。細身で眼窩や頬に影のある信春に似合っていると勝頼は思う。常から信春はどこか闇を総身にまとっている。盛る炎のごとき昌景が陽ならば、この男は陰だ。

「いい加減になされよ御両人」

彼等より下手の方から涼やかな声がした。閉じた瞼に生える長い睫毛(まつげ)と、すらりと通った鼻筋が、女の顔を思わせる。白い小袖に青の肩衣が清々(すがすが)しい。

高坂弾正虎綱。この男も父の頃よりの重臣だ。

百姓の生まれでありながら、その端麗な容貌を見出され父の近習となり、川中島の名族である高坂家を継いだ。今も北信濃の海津城の城代を務め、越後の上杉に対する備えとなっている。

颯爽とした居佇まいで、この男を見ると勝頼は風を思う。

風林火山。

父の旗印だ。

疾如風

徐如林

侵掠如火

不動如山

孫子の兵法である。

重臣のなかでも四人の男を父はとくに重用した。諏訪の水面を渡る風のような高坂弾正。燎原を焼き尽くす焔のごとき山県昌景。夏の黒き富嶽を思わせる馬場信春。

そして……。

内藤昌秀である。

緑の肩衣をまとい、今も三人のやり取りを静かに眺めている様は、山深き甲斐の広大な林を彷彿（ほうふつ）とさせた。

いずれも父に命を捧げた、武田家の四本の御柱（おんばしら）である。

「偉そうなこと抜かすな虎綱」

眉根を寄せて昌景が身を乗り出す。そして下手の高坂弾正をにらみつける。

「御主はそうやって上から物を言うが、いっつも余計な御世話なのよ。儂と馬場美濃の間に入ってくるな」

「御館様が困られておられよう。余計な御世話であろうとなんであろうと構わぬが、そのむさくるしい口を早うつぐまれよ」

「なにぃ」

赤い衣がゆらりと浮く。

咳払いが広間に轟（とどろ）き、立ち上がろうとしていた昌景の動きを止めた。重臣たちと相対するように勝頼の左手に、武田一門衆が並んでいる。咳払いをしたのはその筆頭であった。

武田逍遥軒信廉（しょうようけんのぶかど）、父の同腹の弟である。父のもう一人の同腹の弟である典厩信繁（てんきゅうのぶしげ）は、川中島での上杉との戦の折に討死していた。よって逍遥軒信廉は、武田家一門衆筆頭という立場にある。

「その辺にいたせ昌景」

出家して頭を丸めた逍遥軒は、年を経るたびに今は亡き父に容貌が似てきた。白髪の混じる髭と眉の毛の硬さ、目尻の皺、近頃では目付きまで、三方ヶ原にて徳川勢を打ち破った頃の信玄のようである。さすがは同腹の弟。声まで瓜二つである。

「はは」

まるで信玄に相対したかのように、昌景が逍遥軒に頭を下げて静かに胡坐をかいた。隣の信春も、逍遥軒に深々と辞儀をしてから、上座の勝頼にも頭を下げる。

家臣たちが静かになったのを確かめてから、逍遥軒は胡坐のまま体を回して勝頼と正対すると、床に手を突いた。一門衆、重臣揃って逍遥軒に続く。

「昌景の無礼、何卒御容赦くだされ」

「わかっておる」

叔父にそう言われれば、納得するしかない。あれこれと考えていた昌景にかける言葉を綺麗さっぱり捨て去って、目に眩(まぶ)しすぎる深紅の衣に目をむける。

「申し訳ございませんでしたっ！」

主の視線を感じてか、昌景が深々と頭を下げた。

「良い」

短く答える。だが昌景は頭を上げない。

「それでは御館様」

床に手をついたまま言った逍遥軒が、辞儀をする。皆もそれに続いた。

「評定を始めさせていただきまする」

「うむ」

勝頼の声と同時にいっせいに頭が上がる。すべての頭が上がり終えぬ一瞬の間隙を狙い、勝頼は評定の口火をみずから切った。

「今日集まってもらったのは他でもない」

虚を衝かれる形になった一同が、気を引き締め上座を注視する。むくつけき男たちの張り詰めた視線を浴びながら、勝頼は虚空(こくう)を睨みつつ腹から気を吐く。

「三河を攻める」

毅然と言い放つ。

皆が一斉に息を吸った。広間の気が薄くなったような心地になる。

誰も言葉を継がない。黙ったまま、主の言葉を心中で嚙み砕いているようだった。

沈黙が勝頼を焦らせる。反論苦言の機先を制しようと、みずから言葉を重ねた。

「河内の一向宗から近々、信長が兵を挙げ攻め寄せてくるという書が届いた。信長はしばらく河内の坊主どもの相手をせねばならぬ故、東にまで兵を割くことはできまい。この機を逃す手はない。今度こそ父の頃よりの仇敵、家康を討ち滅ぼさんと思う」

父の頃よりの仇敵……。

重臣たちにとってこの一語は大きい。彼等にとっては現当主である勝頼の思惑よりも、先代信玄が果たせなかった願いの方が優先される。家康と雌雄を決せんとした行軍の最中、父は病に倒れそのまま没した。父の遺骸とともに甲斐に戻る昌景をはじめとした重臣たちが、悔しさで震えていたのを勝頼は今でも覚えている。家康をあと一歩のところまで追い込んでおきながら、病という理不尽に倒れた父の無念を思い、皆泣いた。

重臣たちを焚き付けなければ、出兵もままならない。それが勝頼の現状であった。

なおも言葉で昌景たちの心を震わす。

「奥三河の地を蹂躙し、後詰に現れた家康を討つ。さすれば三河は貰ったようなもの。徳川の領する駿河の地も手にすれば、信長とも互角に戦える。今こそ……」

「はて」

良く通る声が勝頼をさえぎる。

まだまだ言い足りない。重臣たちの心に火を灯すためには、もっと言葉を重ねなければ。邪魔したのは誰だ。

嫌悪の眼差しを、声を吐いた男に浴びせる。

深紅……。

昌景だ。

みずからの前方に座る一門衆へと体をむけたまま、瞳だけを上座に定め、昌景が髭におおわれた紫色の唇をゆっくりと動かし始める。

「我が武田家は、今のままでは信長と伍せぬ。そう御館様は申されておられまするのか」

「そういうことではない」

「家康を討ち、三河駿河の徳川領を平らげねば、信長とは戦えぬ。某にはそう聞こえましたが、皆は如何」

勝頼から目をそむけ、黒い頭が左右に並ぶ同朋にむく。すると咳払いがひとつ聞こえ、皆の目がそちらに移る。

細面に貧相な髭の男が信春と高坂弾正のちょうど真ん中くらいに、ちょこんと座っていた。内藤昌秀である。父が重用したもう一人の男だ。

「なんじゃ昌秀」

咳払いをした昌秀に、昌景が声を投げる。

「いやいや、そういきり立つな」

鼻息の荒い武田家の炎に、顔も体も可哀そうなくらいに細い昌秀が物静かに答える。

「評定の席ぞ。言いたいことがあれば、はっきりと申せ」

勝頼は助け船を出す。それを、昌景が無遠慮に受ける。

「御館様もあぁ申されておるのじゃ。遠慮などするな昌秀」

「では」

ゆるゆると昌秀が上座に頭を垂れて、重そうに体を持ち上げる。にこやかに勝頼を見遣りつつ、ゆったりとした声で語りはじめた。

「今や信長は浅井、朝倉をも滅ぼし、近江越前までをも切り従えておりまする。いかに武田家の兵が精強であろうと、無闇矢鱈に戦えるような相手ではなくなっておりまする」

「腑抜けたことを申すな昌秀」

「儂を責めておるつもりだろうが、そは御館様を腑抜けと申したも同然ぞ」

「いっ、いや、それは……」

思いばかりが先走り、そこまで考えていなかったのだろう。昌秀に釘(くぎ)を刺されて、武田家随一の荒武者は焦って口籠った。

「そんなことよりも……」

笑みのままの昌秀が、ずいと身を乗り出して勝頼へと体をむけた。床に手を突き、顔を伏せ、恭しい素振りで言葉を舌に乗せる。

「某には気になることがござりまする。それについては、是非とも御館様の胸の裡が聞きとうござりまする」

「遠慮無(の)う申してみよ」

「はは」

惣領としての余裕を見せてやると、昌秀は今まで以上に深々と頭を下げる。そして、弓形の目で床を見つめたまま、穏やかな声を吐いた。

「御館様は亡き御先代の遺言をどのように御考えにござりましょうや」

重臣たちの目付きが変わった。先刻からの昌景の言いがかりのような問いの数々も、要はこの一事が引っ掛かってのことなのだ。外征を禁じた父の遺言に逆らう勝頼が気に喰わないから、鼻息の荒い昌景は揚げ足を取って掻きまわそうとする。もし信長と戦おうと勝頼が言えば、またもなにかと難癖をつけて拒むに決まっているのだ。そういう回りくどいことを嫌う昌秀が、重臣たちの奥底に宿る猜疑の念を代弁してぶつけてきたに過ぎない。

では、どう答えれば良いのか。なんと言ってやれば、皆は納得し勝頼に従うというのか。

脳裏に浮かぶ言葉を口にしようとして呑みこむということを、幾度も繰り返す。勝頼の唇は、何度も小さく震えた。その度に左右に居並ぶ一門衆と重臣の眉根の皺が深くなり、言葉が出ぬとわかると浅くなる。

「某には」

しびれを切らしたように昌秀が切り出す。

「殿は御先代の遺言をないがしろにしておるとしか思えませぬ。三年の間、領内の安寧に努め国境を越えて兵を動かすべからず。そう御先代は言い遺された。そは、ここに集う者ならば知らぬ者はおりませぬ。が、殿はすでに幾度も国境を越えて戦をなされております る。御先代が身罷(みまか)られて二年あまり。約束の三年はまだ過ぎておりませぬ」

「そうじゃ」

昌景が膝を叩いて喚く。そして今なおひれ伏したままの昌秀の言を、胸を反らせて継いだ。

「武田の兵は誰にも敗けんっ！」

的外れなひと言に誰もが昌景を見た。強い髭に覆われた猛将の唇が一度くの字に曲がり、ふたたび豪快に動き出す。

「国境を越えて戦をするは望む所よ。相手が織田であろうが上杉であろうが、打ち砕いてみせようっ！」

また膝を叩く。痛くはないのかと心配になるくらい、猛烈に叩く所為で広間に乾いた音が響き渡る。それが昌景の胴間声と相俟って、勝頼は己が山県勢の兵となって叱咤されているかのような心地になった。

「しかぁしっ！」

怒鳴り声が勝頼の耳を叩く。あまりの大声に、昌秀が顔を上げて深紅の背中を見た。しかし昌景はそんなことはお構いなしで、勝頼をにらんだまま語り続ける。

「御館様の遺言はなにがあっても守らねばならぬっ！」

「待たれよ山県殿」

重臣の列から声がかかる。針のように鋭い声が、昌景に突き刺さった。すると、黒々とした髭に覆われた顔のなかでわずかに露わになっている肌が、衣に馴染むかのように真っ赤に染まる。

列の中程で手が上がっていた。先刻の鋭い声の主である。

跡部勝資であった。勝資は釣閑斎とともに、勝頼との縁が深い武田家の重臣である。浅黄の肩衣から覗く濃紺の小袖を高々と掲げたまま、勝資は昌景に問いを投げる。

「御館様の遺言と申されたが、そは聞き間違いでござりましょうや」

迂遠（うえん）な言い回しをした勝資に、昌景がこれみよがしに舌打ちを鳴らす。

「我等の御館様は勝頼様にござりまする」

勝資が言葉を重ねた。

昌景が言い間違えたということは、この場の誰もがわかっている。頭に血が昇りすぎたが故に、信玄晴信を御館様と言ったまでのこと。しかし、それは裏を返せば、昌景が未だに死んだ信玄晴信こそを御館様であると思っている証拠ともいえた。その辺りのことが、勝資には気に喰わないのだ。

「山県殿は御先代の遺言は、ここにおられる御館様の命よりも優先されるべきだと申されまするか」

「御先代様は御館様の父上にござる。その御遺言となれば、ないがしろにして良きものではあるまい」

昌景が斜め上方に視線を泳がせながら答えると、勝資は心のいっさい読めぬ平坦な顔付きで、冷たい声で切り返す。

「御先代は死しておられる。それ故、時勢の動きを知り申さぬ。三年もの長き間、領内に籠っておるような余裕は、武田家にはありませぬ」

「御主っ、信玄公を愚弄しおるかっ！」

怒りを吐き散らした昌景が、立ち上がって殺気に満ちた視線を勝資に浴びせかける。

「其方は先刻からずっと、勝頼様を愚弄しておるではないか」

身を焼くほどの気迫に覆われながら、勝資は平然と答えた。その目は眼前に立つ昌景を捉えていない。彼を通り抜けた一門衆が並んだ辺りを見定めている。

「当代の御館様をないがしろにし、御先代の遺言に縋るような家は、遅かれ早かれ滅びるであろう」

「あ、跡部っ！」

殴りかかろうと拳を振り上げた昌景に、周囲の重臣たちが一斉に飛び掛かる。

「止めぬかっ！」

勝頼の怒号が広間に轟いた。重臣たちが昌景を取り押さえたまま、上座に目をむける。重臣の列に留まっているのは、勝資と釣閑斎のみ。一門衆は誰一人動くことなく、上座の勝頼に目をむけていた。

「座れ」

重臣たちに告げた。このまま列に戻れば、ふたたび昌景が勝資を襲いはせぬかと、戸惑っている。

「いいから座れ」

二度目はさすがに逆らう者はいなかった。

いや。

山県昌景だけが、振り上げた拳の行方を見失い、立ち尽くしている。

「山県」

立ったままの昌景を見据えて言った。赤備の主は答えもせずに、納得が行かぬという様子でそっぽを向いている。

「そなたたちも聞け」

釣閑斎と勝資以外の重臣たちにむかって言葉を投げる。

「御主等が儂を武田家の惣領と認めておらぬのはわかっておる」

父が死んでから二年。重臣たちに見せたことのない本心である。語って聞かせるならば、今この時しかない。

腹を括り勝頼は重々しい顔付きの重臣たちと相対する。

「認めたくないが故に、儂の落ち度を探しておるのであろう。そして最も、目に余る落ち度こそ、国境を越えての戦なのであろう」

皆、黙って聞いている。重臣たちだけではない。逍遥軒をはじめとした一門衆も、勝頼の言葉に耳を傾けている。

「座れ」

一門衆のなかから昌景へと声が飛ぶ。武田信豊。この男は父の弟の子、つまり従兄弟である。

口を真一文字に引き結んだ昌景が、一門衆のなかにある脂ぎった信豊の顔をにらんだ。つやつやとした顔に浮かぶ信豊の目の色に、荒武者に対する嫌悪の情が漂っている。

父の頃は一枚岩であった家臣団の方々にひび割れができていた。

「座って御館様の話を聞かぬか」

言った信豊をひと睨みしてから、昌景が元居た場所にどかりと腰を下ろす。その目は上座にはむけられず、飴色の天井を捉えていた。

構わず勝頼は語る。

「たしかに儂は父上の御遺言に逆らい、国境を越えて幾度も戦に臨んでおる。それは真じゃ。だが、その所為で我が武田家の領国は、父上存命の頃よりも広うなっておる」

要害山城での釣閑斎の言葉通り、この一点だけは父を越えていると言って良いだろう。重臣たちにも胸を張って誇れる。

「儂は父上の遺言は守る」

「今、逆らうておると……」

「黙って聞け」

問いを投げかけてきた昌秀を、声とともに吐いた気迫で律する。いつもとは違う勝頼の毅然とした姿に、皆が息を呑んで続きを待っていた。

己よりも年嵩の男たちの試すような眼差しを総身に受けながら、勝頼は堂々と語り続ける。

「儂は父上の御遺言通り、武王丸が元服した暁には、武田家の惣領の座を退こうと思う。それだけではない。儂は甲府を出て、諏訪に戻り、諏訪家の惣領として生きて行こうと思う」

結局、重臣たちが気に喰わないのは、諏訪家の人間である勝頼が武田家の惣領に居座っていることなのだ。遺言通りに家督を譲った上に、諏訪に戻ると言えば、納得するだろう。

「それ故じゃ。武王丸には、誰よりも広大な武田家の領国を引き継いでもらいたいと思うておる」

武田家の惣領をきっぱりと諦める。

そう。

今のところは……。

家康を討ち、駿河三河を手に入れる。関東の北条、越後の上杉、そして畿内の信長にも打ち勝った末には。

天下だ。

そうなればもう勝頼を武田家の惣領から引きずり落とそうとする者はいなくなる。

まずは家康だ。家康との決着を付けるためにも、今は重臣たちと争う訳にはいかない。

勝頼は皆にむかって深々と頭を下げた。

「頼む。儂のためではない。今は亡き父上の因縁の敵であった家康を討ち、武王丸に継ぐ領国を広げんがため。中継ぎとして武田家を預かる儂に力を貸してはくださらぬか」

「えっへんっ！」

太々(ふてぶて)しい咳が重臣の列で鳴った。

昌景だ。鼻の頭をかきながら、口をとがらせている。

「頼む山県」

勝頼は辞儀のまま頭だけをわずかに上げて朱い衣の上の黒い顔を見据える。

「承知仕り申した」

昌景がひれ伏すと、一門、重臣相揃って勝頼に頭を垂れた。

参　鳥居強右衛門

「ぬぅあぁぁぁあっ。殺してくれっ！　頼むっ！　殺してくれぇぇっ！」

二の腕から下を切り落とされた足軽が、泥の中をのたうち回っている。

「しっかりせいっ」

鳥居強右衛門勝商は、足元で暴れる男の腹を蹴り上げた。

「戦えぬのなら城内に退けっ！　そのようなところで暴れ回られると邪魔じゃっ！」

「頼むっ！　殺してくれっ頼むぅっ」

男は、もはや槍など持っていられるわけもない。斬り落とされた腕の付け根を、無事な方の掌で押さえている。

「阿呆っ！　死ぬくらいなら城ん中に戻れっ！」

叫びながら眼前に迫る敵の喉を槍で貫く。敵の目が強右衛門から逸れ、わずかな間が生まれた。倒れたまま燃えている篝火を視界の端にとらえると、すばやく駆け寄って燃える木切れを一本手に取る。

周囲では敵味方入り乱れての殺し合いが続いていた。戦いから目を背け、槍を小脇に木切れを掲げ、腕の傷口を押さえ暴れまわる男の元へと駆け寄る。

木切れを持ったまま、男の胴丸の肩紐をしっかとつかむ。暴れる男をそのまま引き摺（ず）り、城外に並べられた竹束の裏まで持ってゆく。男を地に放り、槍の穂先を土に突きたてる。木切れを手にしてしゃがみ込む。右の膝で男の鳩尾（みぞおち）のあたりをしっかり押さえる。

「見せてみぃ」

傷口を塞ぐ掌を無理矢理引き剝（は）がす。

「ひぃくぅぅぅ」

硬く閉じられた男の目から涙がこぼれ、汗と泥と綯交（ないま）ぜになりながら落ちてゆく。

「儂だって、こんなことしておる暇など無いのだぞ」

「殺してくれ、殺してくれ……」

男の胸が脈打つ度に、腕の肉から血がしたたる。

「我慢せぇよ」

地縁もない、顔見知りでもない、城内で幾度か顔を見たことがあるだけの男である。が、目の前で苦しんでいるのを見過ごす訳にはいかない。

性分である。

今は戦の真っ最中なのだ。このような男はあちこちに転がっている。その一人一人を相手にしていれば、強右衛門も連中の仲間入りだ。

血と汁で濡れる肉と骨に、木切れの火を押し付ける。男が痛さに耐えかね、女のような悲鳴を上げた。暴れようとしているが、鳩尾を押さえる強右衛門の膝がそれを許さない。力だけは、誰にも敗けぬという自負がある。男がどれだけ死に物狂いでのたうち回ろうと、逃がしはしない。

「もう少しじゃ我慢いたせっ」

「こ、こここ……」

殺してくれという言葉すら出なくなっている。強右衛門は傷口を注視し続けた。しつかり焼かないと、血は止まらない。

「おい、終わったぞ」

男の顔を見る。

泡を吹いて気を失っていた。

「つたく……」

木切れを放り、槍を引き抜き立ち上がった。

ひとまず血止めはしている。生きるか死ぬか。後はこの男の天運次第だ。

竹束のむこうではなおも味方が奮闘している。

夜も昼もない敵の攻撃は、すでに十日あまり続いていた。城兵たちは昼夜交代で眠ってはいるが、みずからが受け持つ場所が攻撃を受ければ、そのわずかな休息もままならない。

同盟相手の織田家から戦がはじまる前に兵糧が届けられているから、今のところ満足とはいえずとも喰えてはいる。

喰えてはいるが……。

「これだけの敵に囲まれておるのは、さすがに気が滅入るわい」

城から見える山という山に、武田菱の旗印が翻っているのを見渡し、強右衛門は槍を握る。

幾度目かわからぬ敵の攻勢であった。軍勢も入れ替わり立ち代わりである。

今日の獲物は。

「赤備か」

名高い武田の赤備である。山県昌景率いる軍勢であった。城攻めである故、さすがに馬は少ない。だが、こちらが少しでも隙を見せれば、まとまった騎馬武者が打って出て、散々に掻き回しに来る。

「ぬかるなよぉっ！」

誰にともなく叫びながら、強右衛門は敵味方入り乱れる戦場へと駆け入った。端武者の言葉など、誰も聞かない。強右衛門の声は、戦場の喊声に埋もれた。

味方が赤い胴丸を付けた敵に囲まれている。こちらは二人、相手は五人。多勢に無勢である。

鼻息を荒らげ、強右衛門は狙いを定めた。間合いの外にいる強右衛門に、敵も味方も気付いていない。足も胴も腕も、人より長い強右衛門がひと駆けすると、七人が気付くよりも先に、槍の間合いに入ることができた。

「我が名は鳥居っ！　鳥居強右衛門勝商なぁりっ！」

新手の襲撃に目を丸くしている敵の横っ面を、槍の柄で殴りつける。全力で振るった柄が頭骨を砕いた。目の辺りが奇妙な形に歪んだまま、敵がべちゃりと腰から崩れる。

「なっ」

言葉にならない声を吐いた手近にいた一人を、横に振った槍をそのまま突き出して仕留めた。胴丸ごと貫く。強右衛門の膂力があれば、胴丸程度の鎧など紙切れ同然である。

「鳥居っ！　鳥居強右衛門っ！　参るっ！」

しつこいくらいに名を叫ぶ。

足軽である。端武者である。名を知られなければ意味がない。どれだけ武勇を誇ろうと、名を知られていなければ出世の糸口すらつかめないのだ。足軽風情に、大将首が転がり込んでくることなど、皆無に等しい。

同朋たちの間で噂になる。

名を上げる。

そこから這い上がる。

齢三十六、立身出世を諦めていない。

「強右衛門じゃぁっ！」

下から振り上げた穂先で、股下から喉元まで一直線に切り裂くと、敵が二人、こちらが三人という形になった。

「押しまするぞっ！」

二人の味方に告げ、震える敵に穂先をむける。逃げようと思い、ちらと背後を見た敵が笑いながら強右衛門に目をむけた。敵を笑わせたものの正体を、強右衛門もすでに視界におさめている。

仲間を救えとばかりに、十人ほどの敵がこちらに駆けてきていた。

「退くか」

味方が怖気(おじけ)づきながら問うてくる。強右衛門は首を横に振った。

「ここで留めねば、城まで押し込まれまする」

「しかし、頃合いを見て退けという命ではないか」

「まだ合図はありませぬ」

籠城している。仲間が言う通り、城を出て戦うのは揺さぶり程度の意味しかない。我等はまだまだ戦えるぞと、敵に見せつけてやれれば、被害が少ないうちに城に引き上げるのが常道であろう。

だが……。

まだまだその頃合いではない。

「我等足軽は、退却の下知(げち)があるまで戦うてこそっ!」

恐れて立ちすくむ二人をそのままにして、強右衛門は突出する。新手を前にして、飛び出してくるとは思ってもみなかったのであろう。先刻から対峙している二人の敵が、強右衛門の大きな踏み込みに対処しきれず、驚いた顔のまま横に寝かせた槍の柄で同時に喉を潰された。息が止まり悶絶しながら逝った敵を足蹴にし、強右衛門は十数人もの新手にむかって単身駆ける。

「抜け駆けは功にならんぞっ！」

背後で怯える味方が叫ぶ。

「鳥居強右衛門勝商の武勇っ！　天も御照覧あれぇいっ！」

戦場の作法や武士としての振る舞いなど知ったことかと強右衛門は思う。結局は、強い者が勝つのだ。腕っぷしだけではない。人よりもなにかひとつ飛び抜ける。名を成した者の勝ちなのだ。

足がすくんで動かなくなるくらいなら、死ぬその寸前まで強右衛門は一歩でも前に出る。

「首になっても飛んでやるわっ！」

猛る心を槍に乗せ、迫りくる軍勢にむかって振るう。

法螺貝の音が黒煙揺れる天に響き渡った。城からではない。敵だ。

強右衛門の振るった槍は、法螺貝の音を耳にして機敏に退いた敵の体に触れることはなかった。

「待てぇっ！」

背を見せ逃げる赤い鎧の群れのむこうから、火薬が弾ける音が聞こえた。追いすがろうとした強右衛門の体を無数の銃弾がかすめる。体にひとつも当たらなかったのは御仏の情けであろうか。さすがの強右衛門も、無慈悲な銃口の列を前にして、愚かな前進を続けるつもりはない。

さすがは武田軍随一の猛者山県昌景率いる赤備である。先刻の銃撃は、強右衛門だけではなく周囲で追撃を試みようとしていた味方の足をしっかりと止めていた。こちらの一瞬の動揺の間に、敵は潮が引くように退いてしまっている。

「大事無いかっ」

足がすくんで動けなくなっていた二人が、駆け寄ってきた。銃撃にさらされた強右衛門を心配するように、左右に並んで様子をうかがっている。

槍をつかんだ右手を激しく振るってみせた。

「大丈夫じゃ」

二人に笑ってやる。

「それ」

右方に立っていた男が、強右衛門の顔をあたりを指さす。

「ん……」

さされた辺りに触れた指先が濡れる。そのまま目の前に持ってくると、指が真っ赤に染まっていた。今度は四本の指の腹で触れる。頬が血でべっとりと濡れていた。指先で頬の傷を探ると、皮が裂け、傷は肉まで届いているようだった。

「おぉっ！」

濡れた指を右方の男に見せる。

「もう少し顔が横にあったなら、今頃御主は立っておらなんだぞ」

「そうじゃなぁ……」

呑気に語り合う二人の背後から、退却を命じる侍大将の声が聞こえてきた。

武田家先代、武田信玄の三回忌法要に先立ち、武田勝頼は奥三河へと先遣隊を派遣した。足助城主、鱸越後守は抗しきれず開城。それを受け、浅賀井、阿須利、八桑、大沼、田代などの小城が次々と城門を開き、武田家の軍門に下った。東三河一帯を蹂躙した先遣隊は、三回忌法要を終えた勝頼の軍勢を作手の古宮城で待った。

勝頼はこの城で先遣隊と合流、野田へと兵を進めた。野田では大野田城を戦わずして開城させ、吉田へ進軍。その後この地で戸田康長が守る二連木城を陥落させた。

武田軍の猛攻を知った家康は浜松を出陣。吉田城に入る。この地で二連木城の勝頼と対峙した。

幾度かの小競り合いの末、吉田城を落とすことを一旦諦めた勝頼は、二年前に奥平貞能、信昌親子の裏切りのために奪われた、因縁の城、長篠城を包囲したのである。

「済まんかったのぉ」

見ているこちらが情けなくなってくるほどに大量の涙を流しながら、男が何度も頭を下げる。強右衛門は苦笑いを浮かべて、間近に迫る男の顔にうなずきを返す。

「御主がおらねば、あいつは今頃死んでおった」

長篠城内である。足軽には部屋など与えられるはずもない。廓の隅の雨ざらしの地に集まって火を囲む。強右衛門は石垣に背を預け、うとうとしはじめたところであった。昼の激闘を終え、今宵こそ少しは眠れるかとひと息ついていたところに、男が現れたのである。昼間、腕を焼いてやった足軽と同郷であるという。

「傷は大事無いか」

頬を引き攣らせ強右衛門は問う。

「まだ、うんうん唸ってはおるが、死にはせぬじゃろう。あいつも礼を言いたいと申しておったが、まだ一人で歩けんから置いてきた」

薬師や坊主が足軽を丁寧に診てくれる訳もない。大抵は仲間同士で見様見真似の手当てをして終わる。死んだらそれきり。天運が無かったということだ。

どうやらあの男には天運があったようである。

「養生なされよと伝えてくだされ」

早々に切り上げようと、強右衛門は優しい言葉を投げた。

「あいつは殺してくれと何度も頼んだと申しておった。それを其処許（そこもと）が留まって、傷を焼いてくれた故に、あいつは生きておる。御主の御蔭じゃ。鳥居強右衛門殿ぉ」

手を握って、おんおんと泣く男をそのままにして、周囲の足軽たちに目をやる。

一人の男と目が合った。

昼間、怖さで足が固まっていた男の一人である。

御主が教えたのか……。

厳しい目付きで無言のまま問う。すると男は肩をすくめて鼻で笑った。それからおもむろに、槍をつかむような手振りをする。

「我が名は鳥居強右衛門勝商なりぃぃっ！　と、昼間騒いでおったではないか。覚えたくなくとも、覚えてしもうたわ」

男が言うと、足軽たちがどっと笑った。

「鳥居殿を笑う者は儂がただではおかぬぞっ」

昼間助けた者の同郷の男が、鼻息を荒らげる。

「良い良い、言わせておけ」

「鳥居殿っ」

「今に見ておれ。いま笑うておる者たちをいつか儂は、あっと言わせてやる」

告げながら目を閉じる。

「明日も戦じゃぞ。儂はもう寝る。あの者にはくれぐれも養生せよと申してくだされ」

それ以上の会話を拒むように強右衛門は目を閉じた。

「火じゃっ！　消せっ！　早う消すのじゃっ！」

怒号とともに強右衛門は飛び起きた。寝惚けている暇などなかった。

廓が燃えている。

柱はおろか、炎は床を伝い天井を焦がし、瓦の隙間からも火が立ち上っている。甲冑姿の大将たちが必死になって足軽たちに消火を命じているが、井戸から汲み上げて甕に溜めこんでいる水だけではどうしようもないのは明らかだった。

城外からは執拗に火矢が降ってくる。走り回る足軽たちに混じって強右衛門は、方々に突き立つ火矢を踏んで一本一本消してゆく。きりがない。

そう思いながらも、足軽風情にはいかんともしがたい。大将連中が火を消せというなら、それに従うしかない。

すでに廓は半ばまで火に覆われている。すでに消せるような状況ではなかった。強右衛門以外の足軽たちも、同じようなことを思っているに違いない。甕から汲んだ桶いっぱいの水を炎にかけ続けている者たちが、大将の隙を見て首を左右に振っているのが見えた。

「退けっ！　本丸へと退くのじゃっ！」

そうこうするうちに、廓のいたるところから退却を命じる声が上がった。

「最初からそうすりゃ良かったんじゃ」

毒づく声を背後に聞きながら、強右衛門は己が槍を引っ摑み、本丸へと続く門へと駆けた。

籠城から十五日。長篠城はすべての廓を奪われ、本丸を残すのみとなった。

廓の炎上とともに、織田家からの援助の兵糧も燃えた。本丸には五百の兵が籠っているが、その食糧は燃えさった廓から本丸へと運び出されたわずかな量を残すのみとなったのである。

「其方たちは良うやってくれた。が、このままではこの城は十日もせぬうちに落ちるであろう」

本丸、大広間に集まる兵たちのなかで、強右衛門は遠くに見える城の主の言葉に耳を傾けていた。足軽である強右衛門にとって、本丸などはじめて足を踏み入れる。ましてや御殿の広間などに座せるなど思ってもみなかった。末席も末席である。部屋を外と仕切る襖(ふすま)や木戸などのいっさいが取り払われ、廊下や縁にも人が溢(あふ)れかえっている。

若く足腰の強き者は一人でも多く集まれという主の命によって、身分の別なく広間に集められていた。

上座の主は、名を奥平信昌という。強右衛門は奥平家の臣ではない。長篠城へと集められた兵というだけのことである。が、信昌も同じようなものだ。作手奥平家の当主であった父、貞能に従い徳川に走った信昌は、家康に命じられて長篠城の守将を務めている。もとから長篠を領していたわけではない。この城はもともと、奥平家とともに山家三方衆と呼ばれていた長篠菅沼家の城であった。家康が奪うまでは、この辺りも菅沼家の領内だったのである。

家康の差配がなければ、信昌と強右衛門が主従の間柄になることはなかった。

しかし。

煤だらけの顔を洗いもせずに家臣たちを前にして語る己よりも十以上も若い信昌を、強右衛門はどこか好ましく感じていた。信昌の傍は重臣たちが固めている。そこから遠くなるにつれ、身分も低くなってゆく。若い主は身近な重臣たちだけではなく、強右衛門のような足軽にも目をむける。その穏やかな瞳が、信昌という男の誠実さを無言のうちに語っていた。

「皆を集めたのは他でもない」

窮地に立たされてなお、信昌の口許には柔和な笑みがある。まだ勝ちを諦めていない。そう強右衛門は確信し、心強く思う。

晩春五月の空は黒雲に覆われ、広間に集まったころから、重々しい音を轟かせ始めている。ひと雨来そうな気配であった。じきに梅雨が来る。先触れの雨が降ってもおかしくない頃であった。

「城を出て、岡崎城におられる家康殿に我等の窮状を報せてもらいたい。一刻も早く後詰の兵を差し向けてくださるよう御頼みし、また信長公の後詰はあるのか確かめ、戻って来てほしい」

家臣がざわつきはじめる。

「みすみす殺されに行くようなものじゃ」

「川を渡るなど無理な話よ。崖を降りる間に敵に見つかって終わりよ」

「信昌殿はついに血迷われたか」

「そうでもせねば、我等は後詰も無きままに攻め滅ぼされてしまうぞ」

強右衛門の周囲からもさまざまな声が聞こえて来る。

「信昌様」

重臣のなかから主を呼ぶ声が上がった。信昌がうながすと、白髪の侍が頭を下げる。強右衛門は名も知らない。

白髪の重臣が、主にむかって問う。

「この際、城を開き武田に……」

「儂だけになってもこの城は守る」

老人が言い終わらぬうちに、信昌が毅然とした態度で答えた。それから遠巻きに座る足軽に顔をむける。

「誰でも構わぬ。我こそはという者は名乗り出てくれ。難しきことであるとは思う。

だが、どうか頼む。儂に命を預けてくれる者はおらぬか」

熱を帯びた主の懇願に、家臣たちが顔を伏せる。

城内の兵は五百ほど。敵は一万五千は下らない。

本丸を一歩出れば敵だらけなのだ。誰も死にたくはない。名乗り出る者はいなかった。

膝に乗せた掌をにらみながら、強右衛門は歯を食いしばる。食いしばったまま上座に目をやった。

「誰かおらぬか」

焦っているはずであろうに、信昌は穏やかな声を崩さずに家臣に語りかける。

「頼む」

若い主が頭を下げた。

強右衛門は己に問う。

足軽風情が功を成すためには一歩も二歩も他者より抽(ぬき)んでなければならないのではなかったか。死の間際まで前に進むと言ったのはどこの誰だ。首になっても飛んでゆくのではなかったか。

固く目を閉じた。

幼い我が子の顔が瞼の裏で笑っている。里では、年老いた母と妻の忘れ形見の息子が、強右衛門の帰りを待っているはずだった。

いや……。

死ぬのではない。信昌の命を果たし、生きてこの城に戻るのだ。

腹に気を溜め、目を開き、右手を高々と上げた。

皆の目が強右衛門に集まるが、当の強右衛門は高々と上がる己の手を認めた信昌の笑顔しか見ていなかった。

本丸内の信昌の私室に呼ばれた強右衛門は、背後の襖に足先が付くほどに下がって平伏したまま固まっている。

「面を上げてくれ強右衛門」

みずみずしい声が優しく語りかけて来る。

「ははっ」

威勢よく答えながらも、頭は上げない。いや、上がらない。仄暗い部屋の黒く光る床を見つめたまま固まっている。昨日まで同輩たちとともに、足軽大将の命を受け忙しなく駆けずり回っていた己が、城主の私室に呼ばれているのだ。しかも二人きり。

主は従者すら遠ざけ、強右衛門と向かい合って座っている。

「顔を上げてくれぬと、盃を渡せぬであろう」

「ははっ」

なにを言われているのか良くわからない。語り掛けられているということはわかるのだが、信昌の発する言葉の意味が頭に入って来ない。

「ほら」

肩に手が触れる。息を呑んだ強右衛門は、体を起こされた。そして、目の前にあった信昌の顔を直視する。

「申し訳ありませぬ」

ふたたび平伏しようと下がったら、襖に思いきり足先をぶつけた。

「いまから働いてもらわねばならぬのだ。体は大事にしてくれよ」

「有難き御言葉……」

「だからもう頭を下げるな」

傾こうとした強右衛門の肩を、信昌の手が支えた。

「さぁ」

もう一方の手に持った盃を、強右衛門に突き出し、主は笑う。清々しい笑顔である。強右衛門も真似するように笑ってみたが、ぎこちなく唇が歪むだけで思うように笑えない。目の前に掲げられた盃を、両手で仰ぐようにして受け取る。小刻みに揺れる朱塗りの器に、白く濁った酒が注がれてゆく。信昌は先刻座っていた場所まで退いて、みずからの盃を手に取り酒を満たす。

「さぁ強右衛門」

「はは」

盃を両手で掲げたまま、顎を小さく上下させる。信昌が一気に飲み干すのをたしかめてから、強右衛門も口を付けた。甘い香りが喉から腹へと落ち、腹中で熱を放つ。干した盃を膳に置き、背筋を正す。

「其方がいてくれて助かった。礼を言う強右衛門」

若き主の頭が傾くのを、強右衛門はうろたえながら止める。

「勿体無き御言葉……。そ、某のような者に御止めくだされ」

主は聞かずに辞儀をする。強右衛門はそれより深く頭を下げた。

「家康殿と信長公の後詰が来る。その報せがあれば、この城はまだ耐えることができよう。御主は我等の命を繋ぐ使者なのじゃ。無事に役目を果たしてくれた暁には、其方を奥平家に迎えよう。それ故、なんとしても生きて戻って来てくれ」

奥平家の直臣となる。当主みずからの言葉であった。生きて戻れば、出世は約束されたようなものだ。

額を床に付けながら、強右衛門は鼻息を荒らげる。

「必ずっ。必ず良き報せとともに、生きて戻りまする」

「御主には……」

主が口籠った。不審に思い、顔を伏せたまま目だけで上座を見ると、すでに信昌は背筋を伸ばしている。ひれ伏す強右衛門を見下ろす主の顔に、苦悩の色が見える。

「いかがなされましたか」

「いや……。御主には縁者はおるか」

上目で主をうかがいながら、強右衛門は答える。

「郷に年老いた母と幼き息子がおりまする」

「そうか」

信昌が天を仰いだ。鼻の穴をおおきく膨らませ、腹まで深く息を吸ってから、ふたたび強右衛門に目を戻す。

「母と子のことは心配するな」

死ぬ……。

主は腹の底ではそう思っているのだろうか。仕方がないと強右衛門も思う。選ばれた若者たちが集ったなかで、やると言ったのは強右衛門のみ。死ぬも同然だと思ったから、誰も手を挙げなかったのだ。

「御案じめさるな」

強右衛門は体を起こして精一杯胸を張った。そして同郷の顔馴染みの者と接するように、眼前の若者に強気な笑みを投げた。

「儂は、一度やると言ったことは必ずやりまする。これまで一度として、やらずに放り出したことなどありませぬ」

根拠などない、威勢だけの言葉だ。口から出まかせである。だが、このような時に相手の気を紛らわす術(すべ)は、強右衛門はそれしか知らなかった。とにかく明るく笑って、前のめりなことを言う。そんな武骨な男の不器用な言葉に、主は目を細めた。

「そうか……。そうだな。御主は必ず戻って来る」

「その時には殿の御傍に仕えとうござります」

出世などという欲目から出た追従(ついしょう)の言葉ではない。本心であった。

この若者に仕えたい。

重臣から足軽まで分け隔てせず頭を下げた昼間の姿。二人での語らい。短い間に強右衛門は、奥平信昌という男にすっかり惚れこんでいた。

この男を死なせてはならぬ。

「某が戻るまで、耐えてくださりませ信昌様」

「本丸を死守し、御主の帰りを待っておる」

主との固い約束を胸に、強右衛門はその夜、密かに城を出た。


月明かりに照らされて細波が輝いている。寒狭川の流れを眼下に見ながら、強右衛門は切り立った崖を降りてゆく。

突き出た岩に指を突き立て、懸命に足を伸ばして足場を見付ける。重さを預けても崩れぬかを足先で突いて確かめてから、じっくりと足を落とす。そうして少し下がったら、今度は手を岩から放して、新たに落ち着ける場所を探す。突き出た岩や、ひび割れを見付け指を伸ばす。苔で滑らぬよう気を付ける。気を抜けば、たちまち真っ逆さま。死にはせずとも、川に落ちた音を聞きとがめられたら最後、得物を持った敵に囲まれ突き殺されて終わりだ。どこに敵の目があるかも解らない。崖に蠢く影を見付けられても駄目だ。たちまち崖下に敵が集まり、待ち受けられて串刺しである。崖の様子だけではなく、時折体をねじって遠くの敵をうかがう。

川の対岸は敵が埋め尽くしている。医王寺の本陣をはじめ、鳶ヶ巣山、大通寺、天神山、篠場野、岩代、有海に陣を張り、武田の軍勢が長篠城を囲んでいた。対する強右衛門は単身である。万を超す敵のただ一人にでも見つかってしまえば、信昌との約束は水泡に帰してしまうのだ。慎重に慎重を重ねても、まだ足りぬくらいである。

新たに足先で触れた岩が、崩れて崖を転がってゆく。川縁のなだらかになったところまで転がり、わずかな水音とともに流れに消えた。息を殺し、四肢を固める。敵が気付かぬことを願い、闇に潜む。人の気配が無いことを確かめてから、ふたたび動き出す。

じっくり一刻ほどをかけて、強右衛門は崖を降り終えた。

慎重に慎重を重ねなければならぬが、朝が来る前には敵の包囲の外に脱しなければならない。陽光が闇を奪い、強右衛門は白日の元に晒されることになる。敵は見逃さないだろう。虜となるのは間違いない。

慎重に、だが迅速に。

強右衛門は対岸に気をやりながら、流れに足を入れてゆく。

と……。

対岸に茂る木々が揺れた。

明かりが見える。

松明。

敵の見張りだ。

強右衛門は鼻と耳を出すようにして、頭の中程まで一気に川に潜った。梅雨間近とはいえ、山間を流れる水は冷たい。肉を固くし骨まで染みる冷たさに、流れが追い打ちをかける。その場に留まっているだけで、力を奪われてしまう。だが不用意に動けば、目の前の敵に気付かれる恐れがあった。鼻から静かに息を吐きながら、じっと耐える。

目の前の敵は二人連れであった。川縁に立って、崖上の城を見上げている。幸い強右衛門には気付いていない。

「あぁあ。しぶといのぉ」

「まったくじゃ」

呑気に語らい合っている敵を見据えながら、川底の砂利を両手で探りながら、流れに沿って横ばいに這う。

「御館様もいつまで囲んでおるつもりであろうかの」

「もはや本丸のみであろう。力攻めにしてやればよかろうに」

「家康の後詰を待っておるのであろうと、卯吉が言うておった」

「彼奴は物知りじゃからのぉ」

「信玄様の仇討ちを御館様はしたいのじゃと、したり顔で言うておったわ」

気の抜けた会話を続ける二人から、じわじわと遠ざかって行く。松明の火が小さくなったのを見計らい、顔まで浸かって泳ぎだす。

寒狭川が宇連川と合流し豊川に至るまで、水中を潜って包囲を抜けるつもりだ。地上は敵が埋め尽くしている。それ以外に道はないと、城を出る前から思っていた。

体は冷え、流れに従い泳いでいるとはいえ、どんどん力は奪われてゆく。泳ぎに集中しているわけにもいかない。息継ぎのたびに、地上にも気を配る。少しでも敵の明かりを見付けたら、川底に手足を付けたまま留まり、気配を探る。動きがなければふたたび泳ぐ。それを繰り返しながら進んでゆく。

戦場で槍を振るっているほうが余程楽だと強右衛門は心底から思う。己が名を声高に叫んで、眼前に迫る敵に全力でぶつかる。死は刃となって間近に迫るが、それもまた解りやすい。死の恐怖を乗り越えるためには、己が刃を振るうのみ。

いま強右衛門が立つ戦場はまったく異なる。

どこにあるか解らぬ敵の目を掻い潜り、気配を押し殺しながら進む。少しでも気配を悟られればそれで終り。これまでに立ったどの戦場よりも静かでありながら、どれよりも苛烈である。

豊川を渡り、敵の背に回り込んだ頃には、東の空はすっかり明るくなっていた。強右衛門は川から上がると、すぐに山に足を踏み入れた。敵の背後である。包囲は抜けていた。

木々を踏み分け、滑る斜面を登ってゆく。息の荒さに気を配る必要はもうない。身を隠すこともなかった。ただひたすらに駆ける。夜通し泳いだ疲れは体を鉛のように重くさせていたが、気を尖らせ敵の目から逃れながらの水行から解放され、心が開いて驚くように足は軽かった。

たちまちのうちに頂に辿り着いた。敵に包囲された城が遠くに見える。

まだ湿っている懐から、革袋を取り出す。油紙に包まれた狼煙を速やかに燃した。一条の黒煙が天へと昇ってゆく。

包囲を抜けた合図を送ると、信昌に約束していた。

「行って参りまする」

黒煙をたしかめ安堵しているであろう主に告げ、強右衛門は山を駆け降りた。

「良くぞ参ったっ！」

ひれ伏す強右衛門の頭上に、甲高い声が降り注ぐ。緊張のあまり喉の肉が強張って、返事の声がうまく出てこない。

甲高い声の主は、三河の大名、徳川家康ではなかった。家康は、上座に陣取る声の主より一段低くなったところから、下座にひれ伏す強右衛門を見下ろしていた。

当初の目的であった岡崎城に到着した強右衛門は、城に辿り着いた姿のまま家康と対面した。川を泳ぎ野山を駈け、元が何色であったのかも解らないほど赤黒く染まった衣のままの強右衛門は、ここで信長の到来を家康の口から聞いた。

「城の窮状を是非とも御主の口から信長殿に伝えてほしい」

家康はそう言うと、強右衛門を信長に引き合わせたのである。

「長篠城から抜け出してきたと家康から聞いたぞ強右衛門とやら。御主の胆力は見上げたものよ。褒めてつかわすぞ強右衛門っ！」

気迫に満ちた声が降ってくる。

岡崎城に来たは良いが、それまで強右衛門がいた環境とはかけ離れた場に引きずり出され、どうして良いかわからない。足軽風情が直接声をかけられることなどない者が、目の前で己を褒めている。しかも相手は一人ではない。

織田信長と徳川家康。

百姓に毛の生えたような奥三河の足軽である強右衛門ですら、二人の名は当然知っている。信長といえば、将軍に父とまで呼ばれ、その将軍を京より追い出し、みずから帝の元で政(まつりごと)を行う大名だ。家康はその盟友であり、三河を領する大名で、信昌の主である。強右衛門にとっては、主の主ということだ。

「安心いたせ強右衛門っ」

信長の声は鋭い。名を呼ばれるたびに、心の臓がどきりと脈打つ。それがまた、答えようとする強右衛門の体を固くさせ、声を喉に留めてしまう要因ともなっていた。

「儂が来たのじゃ。織田の精鋭を引き連れてな。決して長篠城は落とさせぬ」

奥三河の足軽の答えなど待っていない信長は、腕を大きく広げながら言った。上座から甲高い声が聞こえるたびに、信長が着ている黒い当世具足がこすれてがちゃがちゃと鳴る。

「面を上げよ強右衛門」

柔らかい声が告げる。家康だ。信長の尖った物とは違い、家康の声にはなんともいえない丸みがある。穏やかだというのとも違う、人の気持ちを安らげるような不思議な響きがあった。

「遠慮するなっ、面を見せいっ強右衛門」

信長の言葉に揺さぶられるようにして、強右衛門は上体を起こす。細く尖った顎を指先でつまみながら、青白い顔の男が上座で口許を吊り上げている。漆黒の当世具足に身を包んだ信長の冴え冴えとした視線を受け、強右衛門は目を伏せながら、顔が見える程度に体を傾けたまま固まった。

「なるほど良き面構えじゃ。勝家に似ておらぬか。のぉ家康殿」

にやけ面で強右衛門を眺めながら、信長は傍らの盟友に問う。丸々と肥えた三河の大名は、肉に埋もれた首を顎で突くようにしてうなずいた。

「そう言われれば、武骨な顎やごわごわとした髪など、勝家殿に良う似ておりまするな」

二人が勝家といえば、一人しかいない。強右衛門も知っている名だ。織田家の宿老、柴田勝家である。信長の家臣のなかでも〝かかれ柴田〟と称される武勇の士だ。

「強右衛門っ」

「はは」

ふたたび頭を下げる。

「奥平信昌よりの使者の役目、大義であった。長篠へは代わりの者を遣わす故、御主はここで休め」

「え」

思わず体を起こし、信長の青白い顔を正視する。足軽が信長のような身分の者を正面から見据えることは無礼極まりない行為であった。強右衛門は己が行いに気付き、三度ひれ伏す。そして、みずからの想いを舌に乗せる。

「織田徳川両家からの後詰あること。一刻も早う、某の口で信昌様に御伝えしとうござりまする。どうか、長篠城へ戻ることを御許しくださりませ」

「天晴（あっぱれ）じゃっ！」

叫んだ信長が手を叩く。

「一刻も早う主に報せたいという御主の想い、真に天晴じゃ。強右衛門っ、早う城へ戻れ。儂と家康殿がじきに来る故、もう少しだけ辛抱いたせとな」

「ははぁっ」

腹から声を吐いて答えた強右衛門は、その日のうちに岡崎城を後にした。

駆ける、駆ける、駆ける。

家康の元へ走っていた時よりも、強右衛門の体は軽かった。疲れは増しているはずなのに、己でも不思議なくらいに足が軽やかに地を蹴るのだ。息は乱れ、身中には熱が籠っている。少しでも気を抜けば、前のめりに倒れて動けなくなってしまいそうなほどに体は疲弊しているのだが、それでも軽い。

後詰が来る……。

なんとしても己の口から信昌に伝えたかった。あの気さくな若者は、どんな顔をするだろうか。どんな言葉で強右衛門を褒めてくれるのか。

楽しみで仕方ない。

心が躍る。

もう数十年感じたことのない気持ちに、強右衛門自身戸惑っていた。

三十も半ばを越え、己は死ぬまで足軽なのかも知れないと心のどこかで思っていた。そんなことはない。武功を立てて出世するのだと、必死にみずからを焚き付けて戦場を駆けまわってはいたが、心のなかには不遇という名の闇が日一日と大きくなってゆく。足軽のまま死に、我が子もまた足軽として生きる。戦場の只中にあって槍を振るう足軽は、死の気配のもっとも濃い場所で戦い続けなければならない。死ぬ。呆気なく死ぬのだ。そして誰からも顧みられない。そんな思いを息子にはさせたくなかった。だから、己が代でせめて足軽大将くらいにはと願っていた。幸い体には恵まれている。存分に力を発揮すれば、手柄首のひとつやふたつ取れぬことはない。機が巡ってこなかったのだ。これまでは。

そう。

強右衛門はこれほど賞されたことはなかった。しかも賞した者は、あの、信長と家康である。城に戻れば信昌もきっと褒めてくれるはず。戦が終われば、信長と家康からも強右衛門の名が信昌に語られるだろう。

足軽大将などという小さな出世ではない。

待っていてくれ……。

郷で待つ幼い息子の顔が頭を過る。死した妻が遺してくれた一粒種だ。手塩にかけて育ててきた。有難いことに強右衛門に似て、同年の子らのなかでは体軀も飛び抜けて大きい。きっと良い侍になるはずだ。

息子のためにも、必ず城に辿り着かなければならない。

「大丈夫だ」

強右衛門はつぶやく。

寒狭川を泳いで渡った。眼前の切り立った崖を見上げる。登りきれば長篠城の本丸であった。

岩に手をかける。

新たな岩、次の岩とつかんでゆく度に強右衛門は城へと近づいてゆく。

と……。

いきなり右の太腿に焼けた鉄の棒を差し込まれた。それからすぐに右足の踏ん張りが利かなくなって、足場を踏み外す。なにが起こったのかわからぬまま、強右衛門は崖を転がり落ちた。

太腿に矢が刺さっている。

「何奴じゃっ！」

仰向けになったまま天を仰ぐ強右衛門を、無数の槍が囲んでいた。

汗と泥に塗(まみ)れた褌(ふんどし)一枚で、強右衛門は縛られている。逆茂木(さかもぎ)で囲われた冷たい土を、四方に立てられた松明が照らしていた。強右衛門の左右には、鎧兜を着込んだ武者が槍を構えて立っている。ふたつの穂先が、いつでも喉を貫けるように切っ先を虚空に漂わせていた。

縛られた強右衛門の前にずらりと床几(しょうぎ)が並ぶ。座している鎧武者たちが着けている陣羽織が、炎を受けて小さな光を無数に放っている。よほどの者でなければ着けることを許されぬ物ばかり。武田家のなかでもかなりの立場の者たちが揃っている。

「さぁ、そろそろ教えてくれぬかの」

左右の鎧武者の槍を避けるようにして、床几から立ち上がった男が近づいて来る。その手には馬を叩く鞭が握られていた。右手のそれで、左の掌を叩きながら、男は強右衛門の目の前にしゃがみ込む。

強右衛門よりも年嵩である。頑強な面構えではあるが、目鼻に寄る皺の深さは隠せない。鼻から下を覆う強い髭にも白い物が混じっている。

男の着けている鎧が赤い。陣羽織も衣も袴も赤である。顔を見ても名は解らない。だが、己が軍勢の戦装束を赤一色で揃えている者の名は知っていた。山県昌景。武田家の荒武者である。

「御主は何者じゃ」

昌景であろう男の鞭が、強右衛門の首に当てられる。

「このような夜更けに、人目を避けて崖を登っておったというではないか。そのようなことをしてまで、崖の上になんの用があったのじゃ。御主は奥平の者か。それとも家康の遣いの者か」

問いながら男は鞭でなんども首を叩く。力の籠らぬいやらしい打ち方である。叩かれる辺りがむず痒いが、腕を後ろ手に縛られているからかけるはずもない。男をにらみつけたまま、強右衛門は口を堅くむすぶ。

「素直に答えたらどうじゃ」

少しずつ打つ力が強くなり、痒さが痛みに変わってゆく。

「あそこにおられるのは誰か解るか」

鞭で叩き続ける男が体を傾け、並んだ床几の中央に座っている鎧武者に目をむける。

「武田四郎勝頼様であらせられるぞ」

無言のまま、強右衛門は目を見開いた。

なんということか……。

信昌の命を受けたことで、両軍の将にまみえるという奇縁を得たことに驚く。

いや……。

それほど強右衛門の身は、両軍にとって重要な物となっているのだ。織田徳川両軍の後詰が、長篠城の間近まで迫っているという強右衛門の身中にある事実が、この戦の勝敗を大きく左右するのだ。

「なにが可笑しい」

鞭を持つ男が問う。寄せた眉根から烏帽子の縁まで一直線に深い皺が走った。赤い体から立ち昇る濃い殺気が、男がどれほどの修羅場を潜り抜けてきたのかを無言のうちに強右衛門に知らしめている。

「其方は山県昌景殿か」

敵に無礼もへったくれもない。強右衛門は己にむけられる殺気を受け流しつつ、平然と問うた。

「いかにも某は山県昌景じゃ」

答えた昌景の鞭が、今度は強烈に首筋を叩く。

「儂は名乗ったぞ。さぁ、今度は御主の番じゃ」

「鳥居強右衛門勝商」

「ん」

昌景が首を傾げる。当たり前だ。強右衛門の名など、敵が知るはずもない。いや、仲間でも知らぬ。

「では、強右衛門。御主は何故崖を登り、本丸を目指しておったのだ」

「ふふふ」

自然と笑みがこぼれる。不敵な強右衛門の態度に、昌景が堅い頬をひくつかせた。

昌景越しに勝頼を見据え、強右衛門は腹から気を吐く。

「良く聞けっ！　すでに岡崎城に信長様が入城されておられるっ！　これで武田は終わりじゃっ！」

いずれは知れることである。秘するほどのことではない。

背後に織田の大軍が迫っていると知れば、城を攻める敵の手は緩むかもしれない。

そんな願いを込めて、強右衛門は勝頼にむかって叫びつづける。

「どうじゃっ！　本願寺を攻めておるはずの信長様が、兵を引き連れ奥三河まで来るとは思うてもみなかったであろうっ！」

岡崎城で信長自身から聞いたことを、強右衛門ははなから知っていたかのように語る。大坂の本願寺門徒を早々に破ったことで、信長は長篠城への後詰に三万もの大軍を差し向けることができたのだという。

「御主等は読み違えたのじゃっ！」

縛られたまま大笑する。

「此奴……」

怒りに震える昌景が、腰の太刀に手をやった。

「待てっ！」

床几に座した勝頼の声が、臣を制した。太刀の柄をにぎりしめたまま、昌景は強右衛門をにらみ震えている。

ゆらりと勝頼が立ち上がった。炎を背に受けているから、総身が黒色に染まっている。影がゆっくりと強右衛門に近付いてくる。

「御館様」

昌景が脇に退く。

「強右衛門とやら」

間近に迫ってもなお、なぜか勝頼の顔は漆黒のまま。どれだけ目を凝らしてみても、目鼻が見極められない。

「其方はここで斬り殺される」

捕えられたのだ。覚悟はできている。強右衛門は無言のまま影をにらむ。

「しかし……」

影が揺らぐ。

「生きる道がある。いや、儂の命に従えば、御主を召し抱えてやろうではないか」

「御館様」

主を律するように昌景が影に声を投げるが、勝頼は答えず、強右衛門に語る。

「どうじゃ。其方が奥平家でもらっておった禄の倍で召し抱えようではないか」

何故……。

奥平家の臣であると知っているのか。

「ふふっ」

影が笑った。

「心の動きが顔に出ておるぞ強右衛門。御主のような男は解りやすいの」

「まさか御館様……」

「鳥居強右衛門。御主は後詰が来ることを伝えるために崖を登っておったのであろう」

またも昌景を無視して勝頼は言った。

見透かされている。強右衛門の露（あら）わになっている体が脂汗で輝く。

「奥平家を裏切れ」

影が目の前にしゃがむ。

「明日、御主を本丸の前で磔（はりつけ）にする。そこで、後詰は来ぬと城内に叫ぶのじゃ。さすれば御主は武田家の侍大将よ」

「さ、侍大将……」

「そうじゃ」

「城の前で後詰は来ぬと言えば、侍大将にしてくださるのですか」

強右衛門の言葉にうなずく勝頼の顔には、薄ら寒い笑みが刻まれている。

「解り申した。言いまする」

侍大将……。

勝頼の高笑いを聞きながら、強右衛門は瞑目し頭を垂れた。

丸太に通された二本の横木に手足を括りつけられ大の字になったまま、強右衛門は本丸の塀の前に晒された。丸太の周囲には武田の兵が群れ集っている。背後には勝頼をはじめとした重臣たちが集い、これから行われる強右衛門の呼びかけを待っていた。

「城内の者共よっ聞けぇいっ！」

磔にされた強右衛門の足元に立つ鎧武者が叫ぶ。彼の背丈の三倍ほども高いところにある強右衛門には、城内の兵たちが騒ぎを聞きつけ群れ集いはじめているのが塀越しに見えている。陣笠や烏帽子、禿頭の者など。頭が群がり、強右衛門に視線が集中していた。そうこうするうちに、塀をよじ登って城外に腰から上を晒す者が出て来る。武田方からの攻撃が無いことを知ると、塀を登る者は続出し、屋根の上に腰をかけて様子をうかがいだす。

「あれは強右衛門ではないかっ！」

城内の兵のなかから声が上がる。

「そうじゃ強右衛門じゃっ」

「強右衛門ではないかっ！」

家康への遣いを志願した強右衛門の顔は、信昌が足軽たちを集めた席上でかなりの者に知られている。彼等が声を上げ、それはたちまちのうちに城内の兵たちに伝わった。

「静まれぃっ！」

先刻、足元で叫んだ鎧武者が敵でありながら、城内の者に命じる。ざわめきはいっこうに治まろうとしない。

銃声が天に轟いた。驚いた奥平の兵たちが息を呑む。その虚を衝き、足元の鎧武者が吠える。

「この者は、其方等の味方であるっ！　城を抜け、家康への使者となった鳥居強右衛門なる男じゃっ！」

多くの者がすでに知っていることを、鎧武者はあらためて口にした。

「強右衛門っ！」

塀の端に建つ櫓から声が聞こえた。強右衛門は声のした方を見る。

信昌であった。櫓の腰までの壁に手を突いて、身を乗り出すようにして磔にされた強右衛門を凝視している。

磔のまま笑ってみせた。信昌は名を呼んだ後は、なにも言わずに強右衛門を見守っている。

体の重さを支えている手首と足首が痛んだ。褌一枚で磔にされ、全身脂汗でびっしょりだ。射抜かれた足がじくじくと痛む。どうやら膿んでいるようだ。

「昨晩、この男を城の外で捕えた折、我等はあることを知った。が、我等の口より御主等に聞かせるよりも、味方であるこの者の口から聞いた方が良かろうと思い、こうして場を設けてやったっ！　心して聞くが良いっ！」

足元の鎧武者が偉そうに吠えた。城内から矢玉で狙われたら、防ぎようもないというのに、男は敵の前に泰然と身を晒している。よほどの武者なのであろう。重臣なのかもしれないが、昨晩の床几の列のなかにあったかどうかは強右衛門にはわからない。

　男が丸太を見上げる。壮年の武者が、兜の庇の下の目に殺気を漲らせた。

「わかっておろうな。御館様に命じられたとおりに叫ぶのじゃ。それで御主は武田の侍大将ぞ」

　強右衛門は男を見下ろし、ちいさくうなずくと、塀の上に群れる奥平の兵たちを見渡した。

「お……」

　望外のうちに声が出てしまった。塀の上に片手の無い男の姿を見付けたのである。過日の戦いで救った男であった。

「生きておったか」

　強右衛門の視線に気付いた男が、布をぐるぐるに巻いた無くなった方の腕を思いっきり振る。その傍らには助けた晩に礼を言いに来た男が付き添っている。

「良かったのぉ」

　しみじみとつぶやく。

「おい鳥居っ」

　足元から上がった気迫に満ちた声が、強右衛門を急かす。

後詰は来ない……。

そう叫べば侍大将だ。

助けが来ないと聞かされた兵たちの落胆ぶりは如何ばかりであろうか。士気は下がり、後詰の到来を待たずに落城するやもしれぬ。もしかしたら強硬に開城を拒む信昌を犠牲にし、城の兵たちがみずから門を開くということも考えられる。

長篠城に籠る五百人を犠牲にし、強右衛門は侍大将となるのだ。出世に犠牲は付き物ではないか。信昌の父、貞能も、武田から徳川に鞍替えする際に、甲府にいたみずからの息子や縁者を見殺しにしている。

腹を括れ……。

固く目を閉じ、鼻から息を吸う。

城内の兵たちは、強右衛門の言葉を聞こうと息を潜め耳を澄ましている。敵味方が集うなか、奇妙な静寂が辺りを包んだ。男たちの目は、磔にされた強右衛門だけに注がれている。

目を開いた。そして、顔を櫓の方に向ける。信昌が身を乗り出し、強右衛門を見つめていた。狙い撃たれたらどうするのだと、心の中で語りかける。おそらく家臣たちも、止めたであろう。しかし信昌は強右衛門を案じることに必死で聞かなかったのだ。そういう男である。

主は……。

腹は決まった。

「良く聞かれよっ！」

信昌から目を逸らし、塀の上の男たちを見る。

「家康様の軍勢は岡崎城に集い、こちらの動きに気を配っておるっ！」

口を開いたら止まっては駄目だ。一気に語ってしまうのだ。

「家康様は織田勢と合流し、我が城の後詰に御越しになられるっ！　織田の軍勢はすでに岡崎城にありっ！　率いておられるのは信長公御本人なりっ！　こは織田の援軍ではないっ！　織田の本隊ぞっ！　奥平勢の方々よっ！　両家の軍勢合わせて三万っ！　数日の辛抱じゃっ！　数日のうちに、徳川織田両家の大軍が後詰としてこの地に現れるっ！　儂が岡崎城で、信長公より直々に聞いてまいったのじゃっ！　安心めされよ皆の衆っ！」

語り終えてふたたび櫓を見る。身を乗り出したままの信昌が震えていた。その目が陽光で輝いて見える。

「御安堵めされよっ！」

櫓にむかって叫んだ。

「えぇいっ、其奴を黙らせぇいっ！」

背後から勝頼の怒りに満ちた声が聞こえた。頭を思いきり回して、武田家の惣領の顔を肩越しに見ようとしたが捉えられない。

「ざまぁみやがれ」

姿の見えぬ勝頼に語りかけた時、脇腹から堅い物が身中へと入って来た。左右同時に突き入れられた堅い棒の所為で、腹のなかがたまらなく熱い。腹の熱い物が、息を吐くと同時に口からほとばしる。

棒が抜け、ふたたび新たな場所から刺し込まれる。熱い物が口からだけではなく、棒を抜かれた場所からもこぼれ落ちてゆく。

「強右衛門っ！」

櫓から信昌が叫ぶ。

頭を回すだけの力がなかった。うなずこうと顎をかたむけたら、そのまま重さでうなだれてしまった。その拍子にみずからの体が視界に飛び込んでくる。腹から腸が飛び出し、垂れ下がっていた。流れだす熱い物の正体は、みずからの赤黒い血であった。

腹に力が入らない。もうなにも言うことができない。頭は重くて持ち上がらない。

死ぬ。

不思議と恐れや不安はなかった。ただ郷に残してきた母と息子だけが心配ではあった。だが信昌がきっとなんとかしてくれる。そう思うと最後の心配も腹から流れる血に混じって体から去ってゆく。

侍大将……。

勿体無いことをした。

最後に思ったのがあまりにも些末(さまつ)なこと過ぎて笑ってしまう。

笑みを浮かべたまま、強右衛門は果てた。

この日の彼の姿に震えた武田の臣、落合左平次(おちあいさへいじ)は、磔にされながらも堂々と前をむく強右衛門の姿をみずからの旗印にした。苛烈な死をもって示された強右衛門の武勇は、後の世の武士の忠孝の鑑(かがみ)となった。

肆　内藤昌秀

落ちない。

十六日かけ、ひとつまたひとつと廓を落としやっとのことで本丸まで辿り着いた城が。

落ちない。

昨日の一件を境にして、敵の目の色が明らかに変わった。

「この辺りが頃合いであろう……」

勝ち戦に功を求めんと城に取りつく兵の背中をながめながら、内藤昌秀は誰にも気づかれぬように声を抑えてつぶやいた。己が手勢は、味方の頭を蹴り、肩を足場としながら、なんとか城内に入ろうと試みる。梯子などは掛けたそばから引きずり上げられ奪われるから、使わない。敵味方双方が放つ矢が、長篠城の本丸に刃の雨を降らせている。塀に取りつく男たちは、みずからを狙い撃つ矢に怯みもしない。

火矢も間断なく放たせてはいるが、黒煙が上がってもすぐに消える。城内の兵たちの統率に乱れがないことがそれでわかる。

兜の紐(ひも)の隙間からのぞく顎を指で弄(もてあそ)びながら、昌秀は渋い顔で城をにらむ。

「奥平信昌か……。貞能の小倅め」

奥平家の当主、貞能は家康とともにある。いま目の前の城を守るのは、息子の信昌だ。二人の所為で、武田家はこの城を失ったといっても過言ではない。この城と奥平家がからむ武田家との因縁に、昌秀は不吉なものを覚える。

「どっからでもかかって来いやぁっ！」

「じきに後詰が来るっ！　儂等はそれまで絶対に敗けはせんからのぉっ！」

雑兵たちの怒鳴る声が遠巻きに戦いを見守る昌秀にまで聞こえて来る。

「鳥居強右衛門……」

憎々しい名を唱える。

昨日、敵前で死んだ男の名だ。あの男が死ぬ間際に放った言葉が、籠城に疲れ果てていた敵を奮い立たせた。

織田徳川両家の後詰が間近まで迫っている。

強右衛門がみずから岡崎城まで出向いて信長に会って来たというから、たしかなことなのであろう。

後詰が来ると知った敵は、一昨日までとは一変していた。まず、城内から上がる声が違う。敵襲を迎え撃つためにみずからを奮い立たせる喚声に勢いがある。味方を奮い立たせるだけに留まらず、襲い来る敵を威嚇(いかく)せんとする力まで感じるのだ。

来るなら来い!

言葉にならない声から、昌秀は男たちの叫びを聞く。

気迫に満ちた声を放つようになった敵は、当然戦い方も違ってくる。

堅い。

これまでは至る所で塀を越えて本丸内に乱入する味方の姿が見て取れたが、今日は二刻あまりも攻め続けてまだ一人も塀を越えられない。こうなると味方の方が攻め疲れてくる。

心の均衡が完全に崩れてしまっていた。

強右衛門が死ぬ前までは、兵糧を奪われた敵はその日一日をなんとか持ちこたえるので精一杯だった。いっぽう、味方はもはや落ちるのを待つばかりとなった城を強気に攻めていた。死にかけの鼠(ねずみ)を弄ぶ猫のように、心に余裕をもって戦っていられたのである。しかしそれが、昨日を境に完全に逆転してしまった。

味方はいつ織田徳川の後詰に攻められるかと背後を気にし、強右衛門の報せによって勇躍した城兵とも対峙しなければならない。奥平の兵たちはただ城を守れば良いだけ。後背に憂いはない。

こうなるともはや落ちない。敵味方の心の傾きが大きく、味方の方が押されている場合、深入りは禁物である。深入りすればするほど、敵の術中に嵌(はま)るばかり。かの信玄公ですら、北信濃の砥石(といし)城攻めの際に深入りが元で大敗し、多くの家臣を失ったのだ。

「いつまでやるのやら」

溜息が漏れる。

齢五十三、もはや老年である。昔ならばどれだけ心の均衡が崩れていようと、みずからが先頭にたって兵たちの尻を叩けば状況はいくらでも打開できると思い、馬を本丸間際まで走らせた。しかし、五十を越え、いくらか物事が見えるようになった今、できぬものはできぬのだと素直に認められる。

この戦は一刻も早く退くべきだ。

「面倒じゃ」

重たい息の塊(かたまり)が乾いた唇から零(こぼ)れ落ちる。まるで昌秀の息を吹きかけられたかのように、眼前の味方たちがぼろぼろと塀から崩れ落ちてゆく。

「ひゃぁあっはぁっ！」

城内から奇声が上がる。塀の屋根の上に数人の敵が立って踊っていた。胴丸ひとつ。草摺りの間からは褌が覗いている。端武者のなかの端武者だ。

城のなかから端武者たちになにかが手渡される。二人がかりで抱えたそれは、鉄鍋であった。湯だ。煮えたぎった湯を浴びせ掛けている。ありふれた手ではあるが、かけられた方はたまったものではない。面の皮が剝げ、目を潰す者もいる。

「ほうれ、ほうれっ」

鉄鍋を抱える者以外にも腰帯にぶら下げた袋から取り出した石礫を投げつける者がいる。かと思えば、褌を着けぬ尻を城外の敵にむけ脱糞する者や、肥桶一杯の糞を放つ者もいた。屋根に居座る端武者どもは、降り注ぐ矢を恐れもせずに、迫りくる敵を愚弄するように無邪気に笑いながら矢玉ではない物を振り撒き続ける。一人二人と抜け落ちようとお構いなし。倒れるとすぐに引き摺り下ろされ、新たな者が加わる。

「虚仮にされておるわ」

攻めあぐねる味方を見ながら、他人事のようにつぶやく。

ここまで愚弄されるということは、敵がひとつにまとまったという証拠である。武田勢を恐れ開城して頭を垂れようとする者たちですら、強右衛門の死に様を目の当たりにして決戦を決意したのであろう。信昌を頂として足軽雑兵小者にいたるまで、城に籠るすべての者が腹をくくったのだ。

戦場で味方の心をひとつにすることほど難しいことはない。それぞれに思惑があり、主が違う。昌秀は勝頼に従っている。武田家の臣だ。しかし昌秀の家臣は、あくまで内藤家の臣であり、彼等を主と仰ぐ足軽や雑兵たちがいる。無数の枝葉でひとつの軍勢が形作られている。そしてその枝葉ひとつひとつに手柄と、暮らしと、恐れがあるのだ。頂点の指し示す方へとりあえず進んではいるが、一枚岩となることなど万にひとつあるかどうかであろう。重臣たちであれば御館様のために命を投げ出すのも厭わないが、足軽どもは己の命が惜しい。そういう無数の心の隙間が、おおきなほころびとなれば、戦には勝てぬ。逆に、隙間のない強固な一枚岩となることができれば、どんな大軍が相手であろうと敗れることはない。長篠城に籠る敵が、まさにそれであった。

武田家はほころびだらけである。昌秀自身の心が、ほころびているのだから間違いない。

すでに二刻。どれだけ敵に愚弄されようと、味方は諦めずに攻め続けている。もう止めよという言葉が喉の奥まで上がって来るが、命じる訳にはいかない。昌秀の手勢だけを下げることはできないのだ。

本陣で勝頼が見ている。力押しで押せという命を下し、戦の推移を昌秀よりも遠くから見守っていた。

「余計な真似をするからこうなる」

悪態が思わず口から零れ出す。

もとはといえば勝頼が強右衛門に入れ知恵をしたのが裏目に出たのだ。勝頼の愚策が敵を奮い立たせてしまったのは間違いない。侍大将などという餌をちらつかせて、裏切らせようとするからこんな羽目になる。甲斐の虎と呼ばれた信玄の子として生まれ、暮らしに困ることなどなかった主の、足軽に対する侮りが、強右衛門に利用されてしまったのだ。あの男は元から裏切る気などなかったのである。城内に後詰が来ることを報せることができる最後の機を逃さなかった強右衛門の知略こそを、昌秀は褒めてやりたかった。

しかし強右衛門は敵である。そして愚策を犯したのは、己が主なのだ。

溜息が漏れ、味方が塀から崩れ落ちる。何度これを繰り返せば良いのか。昌秀は暗澹たる気持ちになる。

小細工をせずに殺してしまえば良かったのだ。

強右衛門を殺していれば、今も城内の兵たちは後詰が来ることを知らず、開城という目もあったはずなのだ。開城が望めずとも、士気の落ちた敵が相手であれば、優位に戦を進めることができたのだ。織田徳川の後詰が来ることをこちらは知っている。士気が落ちている敵を迅速に攻めれば、後詰が来る前に落城させることも可能であったろう。

すべてが水泡に帰した。

勝頼の所為で……。

強右衛門が城内に後詰が来ることを知らせた時、昌秀は背後から見ていた。勝頼を中心にして並べられた床几に座った重臣たちは、一人の足軽の最期の叫びに息を呑んだ。昌秀の隣に座っていた昌景だけが、怒りに打ち震え立ち上がって強右衛門に罵声を浴びせ掛けた。その声によってみずからの失策に気付かされた勝頼が、腰を浮かせ足軽の処断を命じたのだが後の祭り。城内では、歓喜の喊声が轟いていた。

その時のことを思うと、今もまだ怒りで体が震える。堅く握りしめた拳が打つ物を探し、見つからずに己が足を叩く。

もはや城は落ちない。ならば一刻も早く退くべきだ。このまま無闇矢鱈に攻め続け、無駄に兵を死なせてなんになるというのか。

主は焦っているのだ。

父であり偉大な先代である信玄公と比べられることに。偉大な父の遺言の呪縛から逃れるために。

勝頼は己が息子である武王丸が元服するまでの中継ぎだという想いが、重臣たちにはある。昌秀自身、そう思っていないと言えば嘘になる。心底から勝頼を御館様だと思っているのは、腹心である長坂釣閑斎や跡部勝資あたりくらいであろう。

重臣たちのそんな暗い想いは、勝頼への態度となって表れる。ならぬと思いはするが、どうしても口調や物腰がよそよそしい物になってしまう。昌景ほど露骨ではないとしても、重臣たちは一貫して勝頼に対し他人行儀になってしまうところがあった。

「面倒じゃのぉ」

こんな状況で国境を越えて戦などしてなんになるというのか。

やはり、信玄公は正しかった。

三年のうちは国を固めろと言い遺し、信玄公は逝った。勝頼と重臣たち、両者の間にある冷え冷えとした情の滞りを三年のうちに溶かすために、国の裡をしっかりと固めなければならなかったのだ。主と臣がひとつとなって、武田家の行く末を三年かけて定めることで、勝頼を柱とした武田家ができたのではないか。そうせよと信玄公は言い遺したのではないのか。

しかし。

勝頼は焦った。

すべてを勝頼の所為にする訳ではない。信玄公の死を知った家康が、領内を乱したのだ。兵を動かすなというのはあまりにも理不尽であろう。

勝頼はやり過ぎたのだ。領内を守る戦だけでは飽き足らず、東美濃、奥三河へと国境を越えて兵を動かし、国内には目をむけなかった。

その結果、勝頼と重臣たちの心の隙間が埋まることはなかった。それどころか、武田家にできたほころびは、日を追うごとに大きくなっていったように昌秀には思える。

「ん」

法螺貝の音が聞こえる。勝頼のいる本陣からだ。

「遅いわい」

退却を報せる法螺貝の音を聞きながら、脳裏に浮かぶ勝頼の仏頂面に悪態を吐く。

すでに眼前の兵たちは、将の退却の命を聞くより先に、塀から退きはじめている。別段、咎めだてするつもりもない。無益な戦いを三刻もの間、果敢にやり遂げたのだ。法螺貝の音を聞き我先に退きたくなるのもわかる。

「退却の下知をいたせ」

側仕えに声をかけ、城に背をむけた昌秀はひと足先に戦場を後にした。


黒い。

灯明に照らされてもなお黒い。

「まったく腹が立つっ！」

二つ下の同朋が、鼻の下を覆う黒い髭を激しく揺らしながら床を殴った。その所為で激しく揺れた膳の上で、盃から酒がこぼれる。男はそれを視界の端に認めると、盃を手にして一気に飲み干した。強い髭が酒の滴で輝いている。

荒い。

この男はなにをするにしてもとにかく荒い。

武田随一の猛将、山県昌景が昌秀の陣所に現れて四半刻あまり。猛将はずっと怒っている。

「いったい御館様はどうなされるおつもりなのじゃっ！」

荒々しく盃を膳に戻し、昌景は怒鳴る。己に怒りをぶつけてもどうなるものでもあるまいにと昌秀は心につぶやきながら、それを言葉にせず小首を傾げて目を細めた。

「さて……。そは御館様に直に聞くしかあるまいて」

「今日の戦はなんじゃ！　なんじゃあれはっ！　御主も見ておったであろうっ！」

笑みのままうなずく。

昌景は荒い鼻息で髭を震わせながら、怒鳴り続ける。

「鳥居何某(なにがし)の所為で、すっかり敵は勢い付いておるではないかっ！　これではどちらが攻めておるのかわからぬわいっ！」

昌景が苛立つのも解る。が、鬱憤を晴らすためだけに訪れたというのなら、良い迷惑である。

「あのような下郎はさっさと斬ってしまえば良かったのじゃ」

強右衛門の処置については、どうやら昌景も昌秀と同じように思っているらしい。

「小細工などするから、あのような羽目になるのじゃ。見よ、彼奴が命懸けで後詰の到来を叫んだ故に、敵は息を吹き返してしまったではないか」

「もはやこれまでじゃ」

「そうじゃ。こうなってはもう手はない。落ちぬ城をいつまでも囲んでおってもどうともならん。退くならば早い方が良い」

「進言するつもりか」

穏やかに問うた昌秀に、赤ら顔の猛将はみずからの盃に酒を注ぎながら勢いよくうなずいた。

「儂が言うしかあるまい」

答えて飲み干す。髭をきらきらと輝かせて、年下の同朋は頭を左右に振る。

「織田と徳川の後詰は、もうそこまで来ておるのじゃ。猶予はない」

つぶやくように言った昌景が溜息を吐く。己が手のなかにある空になった盃をにらみながら歯を食いしばり、武田家随一の猛将はふたたび語り始める。

「御館様が生きておられたら、今の我等をなんと申すであろうかの」

今の〝御館様〟という言葉が、勝頼を指しているものではないことは、問わずとも解る。寂しげに盃を見つめ続ける昌景に、昌秀は穏やかに答えた。

「さて……。不甲斐なき奴等めが。何故、四郎の言うがままにさせておるのじゃ。こういう時のために、御主達がおるのではないか。とでも仰せになられるのではあるまいか」

昌景が力無く笑って、盃から昌秀へと目を移す。

しませぬ」

「ふんっ、あの御子は儂等をはなから嫌うておられる故、なにを言っても聞きはいた

信玄に言っているのか、はたまた昌秀になのか、曖昧な口振りで猛将はつぶやいた。その目は昌秀にむけられてはいるのだが、定まってはいない。顔のあたりを見つめながら、ゆらゆらと漂っている。酔ったのだ。まだ、瓶子ひとつを空にしただけである。昔の昌景ならば、ひと息で呑み干してしまっていた。年の所為で弱くなったのか。それともあまりにも鬱憤が溜まり過ぎて、酒が回ってしまったのか。とにかく五十の坂を越えたばかりの猛将は、虚ろな口振りでなおも語る。

「やっぱり勝頼殿は、御館様の御子じゃ。こうと決めたら、真っ直ぐ突き進むところは、そっくりじゃ。十年もいたせば良き大将に必ずなられる。だからこそ、今が大事なのじゃ。のぉ昌秀。そうは思わぬか」

虚ろな瞳は己ではなく信玄の幻を捉えているものとばかり思っていた昌秀は、名を呼ばれて肩を震わせた。みずからに言われていると思わずぼんやりと聞いていたため答えに窮していると、深紅の鎧を震わせ昌景が言葉を重ねる。

「今はまだ信長とやる時ではない。家康だけならば良いが、信長が出て来た今、速やかに兵を退くが上策じゃ」

「甲府での軍議では、織田家と伍してみせると豪語していたではないか」

「あれはっ……」

解っている。勝頼に苦言を呈したいという心が言わせた言葉なのだ。今回の出兵に納得していなかった昌景は、きっかけを探っていたのである。それが先の強気な言葉の正体だ。

悪戯（いたずら）がばれた童のように目を伏せ、武田家一の猛将は口を尖らせる。

「あ、あれはなんじゃ。あぁでも言わねば勝頼様は儂の言葉なぞ聞きはせぬ故……」

「某も今、織田徳川両軍と戦うのは得策ではないと思う」

助け船を出す。そして、みずからの瓶子を手に取り、膝をすべらせ昌景に近付く。膳の上の盃に酒を注ぎながら、猛将の横顔を見る。遠くからは解らなかったが、烏帽子の下の髪に白い物がかなり混じっていた。

「とにかく明日、本陣へ行き御館様に言上（ごんじょう）いたそうではないか」

昌秀の申し出に、鼻から下を強毛（こわげ）で満たした顔がこくりとうなずいた。

夜が明けるとともに、本陣へと来るようにとの命が重臣たちの元に届いた。昌秀は勝頼の陣所である医王寺へと馬を走らせた。

先を越されたか……。

昌景とともに撤退を言上するはずであったのだが、それより先に勝頼から呼ばれた。いったいどんな話なのか。昌秀は逸る気持ちのまま、鞍の上から鞭を振るう。

本陣に着くと、先に到着していた昌景が、馬場信春とともに昌秀をむかえた。鎧を着けていても解るほどに堂々と胸を張る昌景の姿には、昨夜の酔いは微塵も感じられない。

「来たか」

猛将の言葉を聞きながら、昌秀は二人を見遣る。

「御二人も呼ばれておるということは、軍議であろうな」

「それしかあるまい」

馬場美濃守信春が、相変わらずの陰気な目付きで昌秀をねめつけた。

「昌景から聞いたぞ」

信春が続ける。

「本当ならば今朝、御主たちは撤退を進言しようとしておったらしいの」

黙したまま昌秀はうなずいた。落ち窪(くぼ)んで出来た影の奥で輝く瞳で昌秀を見据えたまま、信春は続ける。

「御主等が進言しようといたしていたように事が進めば良いのだがな」

どうやら信春も撤退に賛成らしい。

赤備の大将が咳払いで二人の間に割って入る。

「とにかく、軍議じゃ軍議。行ってみねば解らぬて」

そう言って他の重臣たちが待つ広間へ我先に向かおうとする赤い陣羽織を、昌秀と信春は追った。


「有海原へと兵を進める」

一門衆、重臣相揃った広間に現れた勝頼が放ったひと言を聞き、昌秀は我が耳を疑った。

「有海原とはまた……」

一門衆筆頭の逍遥軒が、禿頭を撫でながら笑う。なにが可笑しいのかと言いたげな冷淡な眼差しを叔父にむけ、勝頼は続けた。

「織田の兵を頼って家康が押し出して来た今が好機である。迎え撃ち、父の宿怨（しゅくえん）を晴らすのじゃ」

昌秀の思惑は裏切られてしまった。まさか、ここまで強気に勝頼が動くとは思ってもみなかった。

「物見よりの報せで、敵は設楽郷まで兵を進め陣を布いておるということじゃ。我等も出る。陣立ては追って報せる故、皆は陣所に戻り支度をいたせ」

軍議は終わりだとばかりに、勝頼が腰を浮かせる。

「あいやっ、しばらくっ！」

怒声が轟き、勝頼が腰を浮かせたままで固まった。声の主が誰かは見ずともわかる。昌秀は主の方を見たまま、赤備の猛将の言葉を待った。

「こは軍議にござりましょう。御館様が申されたきことを宣(のたま)われ、それで終りと言うならば、こうして皆を集めることはありますまい」

「何が言いたい」

腰を浮かせたままの体勢で、冷淡に吐き捨てる勝頼の態度は、あからさまに重臣を挑発している。愚直な昌景が怒りで我を忘れぬかと心配になり、横目で紅い陣羽織を捉えた。広い背中から怒気は感じられない。安堵するが、気は抜けない。

「軍議とはっ！」

猛将が声に覇気をみなぎらせて吠えた。戦場では昌景のこの雄叫び一発で、敵が震えて動きを止める。声ではない。圧が波となって襲ってくるのだ。一門衆や重臣たちは慣れているから、虚を衝かれることはない。それでも昌景の渾身の一喝を浴びると、顔をしかめてしまう。耳に触れるのだけは皆我慢しながらも、座の誰しもが昌景の咆哮に顔を歪める。

だがただ一人、猛る昌景を冷然と眺める男がいた。

勝頼である。

上座で腰を浮かせたままの武田家の惣領は、猛将の一喝を平然と受け止めてなお、小動もせずみずからに敵意をむける重臣を見下している。大した胆力だと、昌秀は素直に感心した。このあたりの肝の太さも、信玄公譲りである。

「そのような大声を出さずとも聞こえておる。もそっと静かに語れぬか山県」

冷めた声で言いながら、勝頼が尻を上座に落ち着けた。胡坐の膝に右肘を置き、拳の上に顎を載せる。そのまま、赤備の将に感情の籠らぬ目をむける。

主と正対しつつ、昌景は愚直な言葉を紡ぐ。

「我等にも考えがござりまする。皆で忌憚無く語らい合い、策を練るのが軍議でござりましょう。全軍の行く末がかかっておるのです。御館様の一存で決める訳にはまいりませぬ」

「はっきりと申したらどうだ山県。御主は有海原に兵を進めるのが嫌なのか」

「嫌なのか、ですと……」

好き嫌いで物を言うのは童である。勝頼が己を子供扱いしたことに、昌景は声を失う。赤い陣羽織が小さく揺れている。

猛将の頭に血が昇って行くのが手に取るように分かった。

「御館様」

昌秀は膝を滑らせ、列からわずかに躍り出て勝頼と相対した。平伏し、主の顔を見ぬようにしながら言葉を投げる。

「実は昨晩、某と山県殿とで話し合い、ここは速やかに兵を退くべきではないかと御館様に言上いたそうということに相成り申した」

「ほぅ、其方たち二人で語らい合って、退くことに決めたと申すか」

「そう御館様に言上せねばということになった次第にござりまする」

勝頼の悪意に囚われてはならない。いちいち引っ掛かっていたら、昌景のように怒りでなにも見えなくなる。その愚だけは犯してはならぬと腹に念じながら、昌秀は淡々と己が想いを紡ぐ。

「後詰の到来を知り、長篠城の守兵たちの士気は上がっておりまする。このまま力押しに攻めても落ちはいたしますまい。後詰が迫る今、敵が餓えるのを待つだけの時はございませぬ。今度の出兵で足助、浅賀井、阿須利、八桑、大沼、田代、二連木という奥三河の城を落としておりまする。十分な戦果でありましょう。ここは兵を退き、我等の勝利という形のまま戦を終えるが良かろうと存じまする」

「織田徳川両軍を前にして退くと申すか」

「今度の戦は我等が勝ったのです」

今のまま戦を終えれば、である。明確な決着など必要ないのだ。どちらが終始優勢に戦を進めたかで、勝敗は決まる。先代だって幾度も越後の上杉謙信と川中島で戦ったが、明確な勝利を得たことは一度もない。ただ、北信濃を領有したという事実において、武田家が勝利したと周囲に胸を張れたのである。戦とはそういうものだ。いずれかが殲滅するまで戦うなど、できはしない。

「そうじゃ」

いきなり一門衆から声が上がり、勝頼が視線だけを投げた。強張った笑みを浮かべながら口をもごもごさせていたのは、穴山信君である。信豊と同じく、この男も勝頼の従兄弟であった。

「内藤たちの申すことにも一理あるとは思わぬか四郎殿。ここはひとまず兵を退いてだな」

「穴山殿は少し黙っていてくだされ」

冷淡な勝頼の言葉を浴びて、頼り無い従兄弟は強張った笑みを満面に張りつけたまま固まった。

昌秀は主に詰め寄る。

「このあたりが潮時かと」

勝頼が目を細めて、赤備の将を見た。

「山県よ。其方も内藤と同じように思うておるのか」

「は」

怒りを抑えながら、昌景が答える。

勝頼が口の端を吊り上げた。不吉な予感が昌秀の脳裏をよぎる。

「御館さっ」

「臆したか山県」

昌秀が言い終えるより先に、勝頼の鋭い言葉が猛将の胸を貫いた。

「なんとっ！」

昌景が床を叩く。

「今なんと申されたかっ！」

「臆したのかと申したのじゃが聞こえなんだか」

駄目だ……。

この主には昌景と分かり合おうという気持ちがはなから無い。先代の頃よりの重臣たちはすべて敵だと思っている。

ほころびだらけではないか……。

武田家はいつからこんなことになってしまったのであろうか。昌秀は胸が締め付けられる想いで、主と昌景を見遣る。

「今一度……。今一度、申されてみよ」

怒気が身中にくぐもり昌景の声が深く沈み込む。これ以上の怒りは、暴発を招きかねない。

音もなく静かに膝を滑らせ、猛将の隣に座る。いきなり視界に現れた昌秀を見た昌景の目は、真っ赤に染まっていた。間近で見た猛将の顔に宿っていたのは、怒りではなく悔しさだと昌秀は見る。

「わかりまするぞ」

猛将の肩に手を添えて、目を閉じる。顔を伏せ深く息を吸ってから、腹に溜めた気を鼻からしずかに吐いてゆく。それから瞼を開き、昌秀は頬を緩ませ勝頼を正面から見据えた。

「御館様」

「なんじゃ」

氷のように硬い顔付きで己を見下す主に、昌秀は穏やかな声を投げる。

「我等に対する想いで、道を踏み誤られることのなきように願いまする」

「なにが言いたい」

眉ひとつ動かさぬ主に、心を動かすことなく昌秀は己が想いを曝け出す。

「御館様は何故、我等に冷たく当たられまするか」

「おい昌秀」

身に着けた鎧と同じ色に顔を染め、猛将が止めようとする。昌秀は同朋の戸惑いに穏やかにうなずきで応えてから、主に言葉を連ねる。

「某も山県殿も、決して御館様を貶めようといたしておるわけではございませぬ。すべては武田家のため。御館様のためを思うてのこと。しかし……」

勝頼は拳に顎を載せたまま聞いている。昌秀を見る目からは、心の動きは読み取れない。

それでも……。

事ここに至れば、後悔せぬよう想いの丈(たけ)のすべてをぶつけるのみだと、昌秀は腹を括り主と相対する。これは、昌秀にとって戦であった。長篠城に籠る奥平勢との戦よりも大事な戦である。

「どれだけ我等が武田家のことを想うて御進言いたそうと、御館様は耳を御貸しくださいませぬ。我等が右と申さば左へ。左と申さば右へと向かれまする。これでは我等は……」

「なにを申すか」

拳の上の顎を震わせ勝頼が昌秀の言を止める。

「儂が右と言えば左。左と言えば右と申すは其方等の方ではないか」

「御待ちくだされ」

重臣の列から馬場信春が立ち上がった。上座を見たまま昌秀の隣に並んで座る。高坂虎綱は越後の上杉への備えとして北信濃の海津城を守っている。先代に最も重用された四人の重臣たちのうち、この地にあるすべての者が並んで勝頼と正対していた。

「御主までなんじゃ馬場美濃」

昌秀のむこうに見える信春に、赤備の将が苦々しい顔で声をかける。信春は長い付き合いの盟友を見もせずに上座へと深く頭を垂れた。

「御館様に対する非礼の数々、この馬場美濃守、二人に代わりまして謝りまする。この通りにござります。どうかこの二人を許してやってくださりませ」

「おい馬場美濃っ！」

額を床に擦りつけるようにして謝る信春を、昌景が呼ぶ。しかし信春はやはり盟友の声を無視して主にむかって言い募る。

「内藤の申すことに偽りはござりませぬ。山県も内藤も、そして某も、けっして御館様に背かんとしておる訳ではありませぬ。ここで兵を退いたとしても、敗けではござりませぬ。勝ちを得たまま退くが戦の常道にござる。深入りは禁物。どうか、どうか、我等の進言を御聞きいれくださりませ」

昌秀は二人よりも前に出て、勝頼との間合いを詰める。

「控えよ内藤殿」

長坂釣閑斎の声を左に受け、笑みをたたえたまま動きを止めた。

「御館様」

勝頼を見る。

主の目はやはり心を宿していない。重臣たちの無様なまでの注進に腹を立てているのか。それとも感じ入ってくれたのか。瞳からは読み取ることができない。それでも、まだ諦める訳にはいかない。

「必ずや、信長と家康の首は取りまする。機が訪れし時は、我等三人が御館様の御前に奴等の首を持って参りまする。それ故、どうか、どうか今度だけは、我等の進言を御聞き入れくださりませぬか。内藤大和守昌秀、今生一度の願いにござりまする」

ひれ伏し言葉を待つ。

「御館様っ！」

背後から荒々しい声が聞こえる。昌秀はひれ伏したまま動かない。

「昌秀の申した通りにござりまするっ！　一度甲斐に戻り、力を蓄え、ふたたび三河に出兵いたしましょう。その時は必ず、この山県三郎兵衛尉昌景が、家康を討ってみせましょうぞっ！　徳川を滅ぼし、織田との決着を付けましょうぞ。信長も必ず某が討ってみせまするっ！」

ごんっ、という激しく床を打つ音が聞こえた。

「黙って聞いておれば……」

勝頼の声が震えている。胸が騒ぐ。不吉な予感を感じながらも、昌秀はひれ伏したまま主の言葉を待つ。

「よくも、そのようなことが申せたなっ」

床を激しく踏み鳴らし、主が立ち上がった。

「徳川を滅ぼし、三河を領したのちに織田との決戦をと申したのは誰じゃっ！　儂が甲府でそう申した時、御主はなんと言ったっ！　忘れたとは申させぬぞ山県っ！」

その通りだ。

主は今度の出兵の際、昌景が言ったのと同様のことを皆に語った。その時の二人のやり取りを、昌秀ははっきりと覚えている。

我が武田家は、今のままでは信長と伍せぬ。そう御館様は申されておられまするのか……。

そういうことではない……。

家康を討ち、三河駿河の徳川領を平らげねば、信長とは戦えぬ。某にはそう聞こえましたが、皆は如何……。

三河出兵を果たしたい主の揚げ足を取って、昌景は無礼な言葉を連ねたのである。あの時、昌秀は猛将の非礼をたしなめた。揚げ足を取る以外の何物でもなかったからだ。その時の愚かな非礼が、刃となってみずからに返ってきた。昌景は抗する言葉もない。

「なんとか申せっ！　昌景っ！」

恐らく昌景は頭を垂れたまま震えている。しかしそれを見遣ることは、昌秀にはできない。昌秀もまたひれ伏したまま、主の猛りを抑える術を必死に模索する。

「落ち着かれよ四郎殿」

叔父である逍遥軒が一門衆の列から主をたしなめる。

「ほれ、そうむきになられまするな。山県はそういう男じゃ。武辺者ゆえ、昔のことなどいちいち覚えておらぬわい」

場を和らげんとしているのであろうか、一門衆から新たな声が飛ぶ。信玄の弟で川中島の戦いで死んだ信繁の子の信豊であった。

「黙っていてくだされ。それとも……」

信豊が座っているあたりから、ごくりという喉を鳴らす音が聞こえる。

「叔父上や信豊殿も、山県たちの申すことに同心なされておられるということか」

「い、いや、わ、儂は……。のぉ叔父上」

「そう、いきり立たずに、重臣たちの言葉を聞いてやっては如何かと申しておるまでよ」

助けを求めた信豊の声を受け、逍遥軒が努めて穏やかに忠告する。

だが。

主が上座にふたたび腰を落ち着ける気配はない。

「揃いも揃って……」

これみよがしな溜息が上座から聞こえて来る。昌秀は頭を垂れたまま、続きを待つ。

「腑抜けになりおったか。諸国を震えあがらせておった武田軍はいったいどこに行ったのじゃ。父上が生きておられたら、今の其方たちを見てどう思うかの」

「御館様」

昌秀は勝頼を見上げた。

「御先代ならば必ずや、ここはひとまず退けと我等に命じられましょう」

「死人の口を借りてまで儂を思うままに操りたいか」

「ご、御先代を死人とは……」

「黙れ内藤っ」

勝頼の瞳に怒りが宿っていた。殺気を容赦なく浴びせ掛けられながら、昌秀は主の罵倒を受ける。

「儂はそうは思わぬぞ。いや、御主たちは忘れておるのじゃっ！　家康は父上の宿敵ではないかっ！　長篠城に籠る裏切り者のことなど、儂はどうでも良いのじゃ。長篠城という餌にかかりおった愚かな二匹の羽虫を握り潰すのじゃっ！　信長と家康がそこまで来ておるのだ。奴等を討つことこそ、父の悲願ぞ。御主等は忘れたのかっ！」

勝頼の目が昌秀から逸れる。

「山県っ！」

「は」

重く沈んだ昌景の声が、昌秀の背を打つ。勝頼の声が武田一の猛将と称えられた男に浴びせ掛けられる。

「御主は申したな。織田の軍勢など恐るるに足らぬと」

そうは言っていない。ただ、そう取られても仕方のない物言いはした。昌景は否定することができずに黙っている。猛り狂った主の、刃と化した言葉が容赦なく猛将を貫く。

「これまで偉そうにひけらかしておった武勇を示す好機ぞ。ここで信長と家康を討つことこそ、武田家への、亡き父上への、そして当代の惣領である儂への忠義であるぞ」

「そ、それは……」

「負けると申すか」

「いや、それは」

「どうじゃ、なんとか申せ山県っ！　御主は父上の怨敵を前に逃げ出すつもりかっ！　おい馬場美濃っ、御主はどうなのじゃっ！」

「某は」

「昌秀っ！」

信春の答えを待たずに、主は間近に迫る昌秀を呼んだ。

「なにがあっても儂は有海原に兵を進めるぞ。それでも御主は退くと申すかっ！」

これは、ほころびなのか。

いや。

亀裂である。

主と昌秀たちの間にあるのは、ほころびなどという生易しいものではない。深い深い亀裂が、両者を阻んでいる。もはや解り合うことはあるまい。

それでも……。

昌秀は武田家の臣である。武田家のため、甲斐のために、この主に仕える。

とりあえず。

この戦が終わるまでは……。

心の痛みに耐えながら、昌秀は口許をほころばせる。

「そこまでの御決意であらせられるならば、この内藤大和守。もはやなにも申しませぬ。御館様の下知に従うのみ」

もう一度、深々と頭を垂れた。

伍　酒井忠次

肌を露わにした男たちが次々と柱を立てて行く。皮すら剝がぬまま設楽郷まで運ばれた丸太を褌一枚の足軽たちが数人がかりで抱えて進む列が、幾筋もできている。設楽郷を北から南へ流れる連吾（れんご）川の西岸に、みるみるうちに柵が組まれてゆく。

「見事なものよ」

酒井左衛門尉忠次（さかいさえもんのじょうただつぐ）は、隣から聞こえた声にうなずき言葉を継ぐ。

「この辺りは窪地。その上、断上山（だんじょうやま）が邪魔をして長篠城からはこちらの様子がわかりませぬ。ここに三万もの兵がおるとは、夢にも思いますまい」

先刻の声を吐いた男が首を上下させる。忠次の主、徳川家康であった。家康は窮屈そうな鎧からはみ出た首の肉を押しつぶすようにして、何度も顎を揺らしてうなずいてみせる。

「さすがは信長殿と申すべきかの。三河の地に疎（うと）いくせに、この地まで進むと、いきなり陣を張ると言い出しおった」

信長に対する主の言葉には、常に嫌悪の色が微かに滲む。信長が今川義元を討ち、主が三河で独立した頃より両家の同盟関係は続いている。主と信長は、本来同等の立場であるはずなのだ。しかし信長が上洛を果たし北陸や畿内にまで領国を拡大させてゆく間に、まるで織田のほうが上位であるかのごとき関係に変わっていった。それが主は気に喰わないのだ。しかし面と向かって信長に不満を述べることはできない。治めている領国の広さが違う。財力が違う。率いる兵の数が違う。建前など力の前ではなんの意味もないのだ。

だから、気の許せる家臣の前でだけ、主は信長への不満を言下に滲ませる。だが、家臣が同調して信長を悪しざまに言うのは許さない。その辺り、主は生真面目過ぎると忠次は思う。思いながらも、決して同調するようなことは言わない。

「さすがは信長殿でござりまするな。勘働きが鋭い。織田徳川合わせて三万。敵は一万五千ほど。この地に引き込むことが出来ますれば、勝ちを得たも同然」

「勝ち負けは刃を交えてみるまでわからん」

柵を築く足軽たちを見据えながら、家康が言った。徳川勢の本陣、高松山である。織田勢が左翼と中央に陣取り、徳川勢は右翼に並ぶ。信長の本陣は高松山より後背の極楽寺山（ごくらくじやま）、信長の嫡男、信忠（のぶただ）は極楽寺山の前方にある御堂山（みどうやま）に陣を布いた。

柵は連吾川の西岸に布陣する三万の兵たちの前に作られようとしている。六本ほどの柱と横木で組まれた柵を横に並べて一列と成し、それを二重、三重に連ねている。敵が攻め寄せようとした時、柵が進軍を邪魔するだけでなく、柵より先に行こうとする敵は、入り組んだ柵の間を進まなければならない。

「信長殿は、まことにこのような柵で、騎馬を止めようとなされておられるのでしょうや」

忠次が問うと、三十をみっつほど越えた主が丸い顔を傾げてみせる。

「騎馬の乱入など、そう恐れるものでもなかろう」

味方を見下ろせる丘に二人だけで立っている。他の重臣たちは、みずからの手勢を率いて柵を築いている。

「武田の騎馬は精強でございまするぞ」

忠次の言葉に家康が頬を揺らして笑う。

「これだけの柵を前に、どうやって割って入るというのじゃ」

主の言う通り、戦場での騎馬武者は敵勢をかく乱することにその力を発揮する。足軽たちがぶつかり、ほころびが生まれた時に騎馬武者が突入して傷を広げるのだ。広がった裂け目に足軽が押し込み、敵を崩してゆく。そのため騎馬武者たちは、ほころびが生まれるまでは足軽とともに徒歩で戦う。またがるまで、馬は従者が手綱を引いて守るのだ。

要は敵を崩さなければ馬は用を為さない。

「果たして、信長殿の御考え通りに行きまするか……」

「なにか思うところがあるようじゃな」

家康が気安い口調で問うた。

家康の父の代から松平家に仕えていた忠次は、主が今川家の人質となる際にも同行している。主はまだ六つ、竹千代と名乗っていた。忠次は二十一であった。

主は主。それはしっかりと弁えている。だが、心のどこかでは弟のように思っていた。今川家へと赴く六歳の主は、気丈に振る舞っていた。だがやはり童である。不安と恐れで押し潰されそうになっていた。

己が命に代えても御守りする……。

駿河への道中、心に唱えた誓いを、忠次は年老いた今も昨日のことのように胸に熱く抱いている。

「果たして敵が、信長殿の思惑通りに攻め込んでまいりましょうや」

「勝頼めが長篠から出て来たという報せが入ったではないか。じきに敵は我等の目の前に現れるぞ」

敵は連吾川の東岸に布陣するはず。川を挟んで両軍が睨み合う形だ。

「兵の多寡はすぐに知れましょう。倍もあろうかという兵の差を見て、それでも押してまいりましょうや」

「背をひと押ししてやらねばならん。ということか」

威勢の良い声を上げながら柱に槌を振るう男たちを眺めながら、家康がつぶやく。

忠次はうなずき、主とともに足軽を見遣る。

敵の進行を阻む柵とともに、いたるところに土が盛られていた。東からむかってくる敵にこちらの動きを隠すためだ。

連吾川の川面が陽の光を受けて輝き、主が目を細める。天から降り注ぐ光の温かさに、夏の気配が漂っていた。じきに長雨が降り、ひと月もすれば三河にも夏が来る。

「勝頼め」

主が言った。忠次は空を仰ぎ、頭上で弧を描く鳶の雄々しき翼を見遣りながら、続きを待つ。

「長篠城を囲んだまま、我等を待っておれば良いものを」

長篠城へとむかうには、一列になって行軍しなければならない節所が一里半も続き、寒狭川を渡る橋はひとつしかない。籠城の後詰として城にかけつけるとしても、敵に迎え撃たれればこちらの不利は明らかであった。

「何故、待たずに出てきたのだ」

主には、武田家に対する憧憬がある。いや、武田家というよりは先代の当主、信玄にであろうか。三方ヶ原での戦では、家臣たちを身代わりにして、散々逃げ回った挙句、恐怖のあまりに糞を漏らしてしまうほどの散々な負け方をしていながら、主が信玄を悪しざまに語るのを忠次は聞いたことがない。その子であり信玄の跡を継いだ勝頼の愚行を、家康は口惜しく思っているようだった。

「焦っておるのでありましょう」

天を仰いだまま答えると、鳶が翼を斜めに傾けながら軽やかに遠ざかってゆく。重臣とともに小さくなってゆく影を見送った主が、返答に問いを重ねる。

「なにを焦る必要がある。城を囲み、我等が来るのを待ち伏せておれば良かろう。手勢には山県、馬場、内藤等が揃うておるのだ。細く一列になった我等に正面からぶつかれば、数の多寡など関係あるまいに」

「殿は武田を討ちとうないのですか」

いや、という細い声をこぼして、主はふたたび忙しく働く足軽たちに目を止めた。

「我等はこれまで散々武田に苦しめられてきたのだ」

徳川の軍勢が武田勢を退けることができたのは、信玄の死後のことだ。

「武田にはなんとしても打ち勝たねばならん。武田に勝たねば徳川家に先はない。だが……」

「だが、とは」

忠次は言葉を重ねて問う。鼻から溜息を漏らし、主が二段になった顎を擦る。

「弱き武田に勝っても意味はない」

「たしかに殿の仰せの通り、長篠城を囲んだまま待ち受けるが上策にござりましょう。一刻も早く城を落とし、一列に並んだ我等の鼻先を叩き、速やかに甲斐に退く。さすれば今度の戦は武田の勝ちにござりましょう。しかし敵はわざわざ寡兵を晒し、我等との対峙を望んだ。その一事を愚行なりと断じ、弱兵とそしるはいささか早計にござりましょう」

「わかっておる。わかっておるが、それでもやはり……」

「焦っておるのでしょう」

「だから、なにを……」

「武田家の惣領としての己のために、勝頼は勝ちを焦っておるのでしょう」

家康の言葉をさえぎるように答える。すると主は、肉付きの良い頬を少しだけ膨らませ、忠次をにらんだ。家康がこういう姿を見せるのは、幼い頃より傍にいる忠次にだけである。

「止める者はおらんかったのか。山県や馬場美濃のような宿老どもは、なにをしておるのだ」

武田家に肩入れするような物言いを続ける主に、忠次は首を左右に振る。

「敵が何故、出て来たのかなど、我等には知る由もありませぬ。が、武田勢が我等と正面から戦うつもりであることだけは揺るがしようのないこと。そは我等にとっては好機にござる。なんとしても勝たねばなりませぬ」

「そのための、ひと押しと申すのだな」

「左様」

うなずいた忠次を、家康が目を細めてにらむ。

「策はあるのか」

「無論」

極楽寺山の頂付近へと、忠次は家康とともに馬を走らせた。

「なんじゃっ！　作事の方は進んでおるのであろうな竹千代っ！」

面会を求めた相手は、忠次の主の顔を見るなり覇気に満ちた声を吐いた。

極楽寺山の山上、平井(ひらい)神社に据えられた信長の本陣である。漆黒の南蛮鉄で作られた当世具足に身を包んだまま拝殿に胡坐をかく信長と向かい合うようにして、家康が座していた。忠次は主の後背に控え、二人の遣り取りを聞いている。

「柵と土盛(どもり)は支度を急がせております。敵が現れるまでには滞りなく用意も終わろうかと」

「そうかっ！」

穏やかな声音(こわね)で答えた家康に、信長が甲高い声で相槌(あいづち)を打つ。四方を開け放たれた拝殿で鳴り響いた声が、鎮守(ちんじゅ)の森を震わす。間近にいる家康に聞こえれば良いのだから、それほど声を張らずともと忠次は思う。しかしこれが信長の常なのだ。意図して声を張っている訳ではない。日頃から声が良く通るのだ。しかも甲高いから耳に刺さる。

「儂等の方もじきに終わる。準備万端整え、武田の小童を迎えようではないかっ！」

信長が腹から声を出して笑う。心底笑っているのだが、両目は主を見据えたまま瞬きひとつしない。笑いながら相手の出方をうかがってでもいるかのようだった。余人を疑うことしかできぬ信長という男が、忠次はどうしても好きになれない。主の長年の盟友でなければ、手切りを促しているところである。

「五郎左と禿鼠と一益を有海原より先に向かわせた」

五郎左とは信長の尾張時代からの腹心、丹羽長秀、禿鼠は織田家の出世頭と呼ばれる羽柴秀吉、もうひとりは滝川一益である。彼等が先行して連吾川を渡って有海原へと進み、武田勢と対峙したという話は、忠次の耳にもすでに入っている。

「鉄砲を射かけさせ揺さ振ってはみたが、先には進めなんだわっ！　禿鼠め、尻尾を巻いて逃げ帰ってきたわいっ！　ははははは」

やはり目が笑っていない。

信長は、己が命を受けた手勢がなにもできずに逃げ帰ってきて、それを怒りもせずに語るような男ではない。こうして高笑いをしているということは、はじめから期待していなかったということだ。おそらく信長は、敵を揺さ振って来いと命じたのであろう。だから、こうして上機嫌で三人の敗走を語っていられるのだ。

「禿鼠たちに焚きつけられて、勝頼めは鼻息荒くやって来おるぞっ！」

大きく見開いたままの信長の瞳が、きらきらと輝いている。

「じきに儂と信忠も本陣を引き払い、前に出る」

家康や忠次の様子など気にもせず一気に語り終えると、信長は胡坐の膝をぺちりと叩いた。

「して、このような時になにをしに参ったのじゃ竹千代殿」

くりくりとした目が家康ではなく、忠次を捉えた。主はそんな信長の態度など目に止めず、ゆるやかに頭を垂れて対等なはずの同盟相手に恭しく言葉を述べる。

「どうしても急ぎ、信長殿の御耳に御入れしておきたきことがござりました故、己が陣を空け参上仕りました」

「なんじゃ」

「忠次」

信長に頭を垂れたまま、家康が呼ぶ。忠次も主に倣って頭を下げる。

「ははっ」

「どうした、酒井っ！」

信長の尖った声が忠次の頭を刺す。受け止め、腹に力を込めた。

「今、我が方は敵の進行を阻むための柵と土盛を築いておる最中にござりまする」

「前置きはいいっ！　言いたいことだけを述べよっ！」

この男が回りくどいことを嫌うということを、忠次は失念していた。さっと顔を上げ、酷薄な視線を正面から受け止めた。胸を張り堂々と相対する。

「柵を築いた我等を前にして、寡兵の敵は正面から襲いかかって来ましょうや」

信長は反論せずに、鼻の下の細い髭を親指で撫でている。その目が地の獲物の様子をうかがう鳶のように鋭い。

「柵の後ろに隠れ、敵が向かって来るのを待ち受ける。しかしそれは、あくまで敵が向かって来るという前提があっての話にござる。敵が動かず睨み合いとなれば、かならずどちらか仕掛けねばなりませぬ」

「無闇に動くな」

珍しく落ち着いた声で信長が言った。その目は忠次を獲物のように見据えたまま微動だにしない。

「我等が動かず、敵も動かぬとなれば、長篠城の奥平勢は餓えて死ぬか、門を開き武田に降るしかありませぬ」

「なにが言いたい」

「敵を動かすために、その背をひと押しするのです」

細い眉が震えるのを忠次は見逃さなかった。家康は顔を伏せたまま、二人の遣り取りに耳を傾けている。

すべて御主に任せた……。

鎧を着けてもなお丸く肥えて見える主の背中が、そう語っている。だから忠次は、信長の怖気（おぞけ）の走るような寒々しい眼光に晒されながらも、己が想いを敢然と主張する。

「某に兵を御貸しいただきたい」

目の前の細面（ほそおもて）に負けぬほどの覇気を声にみなぎらせ、忠次は吠えた。信長の口許がかすかに吊り上がる。

「兵……。を貸せと」

「左様」

忠次は己が四角い顎を力強く上下させた。

「二千。二千で結構。武勇に勝る者を某に御貸しいただきたい」

「なんに使う」

「私も二千出しまする」

家康が二人の剣呑な気配とは不釣り合いなほど安穏とした声で言った。

「四千か」

信長のつぶやきに、忠次はもう一度強くうなずいた。

「四千にて南に向かい、山へと分け入りまする。敵の本隊に見つからぬよう深山を進み、勝頼が長篠城を囲むために残しておる者共に奇襲をかけまする」

「ふん」

信長が鼻で笑った。

「奇襲にて包囲する敵を追い散らし、奥平信昌を救う。そうすれば我等と対峙しておる武田の本軍は後背を御主たちに晒すことになる。挟み撃ちを恐れる小童は、我等に向かって来るということか。それが御主の〝ひと押し〟というわけか」

「左様」

答えると、信長が先刻からの獲物を狙うかのごとき鋭き眼光のまま忠次をにらみつけ、押し黙った。沈黙が拝殿を覆う。

剣呑な気に耐えられなくなった信長の近習が、淡麗な顔の下にある喉仏を大きく鳴らした。

「ぬははははははっ！」

近習の鳴らした音を聞いた信長が、大声で笑いはじめた。忠次は顔を引き締めたまま、上座を見据える。主の背にも緊張が揺蕩ったままだ。

「酒井っ！」

「は」

信長に呼ばれ、静かに伏す。

「できるか」

「やりまする」

「失敗は許されぬぞ」

「承知しておりまする」

こちらの奇襲が破れれば、前線で睨み合う武田本軍がどう動くか予測が付かない。背後の危険を改めて悟り、兵を退くやも知れぬ。そうなれば信長が築かせた柵や土盛は無駄となり、戦はふたたび振り出しに戻る。いや、城へと退いた敵が、そのまま包囲を続けるとも思えない。戦局は、武田勢に利する形で推移してゆくだろう。

「二日のうちに必ず奥平信昌を救え。わかったな」

「御意」

「今すぐ兵を用意してやろう！」

威勢良く言って、信長は立ち上がった。家康が振り返り、肩越しに忠次を見ている。

微笑む主の目は、安堵の色を湛えていた。

長篠城の左右を流れる寒狭川と宇連川が合流し豊川となり、東から西へと流れてゆく。豊川は有海原の南を流れ、じきに北から下りてくる連吾川を受け入れ、なおも西へと向かう。

忠次は夜陰に乗じ、密かに連吾川の西岸を南下。豊川を渡り吉川の地より山中へと分け入った。松平伊忠、家忠ら徳川諸流の面々とともに弓鉄砲の腕に長けた徳川方二千。信長より借り受けた旗本鉄砲衆五百を含む、金森長近、佐藤秀方、青山小助、加藤市左衛門ら御検使役の織田家の臣に率いられた二千。総勢四千を率いての夜中の行軍である。

目指すは長篠城を包囲する武田の陣所。鳶ヶ巣山砦をはじめとして、宇連川を隔て長篠城を睨む砦には今なお武田の軍勢が陣取っている。山を踏み分け、敵の後背に出るのが一行の目的であった。

「この辺りは湧水が御座りまする故、土が緩うござりまする。足元には御気を付けくだされ」

忠次の先を行く奥平貞能が、闇のなか言った。貞能の息子の信昌は今、長篠城にあって敵の攻撃を受けながら懸命に耐えている。奥三河に明るい貞能は、菅沼定盈（さだみつ）とともに隊の先導役を務めている。道案内は、貞能らが召し出した吉田村の者達が務めていた。豊田藤助（とよだふじすけ）、近藤石見守（こんどういわみのかみ）の二人は、忠次たちに先行して山に入り、みずからが通った大木に縄を結んで標（しるし）としてくれている。行軍する兵たちは、藤助たちが張ってくれた縄を頼りに、道なき道を進んでゆく。

前を歩く貞能の言葉通り、足元がぬかるんでいる。草鞋（わらじ）から染み込んだ泥が足袋（たび）を濡らす。背後を行く兵のなかから声が上がる。泥に足を取られているようだ。松明などない闇夜の行軍である。転ぶ者が続出するのも無理はない。が、滑落して死ぬような崖ではないから、大したことはないのも事実。だからといって行軍を緩やかにすることはできない。朝日が昇りきるまでに、敵の元まで辿り着かなければ奇襲は難しい。陽光に照らされ、こちらの存在が知られてしまえば守りを固められてしまう。相手は砦に陣取っている。甲羅に閉じこもられて、前線の勝頼に報せられれば忠次の策は水泡に帰す。

前線の敵の背中を押すための一撃……。

信長の前ではそう言った。戦の勝敗に躍起になる将への献策である故の方便であった。だが、忠次の本当の目的は、別にある。

「もう少しの辛抱じゃ」

前を行く背中に語りかける。陣羽織に染め抜かれた奥平団扇が、闇のなかにうっすらと浮かぶ。

忠次の言葉に貞能からの答えはない。黒い陣羽織は黙々と坂を登ってゆく。その手は、標の縄を力強く握りしめる。一刻も早く子の元に行きたいと願いながらも、徳川の将として無様に焦るような姿は見せられない。そんな毅然とした男の背中が、忠次には好ましく思える。

「家中では信昌殿と亀姫(かめひめ)様の縁組を快う思わぬ者もおる」

無言の背に語りかける。貞能からは、なんの言葉も返ってこない。

二年前、長篠城と奥三河攻略の要として、家康は奥平貞能、信昌親子の調略にかかった。その時の約定のひとつが、家康の息女、亀姫と信昌の縁談であった。徳川家は三河に勢力を張る大名である。一方、奥平家は奥三河の一国人でしかない。あまりにも家格が違い過ぎると、家臣たちのなかから声が上がった。

一番大きな声を上げたのは、亀姫の兄であった。

家康の嫡男、信康(のぶやす)である。同じ母を持つ亀姫のことを溺愛(できあい)していた信康は、妹の嫁ぎ先が奥三河の国人であることに不満を露わにした。これがきっかけとなって、いまだに信康と家康の仲は険悪なままである。

徳川家の次代を担うべき信康がこのような微妙な立場に置かれたのも、すべては奥平家と亀姫との縁談にあると考え、貞能と信昌を快く思っていない者も家中にはいるのであった。

「だが……」

無言の背中に語り続ける。

「儂はそうは思わぬ」

一心不乱に坂を登り続ける貞能は、黙したまま忠次の言葉を聞いている。

「一万五千の大軍に囲まれながら、わずか五百で二十日あまりも耐え抜き、けっして門を開かず後詰を待ち続ける御主の息子の堂々たる戦いぶりに、儂は感じ入っておる」

滑る泥に足先を突き入れ、一歩一歩踏み締め進む忠次の胸が熱く滾る。

「御主の息子だけではない。単身、長篠城を抜けて岡崎城へと辿り着き、勝頼に捕えられ磔にされながらも後詰の到来を城中に報せたという鳥居強右衛門なる者もまた、天晴な三河武士ではないか」

敵に気取られぬよう明かりはいっさい灯していない。真闇の森を、男たちの足音と甲冑がこすれる音だけが響く。

「儂は御主の息子を死なせとうはない。城で戦う五百人もじゃ。信昌と、いま城で戦うておる者たちは、必ずや徳川家の矛となるであろう。このようなところで死なせてはならぬ」

「有難き御言葉……」

貞能の声が震えている。

「いまの酒井様の御言葉を知れば、信昌も喜びましょう」

涙声の父に、忠次は無言のままうなずいた。

夜通し山中を進んだ忠次以下四千の徳川織田連合軍は、険阻な松山峠を越え、菅沼山を踏破し牛蒡椎で集まった。

「これより兵を分ける」

足軽大将以上の者たちを集めたうえで、忠次は言った。

すでに東の空は朝焼けに染まっている。四千人が集う牛蒡椎でも、方々で鳥の声がかまびすしい。六刻あまりもの時をかけ、闇を進んで来た男たちの顔には、隠しきれない疲れが滲んでいる。だが、休みを与えるような暇はなかった。

「兵を分け次第、命じられた砦にむかい兵を進めよ。到着したら下知を待たずに攻めるのじゃ。儂の命など待つことはない。わかったな」

足軽大将より上位の男たちが、いっせいにうなずいた。喊声を上げることは禁じている。忠次が命じるまでもなく、敵に悟られるような愚かな行いをしようという者はひとりもいない。隈が浮かび、血走った目をぎらつかせ、頬がうっすらとこけた皆の顔は、闇夜から現れ出でた死神のようである。

貞能の姿もあった。男たちのような凶相ではなく、血の気の失せた真っ青な顔色が、むしろ誰よりも不吉である。

「よいか皆の者。我等の奇襲の結果如何によって、この戦の趨勢が決するのだ。我等に失敗は許されぬ。良いな皆の者、たとえ一人になろうと退くことは許さぬ。死ぬまで戦え。良いな」

固く口を結んだ男たちが、力強くうなずいた。この一戦のために夜通し険しい山道を歩んできたのである。今さら、逃げようなどと思う者など一人もいない。

「設楽殿」

「は」

設楽越中守が短い返事とともに辞儀をした。忠次は設楽郷の国人を見遣り、端然と命じる。

「其方は、自らの手勢を率い、豊川縁(ぶち)の樋口(ひぐち)と井原(いはら)にて我等が追い立てる武田の兵どもを迎え撃ってもらいたい。一兵たりとも本隊へと逃げ帰らせぬ腹積りで守っていただきたい」

「承知仕りました」

力強い返答を受け、忠次はふたたび男たちを見た。

「これより兵を四つに分け、鳶ヶ巣山、中山(なかやま)、久間山(ひさまやま)、姥(うば)ヶ懐(ふところ)、各砦へと攻め入る。良いなっ！」

最後の一語だけ、忠次は目いっぱいの声で叫んだ。

「旗を挙げよ」

鳶ヶ巣山砦の麓(ふもと)まで忍び寄った忠次は、兵たちに命じた。闇や影に忍び、これまで息を潜めていた男たちが、戒めを解かれ一斉に声を上げる。方々から旗が挙がる。丸に方喰(かたばみ)の酒井家の旗印が朝陽を受けてたなびく。

「撃てぇいっ！」

忠次は天高く吼えた。

戒めを受けていたのは男たちだけではない。忠次自身、無言の行軍に鬱憤が溜まっていた。

「押し出せぇ！　進めっ！　進めぇいっ！　柵など押し倒してしまえっ！」

身中の激情を言葉にして放つ。抜き放った太刀で宙を斬り裂きながら叫ぶ忠次の行く手にある崖を、男たちが登ってゆく。彼等の進軍を助けるように、銃声が轟く。攻めはじめてしばらくは、砦内も静かであった。だが喊声と火薬の爆ぜる音にさすがに気付いた敵が、砦を囲む柵際に姿を見せ始めた。

敵はあきらかにうろたえている。こんな山奥まで攻め込まれることなどないと思って油断していたのであろう。槍や弓などの得物を手にして敵を迎え撃とうとしているのだが、統率が取れていない。とにかく柵に取り付こうとする忠次の手勢を見付けたら、得物を振るって落とすという単調な守りを続けている。

「押せっ！　押せっ！」

力押しにすればすぐに落ちる。忠次は味方の背中に呼びかけ続けた。

「開いたぞぉっ！」

門の方から声が上がる。どうやら門を破ったようだ。

速い。

満面の笑みで、忠次は太刀で虚空を斬る。

「門に押し寄せろっ！　そのまま一気に雪崩れ込んで決着を付けるのじゃっ！」

武田菱の旗印を掲げる敵は、武田信実であるということは調べが付いている。信玄の弟だ。

「一門衆の首を挙げれば、褒美は間違い無しじゃっ！　皆、奮えっ！」

褒美のために人は戦う。目の前の餌が大きければ大きいほど、兵は躍起になるものだ。

砦のなかから黒煙が上がる。

火がかかった。

供回りの者たちとともに、忠次も門の方へと移動する。馬など連れてはいない。忠次も足軽も皆、己が足で進む。

と……。

開かれた門から騎馬の一団が躍り出てきた。背に武田菱の旗を翻しながら、十数人の鎧武者が敵味方入り混じる戦場を掻き分け、忠次の方へと進んでくる。

太刀を両手でしっかりと握りしめ、兜の横に八双に構えた。

「あっ、危のうござります、殿っ」

供回りの若者が叫びながら、忠次の腰に手をやり退かせようとする。騎馬武者どもは止まらない。彼等が立ち割った酒井勢の隙間を、武田の徒歩が駆けてゆく。

どうやら退くつもりらしい。

「待てぇいっ！」

忠次は太刀を構えたまま、先頭を行く騎馬武者に吠えた。面頬（めんぼお）を被っていたが、鼻から上は露わになっている。兜の庇（ひさし）と面頬の間から見える目尻に皺が幾重も走っていた。老齢である。

「武田信実かっ！」

敵は答えない。

老齢の武者を先頭に騎馬武者がせまる。鏃（やじり）のような形で末広がりの陣形を保ち、十数騎の武者が忠次と供回りめがけて突進して来た。

「殿を御守りいたせっ！」

主が退かぬと知り、腹を括った供回りの若者たちが忠次を中心にして円陣を組む。

「逃がすかっ！」

円陣に突入した騎馬武者にむかって忠次は吠えた。前を固めていた若者は、馬上からの刀を受けて倒れる。

「ぬぅっ！」

老齢の騎馬武者と忠次を阻む物はなにもなかった。

「きぇぇぇぇっ！」

腹に気を込め、忠次は地を蹴り、太刀を振り上げる。

渾身の一撃が空を斬る。

騎馬武者が目の前で左方に翻ったのだ。先頭の老武者を追うように、敵が忠次の前を走り去って行く。

「待てぇっ！」

追おうとするが体が動かない。後ろを見ると、供回りの者たちが数人がかりで忠次にしがみついていた。

「敵は退いたのです。砦は落としたのですから、後のことは設楽殿に御任せいたしましょう」

「ええいっ！　なにを腑抜けたことを申しておるのじゃ」

怒号とともに、若者たちを振り解く。

「敵将を取り逃がして勝ちと言えるかっ！」

血走った目で若者たちをにらみつけていると、砦のなかから味方の歓喜の声が聞こえて来た。

どうやら砦は落ちたようである。

忠次は鳶ヶ巣山砦に入った。方々の建物から、まだ火の手が上がっている。

しかし……。

「敵が少ないな」

そこここに転がっている敵の骸を見て、忠次はつぶやいた。先刻まで我先にと前線で戦っていた重臣の一人が、砦に入った忠次を認め脇に従っている。

「奇襲に抗しきれぬと見て、大半の者が逃げ去ったようにござりまする」

その一団に、忠次は出くわしたのだ。たしかにあの時の老いた騎馬武者は大将の信実であった。

「敵襲ぅぅっ！」

砦のなかを十分に見て回る暇もなく、忠次は味方の叫びとともにふたたび戦に引き摺り戻された。

奪ったばかりの砦を囲まれた。

「やるではないか」

柵際まで駆け寄った忠次は、崖を登って来る敵と、その奥にいる先刻の老騎馬武者をにらみながら声を震わせた。

奇襲によって動揺する兵たちを落ち着かせるため、敵は門を開いて一旦外に逃げた。攻め寄せた忠次たちを砦内に引き入れて、今度は外から攻めたのである。

敵は、奇襲による動揺から完全に立ち直っている様子であった。逆に味方は、束の間の勝利と徹夜による疲れで気が緩んでいた所為もあって、敵の再訪に心を乱している。

「まだまだ戦は終わっておらぬぞっ！」

崖から迫りくる敵に抗する味方にむかって叫ぶ。

「此奴らを討ち滅ぼしても、我等の戦は終わりではないのだっ！　長篠城を守る奥平勢を助けてこそ、我等の真の勝利はあるのじゃっ！　このようなところで気を緩めるでないぞっ！」

雄叫びが上がる。

大丈夫だ。

まだ味方の心は折れていない。

かたわらの重臣から弓をひったくり、眼下の敵にむかって矢を放つ。

先刻までみずから守っていた砦を攻める敵の顔には、奇襲を受けた動揺はすでに無い。それでも、勢いはこちらにある。備え万端整えた忠次たちとは違い、敵は油断していたところを襲われ、満足な支度すらできぬまま逃げ出したのだ。それを証拠に、襲い来る敵のなかには胴丸すら着けぬ者も混じっていた。

両軍の本隊は、連吾川を挟んで睨み合っているはずである。もしかしたらすでに戦が始まっているかもしれない。一刻も早く、長篠城を包囲する敵を退け、信昌を救援し、武田本隊の後背へ圧をかけねば……。

焦る。

「臆するなっ！　なんとしても敵を食い止めるのじゃっ！」

柵から身を乗り出すようにして弓を構える。

後ろから重臣に抱きかかえられた。なにをするのかと問おうとした忠次の眼前を、矢が通り過ぎる。

「危のうござる。殿は奥に控え……」

「退けっ」

重臣を押し退け、ふたたび柵際へと躍り出る。

矢が無い。

足元に転がる骸の喉に突き立つ矢を乱暴に摑んで引き抜き、そのまま弓に番えた。

方々で銃声が聞こえる。鳶ヶ巣山砦だけではない。貞能や織田勢も懸命に戦っている。

崖を登り来る汚れた顔のど真ん中に矢を放つ。両目の間に鏃を受けた敵が、びくんと一度全身を震わせ、四つん這いの格好のまま崖を転がって行く。

「えぇいっ！」

弓を放り投げ、腰の太刀を引き抜く。

「こは敵の砦ぞっ！　我等が守ることはないっ！　討って出るのじゃっ！　皆、儂に続けぇっ！」

吠えながら柵に足をかけてよじ登る。

「殿っ！」

重臣がうろたえ叫ぶが、忠次は答えもせずに敵が埋め尽くす崖にむかって飛んだ。

「者共続けぇいっ！」

砦で重臣が皆に命じる。

斜面を踵（かかと）で削りながら、忠次は笑う。

陣所に腰を据え偉そうに差配するなど、性に合わぬ。主を守ると誓った若き日より、忠次は常に最前線で戦って来たのだ。本多忠勝（ほんだただかつ）、井伊直政（いいなおまさ）、榊原康政（さかきばらやすまさ）らとともにに、徳川四天王などともてはやす者もいる。だが、重臣などという高い場所から足軽どもに命を下すだけの飾りになるつもりなど毛頭ない。

戦場で刃を振るってこそ武士ではないか。酒井忠次は死ぬまで武士でありたいと願う。

満面に笑みを湛え、殺到する敵目掛け、両手で握った太刀を振るう。頭上よりいきなり降って来た鎧武者に、胴丸すら満足に着けぬ足軽たちがうろたえている。崖を登るか迎え撃つかの判断すらつかぬまま、忠次が振るう刃の餌食(えじき)となって岩だらけの斜面を転がって行く。

「殿ぉぉぉっ！」

先刻の重臣が、味方を引き連れ滑り落ちてきた。弓鉄砲を携えた者までが、みずからの得物を手に崖を駆ける。尻を付けつつ崖を滑り、両手で弓鉄砲を構えながら敵目掛けて放つ様は、なんとも頼もしい。

「またも敵が砦に入ったようにござるぞっ」

堅い顔をして崖を降りながら、重臣が叫ぶ。

「放っておけっ」

叫びながら忠次は太刀を振るい続ける。すでに数えることすらできぬほどの敵を屠っていた。

いずれが砦を支配しているのか、もはや敵にも忠次にもわからない乱戦である。そう仕向けたのは忠次自身だ。砦を奪うことに集中すれば、戦は長引いてしまう。乱入、闖入（ちんにゅう）、敵味方入り乱れてしまえば、砦の有無など関係ない。門は開かれたままとなり、いずれの物でもなくなる。

心が折れた方が敗けるのみ。

数と力が物を言う。

忠次好みの戦である。

重臣たちとともに崖を降り終えると、忠次は手当たり次第に敵に襲い掛かった。酒井勢の見境ない戦いぶりに、敵が奇襲を受けた頃の動揺を見せ始めている。一旦奪った砦に固執せず、打って出て戦う忠次たちを理解できずにいるようだった。

動揺は体を固くする。一人の硬直が、たちまち皆に伝播（でんぱ）してゆくのが軍勢という物の性（さが）であった。忠次の狂乱もまた、酒井勢に瞬く間に伝わってゆく。味方は熱狂し、敵は動揺で強張る。

自然と形勢は酒井勢に傾いてゆく。兵の数も開いていく。新たに骸となる者は圧倒的に武田の兵のほうが多かった。

「一人残らず殺せっ！　逃がすなよっ！　解っておるなっ！」

敵に吠えるように、味方に叫ぶ。戦人の血が滾り、忠次の目が朱く染まる。すでに太刀は刃零れだらけで使い物にならなくなり鞘に戻した。敵の骸から奪った槍も、二本目である。一本目は兜を被った頭を思いきり横から殴りつけたら、柄がぼきりと折れた。

どれほどの時が流れたのか。忠次には良くわからない。己が四千の別働隊を任されているということすら、頭にはなかった。

それで良い。

もはや全軍が一心不乱に戦うのみ。無粋な差配など無用なのだ。

砦から黒煙が上がり、喊声が聞こえて来た。

「武田信実討ち取ったりぃっ！」

味方の声だ。

将が討たれたことを知った忠次の周囲の敵が、泣きそうな顔で息を呑む。逃げるか。それとも武田家のために死ぬまで戦うか。敵が迷う。そのわずかな硬直を、忠次は見逃さない。

「まだ終わっておらぬわ、愚か者がっ」

吠えつつ槍を高々と掲げた。

ある者は背を向け、ある者は覚悟を決めて手にした得物を構え直す。しかし、どれも遅い。一瞬でも硬直した者が、忠次の動きに付いてゆけるはずもなかった。

一人目は背中を見せたまま首を刎(は)ねられ、二人目は横に振った槍を反転させた時に振り上げた石突(いしづ)きで喉を潰された。三人目は敗北を悟りながらも勇ましく太刀を振り上げかかってきた若者である。悲痛な叫びとともに大上段に太刀を構えながら駆け寄ってきた姿を冷静に見極め、忠次は真っ直ぐに槍を突き出す。鎧を綺麗に貫いた槍は、若者の背中から切っ先を覗かせ止まった。

「城より打って出たぞぉぉぉっ！」

砦で誰かが叫んだ。高台から見える長篠城から、信昌が兵とともに打って出たのであろう。

機を見るに敏。やはり死なすには惜しい男である。己が見込みの正しさに満足し、忠次は大笑した。

「さぁっ！　まだまだ終わらぬぞっ！　かかって来ぬかっ！」

槍を両手に握りしめ、大きく開いた両足で大地を噛みながら敵を怒鳴りつける。残った敵は両手の指で足りるほど。しかしそのいずれの顔にも、もはや先刻までの覇気はない。

「この砦は我等が取り囲んでおる。逃げても無駄ぞ、かかって参れっ！」

「殿ぉっ」

敵と忠次の間に重臣が立ちはだかった。太刀を右手に握ったまま両腕を大きく広げる。その無防備な様を守るように兵たちが並び、忠次と相対していた敵にむかって切っ先をむけた。さすがに抗しきれぬと思ったか、敵が踵（きびす）を返して駆ける。味方が追う。それを見届けてから、忠次と年の変わらぬ重臣が肩で大きく息をしながら振り返った。

「あまり無茶をなされまするな」

「せっかく勘を取り戻しはじめたというに。邪魔をしおって」

鼻から荒い息を吐き出しながら、槍を地面に突き立てた。

「武田信実の首を取り、敵は粗方（あらかた）討ち果たし、残った者も逃げ申した。さぁ、砦で皆が待っておりまする」

火照った体を冷やすような重臣の冷静な言葉を受け、忠次は後ろ髪を引かれるような想いを抱きながら砦に足をむける。

戦い足りなかった。

忠次と別れた者たちも、存分な働きを見せた。長篠城を囲む砦はことごとく落ち、敵の大半は殺され、わずかに残った兵たちも、待ち構えていた設楽越中守によって討ち果たされた。周辺の砦が落とされたことを知った高坂源五郎（こうさかげんごろう）、室賀信俊（むろがのぶとし）率いる長篠城を包囲していた兵たちも、退却せんとした背後を城より打って出た奥平勢に襲われた。この戦いによって高坂源五郎が討死。二百余人が討ち取られた。

こうして長篠城周辺の武田勢は一掃されたのである。

「信昌……」

忠次の隣に並ぶ馬上で、貞能が声を震わせた。二人が進む先には、骸と血と泥に塗（まみ）れた城がある。

四千の兵を引き連れ、忠次は砦で奪った馬を駆り、長篠城へとむかった。

すでに陽は天高く昇り、眩（まぶ）しく輝いている。蒼天を流れてゆく群雲（むらくも）に手を伸ばさんとするかのごとく、城の背後にみえる山から黒煙が幾筋も立ち上っていた。ほんの数刻前まで、忠次はあそこで戦っていたのである。

目の前で微笑を浮かべる男のために。

奥平信昌が、城の前に家臣たちとともに並んで忠次たちを待ち構えている。その背後にある城からは、歓喜の声が聞こえていた。塀の上には男たちが群がり、忠次たちに手を振っている。一万五千の兵に囲まれ、二十日もの長きにわたり、信昌とともに城を守った勇士たちだ。

奥平団扇が染め抜かれた旗が、城の至る所で翻っていた。煤と汗と血で汚れた男たちの顔は、どれも笑顔である。

この光景を強右衛門が見たら、なんと言うだろうか。会ったことのない男に想いを馳せながら、忠次は城へと馬を歩ませる。

「良う耐えたな御主の息子は」

城の前に立つ信昌を見つめ、隣を進む彼の父に言葉を投げた。

「はい」

短い答えが帰って来る。最後のあたりが聞き取り辛かった。泣きそうになるのをこらえているのだ。

奥平家の行く末を想い、親子は一族を捨て徳川に下った。

あれから二年。

因縁の地、長篠城において、子は存分に名を挙げた。徳川に対する見事なまでの忠義を貫いた息子の姿を、父はどのような想いで見つめているのか。

二人に想いを馳せると、忠次の胸にも熱い物が込み上げてきた。年の所為か、少しのことで涙が目頭まで上がって来る。泣くまいと鼻から息を吸い、天を見上げた。城を回るように鳶が翼を広げて弧を描いている。男たちの歓喜の声を受け、楽しそうに舞っているように忠次には見えた。そんなことを考えると、鼻の奥がつんとして再び目頭が熱くなる。

「いかんっ！」

腹から声を吐き己を奮い立たせる。

「どうかなさいましたか」

貞能が穏やかな口調で問う。この男の勇ましい姿を、忠次はあまり見たことがない。徳川に付くことを決めたのが信昌ではなく貞能であるということを知った時、意外に思ったほどだ。この男にも従属する大名に反旗を翻すような気骨があるのかと。

「いやいや、年は取りたくないものじゃ」

そう言いながらも、貞能は忠次よりも十ほども若い。

「そうですなぁ。夜通し山を駈けてからの戦で、いささか眠うござりまする。若き頃はそのようなことは無かったのでござりまするが」

答えた貞能が朗らかに笑う。

わずかに的の外れた答えに、忠次は適当な返事で応えて前方を見る。すでに目の前まで城が迫っていた。父よりも力を感じる強い眼差しで、信昌が忠次たちを迎える。彼等の前で馬を止め、鞍から下りた。

信昌が膝を突いて頭を垂れると、背後に並ぶ家臣たちがいっせいにそれに倣った。

「酒井様の御助力により、無事敵勢を退けることができ申した。礼の言葉もございませぬ」

長き籠城と追撃戦で忠次などより疲れ果てているはずの信昌が、毅然とした振る舞いで礼を述べる。忠次は立ったままそれを受け、口許を和らげた。

「面を上げよ信昌殿」

涼やかな目元をした若武者が、頭を上げた。青白い顔を煤で真っ黒に汚し、それでもなお端正な面差しであることをうかがわせる信昌の顔貌(がんぼう)は、父の面影がありながらも勇壮さで遥かに優っている。徳川四天王と謳(うた)われた忠次でさえ目を見張るほどの武者ぶりであった。そんな信昌ではあるが、やはり二十日もの籠城は彼の頬や下瞼に隠しきれない疲労を刻んでいる。

忠次は膝を折り、若武者の肩に手を置いた。

「よくぞ……」

またも涙が目頭までせり上がって来る。腹に力をこめて熱い物を鼻の奥まで押しやってから、ふたたび信昌に語りかけた。

「よくぞ守った」

「鳥居強右衛門が己が身を賭して、織田勢の到来を報せてくれた御蔭にござります。強右衛門がいねば、どうなっていたことか」

「うむ……。強右衛門のことは某も聞いておる」

信昌といい強右衛門といい、忠次の心を震わせる者しかこの城にはいないのか。またも込み上げて来る物を、今度は息を止めて耐える。

が……。

もはやどうにもならなかった。

留めきれなくなった涙が、両の目からほとばしる。

「この戦……。かならず勝てる。御主たちの働きがあったればこそじゃ。今頃は、殿と信長殿が武田勢を叩きのめしておるはずじゃ。まことに良く堪(こら)えた、信昌殿」

滝のように流れる涙で、信昌の顔が滲んでいた。

磔　馬場信春

時はわずかに遡(さかのぼ)る。

連吾川の東岸まで進んだ武田勢は、織田徳川両軍と向かい合うようにして陣を布いた。その夜、月が地平に没すると同時に酒井忠次が豊川を越えて四千の手勢とともに山中に分け入っていたのだが、彼等は知る由もない。

馬場美濃守信春は、己が陣所にて対岸の敵を眺めていた。といっても、月の没した夜中である。敵の姿が見えるわけはない。連吾川の対岸に群がる篝火が、敵の存在を知らしめている。炎に照らされ時折見える人影が、夜だというのに忙しない。川を隔ててての対陣とはいえ、ひと駆けすれば徒歩でもわたることのできる小川である。両岸に陣を張って睨み合っているのだから、いつ何時変事が起こるか解らない。兵たちは見張りを続けるから、休む暇もないのだ。信春の陣でも日暮れよりずっと、足軽たちが忙しなく働いている。主の馬の手入れや、得物の管理、敵兵の動きの監視など、夜になってもやることはいくらでもあるのだ。こうしてのんびりと構えていられるのは、信春のような大将くらいのものである。

対岸の炎の輝きに目を奪われていた。

物見の報せでは、敵は三万ほどであるという。こちらの倍である。それだけの兵のために焚かれる火の量は尋常ではなかった。東三河の鄙(ひな)びた地の静かなはずの夜が、昼かと見紛うばかりに煌々(こうこう)と照らされ、鎧をまとった男達が放つ昼夜構わぬ騒々しい物音に包まれる。村の祭でもこれほどの騒ぎではあるまいにと思い、信春は口許を緩ませた。光と音を発しているのは敵だけではない。三万の対岸には一万五千の味方が陣取っている。連吾川という小さな川の両岸が、昼のごとき騒々しさであった。

空を見上げるが星が見えない。

炎と煤の所為だ。

武田勢は敵陣のある西を向き、勝頼の本陣を中心として左右に広がった。信春は最右翼に陣取っている。連吾川が合流する豊川から最も離れた位置であった。いっぽう、左翼の端は盟友の山県昌景が陣取っている。山県のいる左翼には、内藤昌秀や原(はら)昌胤(まさたね)などの武田勢でも主力といえる将たちが配されていた。彼等が対峙している敵の右翼は、徳川勢である。彼等が敵を砕いて突き進めば、敵陣のその先には、家康の本陣があるのだ。

勝頼が標的を家康に定めたという無言の表明であると信春ら武田家の将たちは受け取った。

「殿っ」

側仕えの若者が呼ぶ。信春は首を回して肩越しに見た。

「山県様と……。あっ」

驚きの声を若者が上げたのだが、無理もない。

若者は恐らく、客の到来を告げに来たのであろう。信春の指示を仰ぐために。だが、若者の帰りを待たず、客の方から信春の前に現れたのである。戸惑うは当然だ。側仕えの若武者の肩を突き飛ばすようにして、巨軀が陣幕の裏から信春の陣所へ踏み入った。

「がはははぁ」

髭に覆われた口を大きく広げて、無礼な客が笑う。

「御主等はなにをしておるのだ」

信春は客をにらみつけ、溜息混じりに言った。

一人ではない。

二人だ。

豪快に笑う大男の影に隠れるようにして、細い男が立っている。

「久方振りに御主と一献傾けようかと思うてな。内藤も誘うて、ともに参ったという次第じゃ。がははは」

細い男の背を叩きながら、大男こと山県昌景がまた笑う。優男、内藤昌秀は、背を叩かれ顔をしかめている。

「誘うたなどと言うておるが、どうせ無理矢理引っ張ってきたのであろう」

「その通り。儂が足軽どもに見張りの当番の差配を申し渡しておったら、いきなりずかずかと陣所に入って来て、そんなことは下の者にでも任せて、俺と一緒に来いと言って、この有様でござる」

「やはりな」

糾弾の眼差しを髭面にむける。

「なんじゃ御主等、そんな顔をするな。せっかくこうしてひと所に集まっておるのじゃ。たまにしかない機会ではないか。仲良く呑もうぞ」

言って昌景は、手にした大振りの徳利を掲げる。

「己が陣から持ってきたと言うのじゃぞ。愚かだとは思わぬか。酒ならば馬場美濃のところにもあろうと、儂は言ったのだぞ」

「足助(あすけ)を落とした時に良い酒が手に入ってのぉ。早う呑まぬと酢になってしまうからの。せっかくなら、御主等と呑もうと思うたのよ。ぬはははは」

昌秀の言葉を受けて言を重ねた昌景が、褐色(かっしょく)の徳利を振りながら大笑する。信春は呆れながら詰め寄った。

「このような時に将が陣を離れて如何にする。敵が攻めてきたら言い訳はできぬぞ」

張られた陣幕の唯一開けている西側を指さし、赤備の大将は黄色い歯をあらわに、胴間声(どうまごえ)で答える。

「あれだけの柵を築いて息を潜めておるのだぞ。野戦での我等の勢いを恐れておるのよ。むこうから仕掛けてくることはあるまいて。のぉ昌秀」

「こちらを油断させるというには、いささか大掛かりに過ぎる。まぁ、守っておると見て良かろう」

「ほれ、昌秀もこう言うておる。今宵は敵も味方も動かぬて」

鬼瓦のごとき己が面の前に徳利を掲げ、武田随一の猛将がにたりと笑う。

敵は動かない……。

それについては信春にも異論はない。連吾川の西岸に布陣する織田徳川両軍の前には二重三重の柵が築かれていた。柵と柵の間を土盛で守っているという厳重さである。連吾川の川筋にできたわずかな平地に沿って築かれたそれらは、まるで横に長く伸びた平城のようにも思えた。織田徳川両軍がこの地に布陣して二日あまり。その短い間にこれだけの物を築いたのだから、三万人総出であったはずだ。丸太などの資材と手間を考えても、これが陽動のためとは思えない。

「御館様が死んでからというもの、色々と忙しかったでな。こうして御主等と酒を酌み交わすこともなかったではないか。さぁ、やろうぞ。のぉ馬場美濃よ」

無邪気な笑みで昌景が徳利を振る。この男の、子供のような仕草に信春は弱い。

「儂が嫌じゃと言うても居座って呑む気であろう」

ついつい承服の意を示してしまう。それを見た昌景は、我が意を得たりとばかりに間合いの裡に大きく踏み込んでくる。

「おぉい、そこの床几を持って来い。それとなにか適当に肴（さかな）を見繕（みつくろ）って来い」

先刻突きとばした側仕えに肩越しに命じながら、待ち遠しそうに左右の足を交互に動かし、忙しなく地を踏みしめる。そんな子供同然の荒武者をそのままに、信春は昌秀と並んで対岸の篝火の群れに目をやった。

「どう思う」

信春の問いに、昌秀が首を傾げる。六十一になる信春の八つ下。昌景は十も下である。ともに先代、信玄公とともに幾つもの戦場を駆け抜け、生死の境を分かち合ってきた仲だ。言葉を交わさずとも考えていることはわかる。昌秀の答えを待たずに、信春は対岸の敵を見据えつつ続けた。

「我等が仕掛けてくるのを待っておるとしか思えぬ。が、解せぬ。三万もの大軍じゃぞ。我等の倍じゃ」

「そうそう、そこに盾を並べぃ」

背後で昌景が側仕えたちを差配している。

昌景とはこういう男だ。

今宵、敵は攻めて来ない。これから皆と酒を酌み交わす。となれば、もう悩まない。すべての憂慮を頭の外に追いやって、ただ呑むことだけに心血を注ぐ。戦場であるということすら忘れている。甲府の己が屋敷となんら変わらない。

胆力の成せる業だ。

敵が攻めてきたら攻めて来た時にどうにかすれば良いと腹を括っている。忘れるというのはそういうことだ。どれだけ強硬に攻め込まれようと、己が腕と従える兵たちで覆せると心底から思っている。それほど己の武勇とみずからの兵を信じているからこそ、昌景は呆れるほど豪放でいられるのだ。

羨ましいが信春には真似できない。

「えぇいっ、そこではない。それは……。あぁ、それで良い、それで良い。味噌があるだけ良い。戦場じゃからな。がははははは」

「我等の倍の兵を従えておりはするが」

昌景の騒がしさとは真逆の静かな口調で、昌秀がつぶやく。背後のどうでも良い会話を耳から切り離しつつ、信春は隣に立つ細面の口許に気を集中させる。

「正面からぶつかって損なうのを恐れておるのではありませぬか」

「信長がか」

無言で細い顎が上下した。

たしかに昌秀の言うことも一理ある。武田家との争いだけに全力を注ぐことができる家康と違い、信長には敵が多い。一兵の重みが家康とはまったく異なる。

そもそも信春には、信長がこの場にいるということがいまだに信じられない。本当ならば今頃、河内で一向宗門徒と戦っているはずなのである。ひと月あまりで河内の戦を切り上げ反転し、大軍とともに東三河に現れた信長の素早さには舌を巻く。

疾きこと風の如く……。

信玄の旗印である孫子の一節である。兵の速さを好んだ先代が、いまの信長を見たらなんと言うかと信春は夢想する。間違いなく褒めるだろう。敵として向かい合ったとしても、嬉々として褒める。見事じゃ見事じゃと軍議の席で居並ぶ家臣たちを前にして、信長を賞するはずだ。

散々に褒めた上で。

完膚無きまでに打ち破る。

そんな信玄のことが、信春はたまらなく好きだった。

どんなに苦境の縁に立たされようと、信玄ならばなんとかしてくれる。そう思えるからこそ、戦場で命を懸けられた。その想いはここにいる三人共通のものであろう。信玄が毅然と道を示し、家臣たちが心から信じる。だからこそ武田家は、一枚岩となって信濃、上野、駿河、遠江、三河と所領を拡大していけたのだ。

「気に喰わぬな」

長陣で伸びた顎髭をさすりながら信春がつぶやいた。隣に立つ昌秀が、先を促すように敵陣から逸らした視線をむけてくる。ざらざらとした顎を強く撫でつけ、言葉を繋ぐ。

「この先の他の戦のことを考えて、兵の損耗を恐れるとは愚の骨頂。この戦に勝てねば先など無い。それが戦というものであろう。適当なところで茶を濁し、互いにじりじりと退いてゆくような戦など儂は認めん。もし信長がそのような思惑でこの地に立っておるというのなら、儂等は全力で叩き潰さねばならん。それが武田の戦であろう」

「そうじゃっ！」

いきなり背中を叩かれ、信春はとっさに拳を握りながら振り返った。揺れる視界の端に顔の形をした影を認めた刹那、握った拳をそこにむかって繰り出す。乾いた音とともに、熱い掌に拳が呑みこまれた。

昌景だった。

「馬場美濃の申す通りぞ。下衆な狐が穴蔵に籠っておるのなら、燻り出して叩き殺してやれば良い」

信春の拳をつかんだまま、武田家きっての猪武者が嬉しそうに腕を振る。乱暴に揺れる己が腕を引っ張り、信春は拘束から逃れた。拳が離れた絶妙な間で、昌景が二人に声をかける。

「ほれ、支度万端整ったぞ。座れ座れ」

赤き陣羽織のむこうに脚の上に矢盾を横にした机と、床几が三つ設えられている。机の上には昌景が持って来た大振りの徳利とともに、膳が置かれていた。膳の上には盃と素焼きの皿が二つ。干した魚と、味噌が皿に盛られていた。

「ほれ馬場美濃。御主の陣所じゃ。ささ上座にござれ」

信春の背中に手を添え、昌景が恭しい態度でうながす。

「ささ馬場美濃殿。我等のなかでは一番の御年長であらせられる。そういえば御幾つになられましたかな」

上座の床几をもう一方の手で示しながら、信春よりも頭一つ大きい体を小さくしつつ顔を覗き込んでくる。

「六十一」

口をへの字に曲げながら答え、信春は示されている床几へと歩を進める。

「おぉ、もう六十一になられ申したか。大したものじゃ。そう言えば祝いもせぬままであったな」

大袈裟に目を見開いて、赤備の将が昌秀に水をむける。上座に腰を据えた信春の目が、固い笑みのまま固まっている昌秀の細い顔を捉えた。

「御先代の三回忌が終わるまでは、処々の祝いは控えておるからの」

「三回忌の法要は無事に終わったのじゃ。今宵は呑もうではないか」

まるで己が功のように胸を張る髭面を、信春はにらみつける。

「いいから座れ。面倒臭い」

「おぉ、爺様を怒らせてはならぬぞ。ほれ、昌秀も座れ座れ」

目の前の床几にそそくさと座ると、昌景が大きな体を左右に揺すりながら昌秀を急かす。

「まったく……。その調子の良さはどこから来ておるのじゃ。御主の兄上は、物静かな御仁であったがの」

「そうそう、兄貴は堅物であった故なぁ。だからいつも喧嘩(けんか)ばかりであったわ。御主はもそっと大人しゅうなれ。武功で伸(の)し上がろうとするならば腰を据え、泰然自若(たいぜんじじゃく)の風を養わねばならん。御主は軽い。などと、まぁ口五月蠅(うるさ)い口五月蠅い。なにか言われる度に、儂は儂で正面から刃向うからのぉ。幼き頃より殴り合いの喧嘩ばかりしておったわ」

昌景の兄はすでにこの世にはない。信玄の嫡男であった義信が謀反の罪を問われ腹を斬らされた時、謀議に参画していたということで処断された。昌景の兄、飯富虎昌(おぶとらまさ)は義信の傅役(もりやく)であった故に、責めを免れなかったのである。

「兄貴とは十一も離れておったからな。大人と子供よ。殴り合いで勝てる訳がなかろう。じゃから、儂は兄貴に鍛えられたのよ。今の儂があるのも兄貴のお蔭じゃ」

飯富家は断絶となり、弟である昌景の武勇を惜しんだ信玄は、絶えていた甲斐の名家、山県家を昌景に継がせ、重用した。

「そんなことより、ほれ」

昌景は言いながら徳利を手に、信春へと掲げる。盃を取って差し出すと、白濁した酒が注がれてゆく。甘さのなかにわずかに感じるつんとした香りに、思わず喉が鳴る。嫌いな方ではない。

「しばし、御待ちを」

信春が宴の主であるという体裁を守るかのように、昌景が深々と頭を下げてから昌秀にむかって徳利を差し出した。

「儂は自分でやる故」

「良いから、ほれ」

頑強な声色で勧める荒武者の勢いに押されるように、昌秀が己が盃を差し出す。豪快に酒を注いでから、昌景は自分の盃に徳利を傾ける。

「良い良い。儂はこのほうが気楽じゃから、放っておけ」

酌をしようと身を乗り出して徳利を受け取ろうとした昌秀に言ってから、昌景は酒を注ぎ終えたみずからの盃を手にした。いつもこの調子で、昌景に呑まれてしまうのだが、それが信春は嫌いではない。心底から嫌っているならば、昌景のほうでも悟って近づいてはこないはず。互いに気を許しているからこそ、昌秀を連れだって戦場であろうとこうして気軽に訪ねてくるのである。

「ささ、久方振りに三人で一献傾けることができることに……。まぁ、高坂の気難しい顔があったら良かったのじゃが、まぁ留守番である故、仕方ないな。とにかく乾杯じゃ」

立て板に水のごとくまくしたてて、昌景が盃を持ち軽く頭を下げた。昌秀もそれに続く。

「まったく仕様のない奴らよの」

仏頂面で二人に言って、信春も盃を掲げながら、辞儀をする。それから皆の顔が上り、盃に口を当てた。

喉から腹へと甘く熱い物が流れ落ちて行く。腹に収まると同時に、頬がぽっと熱を放つ。

「どうじゃ、旨いだろう。敵の酒は。がははは」

徳利を揺らしながら昌景が笑う。床几から腰を浮かし巨体を揺らしながら、空になった信春の盃に新たな酒を注ぐ。そのまま己の盃も満たす。

「ほれ」

二つの盃に酒を注いだ昌景が、褐色の徳利を昌秀の前に乱暴に置いた。その態度に腹を立てるでもなく、昌秀はさも当たり前のように徳利を手にして、みずからの盃に酒を注ぐ。三十有余年の付き合いである。甲府の誰かの屋敷だけでなく、幾多の戦場でこうして酒を酌み交わしてきた。互いの気性など知り尽している。昌景に悪気はない。そのあたりは昌秀も心得ている。

「それにしても綺麗じゃのぉ」

床几の上で大きく仰け反って、昌景が幔幕の張られていない方に顔をむけた。

「三万もおると、火の明かりも見事なものよ。良き肴じゃ。のぉ昌秀」

「ほんに、綺麗じゃのぉ」

しみじみと昌秀は言いながら、口許をわずかにほころばせる。

上座にある信春は、体を傾けずとも敵の灯す明かりが見えた。夜も深くなってきたというのに、敵の影はなおも忙しなく立ち働いている。

「いったいなにをしておるのかのぉ」

昌景が対岸を眺めながらぼんやりと言った。

「よもや川を越えて……」

「それはあるまい」

昌秀の言葉を中程まで聞いて、信春は言った。三杯目を呑み干した赤備の主が、大きく手を叩いて笑う。

「なにを臆しておるのだ」

「臆してなどおらん」

昌景の冷やかしに、昌秀が口を尖らせる。こういう時、武田家一の荒武者はしつこい。口を尖らせる程度では絶対に終わらない。

「三万もの敵を前にして、震えておるのではないのか源左衛門」

「どこをどう見て、そのようなことを言うのじゃ。ほれ見てみぃ。儂は震えておるか」

両腕を大きく開いて昌秀が問う。それを見て、昌景がよりいっそう派手に笑い出す。

源左衛門は昌秀の昔の名だ。若き頃は工藤源左衛門であった。工藤家こそが昌秀の生まれた家なのである。武田家譜代の内藤家を継ぎ、内藤昌秀と名乗り始めた。

ここに集う三人とも、信玄に重用され武田家の名門を継いだという点で共通している。

信春ももとは教来石景政と名乗っていた。教来石家こそが、信春の生まれた家である。途絶えていた馬場家を継ぎ、馬場信房と名乗り、後に改め信春となった。

信春、昌景、昌秀の三人は、信玄に目をかけられたことで重臣と呼ばれるまでに成長したのである。信玄に受けた恩は計り知れない。恐らく一生を費やしても返しきれぬと、信春は思っている。

己は一生武田家の臣……。

他家に仕える気は毛頭ない。恐らくそれは、目の前の二人も同じであろう。

「なんじゃ、もうこれは良いのか」

側仕えがそれぞれの膳とともに用意した小ぶりな瓶子を手にした信春を目聡く捉えた昌景が、己が徳利を持って問う。

「御主は、それくらい無ければ足らぬであろう。儂はこれで十分じゃ」

酒は好きだが昌景ほどの鯨飲はしない。いや、できなかった。それを知っている昌景も、それ以上の無理強いはしない。

「じゃあ、遠慮無う」

嬉しそうに言って、大振りの徳利を軽々と傾けみずからの盃に酒を満たした。それから目の前に座る昌秀に目を移す。

「御主もそれでよかろう」

昌秀の膳の脇に置かれた瓶子を、髭で覆われた顎で示す。

「大丈夫じゃ」

ぞんざいに昌秀は答え、純白の瓶子を手にしてみずからの盃に注ぐ。

「あぁあ……」

これみよがしに昌景が欠伸(あくび)をする。顎が外れんばかりに開いた口から、天にも響けといわんばかりの大きな声が放たれた。

不満である！

そういう態度だ。

何故、不満なのかを問えと、童がそのまま大きくなったような武人は、無言のうちに促しているのである。

信春は右方に座る昌秀を見た。昌秀のほうも上座に目をむけていたから、自然と視線が交わる。

口許を緩め、信春は顎先を昌秀のほうに突き出す。

陰気な昌秀の眉尻が思いっきり下がる。

儂が問うのか……。

糾弾するような目が言っている。信春は笑みのままうなずく。机をはさんだむこうに座る武田一の猛将は、溜息をひとつ吐き、昌秀が前方に顔をむけた。

猛将は、床几から転げんばかりに体を反らし、腕を組んでいる。

「どうしたのじゃ」

仕方なくといった様子で昌秀が問う。

「ふんっ！」

腕を組み、天を仰いだまま、昌景が荒い鼻息をひとつ吐く。

「なんじゃそれは」

なおも昌秀が問うと、鼻から下を髭で覆った四角い顔が、がくりと落ちて正面に座る陰気な顔を睨んだ。

「あのような腑抜けた者とどうやって雌雄を決すると言うのじゃ、うちの大将は」

机に右手を突き、左手を上げた昌秀は対岸の敵を指さす。

「二日だぞ、二日。丸二日であれだけの柵と土盛を築いておるのだぞ。奴等はあれか？　この地を守ろうとしておるのか？　違おうが。奴等は長篠城の後詰に来たのであろう？　三万じゃぞ三万。儂等の倍じゃ。それだけの兵を率いてきおって、何故あれほど堅く閉じこもらねばならぬのじゃ」

松明の炎に照らされる無数の柵を指さし、なおも昌景は吠える。

「御館様の宿怨の敵を討つために、四郎殿はわざわざ打って出たのであろう」

御館様とは先代、信玄公のことであり、現当主である勝頼は四郎という信玄公の頃よりの呼び名で呼ぶ。昌景の心のなかでは、いまだに信玄こそが己が主なのである。

気持ちはわからなくもない。

だが。

もう信玄はいないのだ。どれだけ慕い続けていようとも、姿を見ることも命を下されることもない。

勝頼こそが武田家の惣領、己が主と思い定め、奉公すべきなのである。だが、昌景や昌秀は、いまだに信玄への敬慕が勝っている。その結果、勝頼に対して敵意にも似た、暗い想いを抱いていた。

「四郎殿はどうするつもりなのじゃ。甲羅に籠る亀のごとき敵に対して、川を渡り攻め寄せよと申されるのか」

「それは明日になってみねばわからぬ」

信春は、みずからの想いを正直に言葉にした。猛将が、朱く染まった目を上座にむける。

「たしかに明日にならねばわからぬが……」

上座を見据えたまま、昌景が徳利を手にして傾ける。見ぬまま注いだから、盃から溢れた酒が盾を濡らす。昌秀に声をかけられて、傾けるのを止めた猛将は、乱暴に徳利を置いて盃をつかんだ。

「儂にはわからんっ！」

吐き捨て、一気に呑み干した。口の端から溢れた白く濁った酒が、ごわごわとした髭を濡らす。拭いもせぬ昌景は、盃を置いてふたたび信春を見た。

「四郎殿は儂がなにを言うても、ちゃんと聞いてはくれぬ。儂は別に四郎殿が憎うて言うておるのではないのだぞ……」

猛将が鼻を啜る。

この男は真っ直ぐだ。裏表がない。だから本当に勝頼のことを思ってはいるのだろう。悪気もないのだ。が、信春から見れば、やはり信玄公への敬慕の裏返しで、勝頼に辛く当たっているのは否めない。そういう態度が、勝頼の心を閉ざしているのだということに、昌景は気付いていないのだ。

「あのように堅く籠っておっては、容易には破れぬぞ」

「御主にしては珍しく気弱な物言いではないか」

「おい」

猛将に茶々を入れた昌秀を信春は短い言葉でたしなめる。が、聞き逃す昌景ではなかった。

「気弱とはなんじゃ気弱とは」

矛先が昌秀にむく。

「誰が気弱なんじゃ言ってみろ」

「御主は四郎殿に織田と互角に戦えると申しておったではないか。容易に破れぬなどという言葉を御主が吐くとは思わなんだ故、ついつい気弱などと申してしもうた」

目を弓形に歪ませ、昌秀がにこやかに言った。

「御主は……」

拳を握って昌景が震える。

腹に溜めた気とともに信春は声を張る。今にも昌秀に飛び掛からんとしていた昌景が、覇気に当てられ固まった。昌秀のほうは、はなから勝負をしようとは思ってもいなかったようで、昌景から冷静に目を逸らし上座に顔をむける。

信春は左右の盟友を交互に見遣りながら、穏やかに語り掛けた。

「おい昌景」

「む」

猛将が口をへの字に曲げる。

「久方振りに呑もうと申したのは御主であろう。なんじゃこれは。喧嘩をするために集まったのか」

「そ、そういう訳では」

「だったら座れ」

昌景の床几に視線を送る。

「おい昌秀」

今度は昌秀を見据える。

「御主も御主じゃ。憎まれ口を叩くな。御主も本心では昌景と同じように思うておるのであろう」

「それは」

口籠った昌秀が目を逸らす。

「御主や昌景が、御館様を快う思うておらぬのはわかっておる」

二人とも口ごたえせずに黙ったまま、最年長者の言葉に耳を傾けている。

「じゃが、御館様は御館様ぞ。儂等は四郎殿を主と仰ぎ、武田家を守り立ててゆかねばならぬ。そうではないか。昌景、昌秀」

二人が揃って対岸の炎の明かりに目をやった。

「御館様がどのような差配をなされるのか、明日になってみねばわからん。なれば今宵は楽しく呑もうではないか。これより先にまたあるかどうかわからぬのだから」

言い終えると、昌景が素早く顔を上座にむけた。

「縁起でもないことを申されるな」

「そうですぞ馬場殿」

いつの間にか昌秀も上座に顔をむけていた。信春は二人に笑ってみせる。

「いやいや、別にこの戦に敗れると申した訳ではないわ。儂も六十一。いつ何時、御館様が迎えに来られるかわからぬではないか」

忘我のうちに口走った言葉が、信春の胸を穿つ。

御館様の迎え……。

ふたたび信玄公に会えるのならば、死ぬのも悪くはない。素直にそう思える。心のどこかで死を心待ちにしている己に、信春はこの時はじめて気づいた。

まだ現世にやり残したことがある。

が……。

「それもまた縁起が悪いぞ馬場美濃よ」

髭同様に濃い眉を思い切り吊り上げて、昌景がにらんでくる。信春は笑みで受け止め、二人の顔を交互に指さす。

「人間五十年。御主たちとて、他人事ではないのじゃぞ」

「儂はまだ死なんっ！」

拳を作って昌景が黄色い歯を見せる。

「まだまだ生きて、四郎殿に憎まれ口を言うてやらねばならん。儂がおらねば、あの御方に諫言をいたす者がおらぬ故な。御主もじゃぞ昌秀」

目の前の細い顔を見据え、唾を飛ばす。頬に飛んだそれを汚そうに拭いながら、昌秀が首を横に振る。

「御主たちより先に死んでたまるか」

「そういうことを言うておる奴が一番早う死ぬのじゃ。存外、明日あたりに死ぬのではないか」

「縁起の悪いことを申すなと先刻馬場美濃に言うたのはどの口じゃ」

良い大人がふざけ合うのを肴に酒を呑みながら、信春は想う。

やり残したこと……。

「おい昌景、昌秀」

声を落として二人の名を呼ぶ。それまでと違う物々しい気配を悟った二人が、言葉を飲んで目だけを上座に送る。

静かに盃を置き、恐らく妻よりも長く顔を合わせているであろう二人を見据えた。

少し酔ったようである。

頬が熱を帯び、目が霞む。二人のむこうに見える篝火の群れがぼやけて一個の巨大な焔のようであった。

焔が押し寄せて来る。

川を越えて。

味方の陣が次々と焼き尽くされてゆく。

「おい馬場美濃っ」

鋭い声が信春を現世に引き摺り戻す。どうやら束の間、眠っていたらしい。

「大丈夫か」

昌景が顔を覗き込むようにして問うてくる。

「そろそろ戻るか」

昌秀が猛将にささやき、腰を浮かす。

「大事無い。しばし待て」

うなずきながら言って、昌秀の動きを律する。床几からわずかに腰を浮かせたまま、昌秀が首を傾げた。

「酔うておられるのじゃ馬場殿よ。今は対陣の最中にござる。敵が来ぬというても、深酒はいかん」

言って陰気な目で昌景をにらむ。

「ほれ見よ。御主が呑ませるからじゃぞ」

「そ、そこまで酔うほど呑んではおらぬはずじゃぞ」

幾分申し訳なさそうに答えると、昌景がいっそう身を乗り出して上座の信春を覗き込む。

「おい馬場美濃、本当に大丈夫か」

「心配し過ぎじゃ二人とも。近頃めっきり夜が弱くなってしもうてのぉ。眠さと酒で、すこしばかりふらついただけじゃ。大事無い大事無い」

嘘ではない。

「そうは申されても、やはり今宵はこの辺りで終わりにいたしましょうぞ」

昌秀がふたたび席を立とうとする。

「ちょっとだけ待ってくれ」

掌を掲げて制する。その鬼気迫る動きに、またも昌秀が怪訝な顔をしながら動きを止めた。

「どうなされたのじゃ馬場殿」

溜息とともに、昌秀が腰を床几に落とす。信春の鼻先まで近づいている髭面が、同朋の言葉を受けて大きくうなずいた。

「なにか儂等に言いたいことでもあるのか」

乗り出していた昌景の顔が遠のいてゆく。床几に深く腰を落とした武田家随一の猛将は、腕を組み咳払いをした。

「言いたいことがあるのなら、聞こうではないか。のぉ昌秀」

松明に照らされてもなお深い影に沈んだ昌秀の顔がちいさく上下した。

「儂はの」

空のままの盃を見つめ、信春は静かに語りはじめる。

まだ死ねぬ。

やり残したことがある。それは己一人では成し得ない。昌景と昌秀、北信濃の地にいる高坂弾正。彼等のような己より若き重臣たちの力が必要なのだ。

二人に胸の裡を語る。まずはそこから始めようと思う。

「重臣と四郎殿との仲をどうにかしたいと思うておる」

「おいおい、楽しく呑もうではないかと申したのは馬場美濃ではないか。また蒸し返すつもりか」

「まぁ聞いてくれ」

声を荒らげる昌景に、信春は穏やかに頼む。口を尖らせ虚空を睨みながら、猛将は黙したまま座っている。話だけは聞く。無言のうちに態度で示している。

穏やかに信春は続けた。

「昌景。御主は先刻、己がおらねば四郎殿に諫言する者がおらぬと申したな」

「それがどうした」

そっぽを向いたまま、昌景は問う。昌秀は二人のやり取りに耳を傾けながら、一人盃を傾けている。信春は構わず、猛将との対峙を続けた。

「御主も心の裡では、四郎殿のことを慕うておるのであろう」

「ふんっ」

否とも応とも答えず鼻息をひとつ吐いて、武田家随一の猛将は口を閉ざす。信春はなおも問いを重ねる。

「四郎殿は諏訪家の惣領であった御方じゃ。新羅三郎義光様の頃より、武田家の惣領を他家から引き入れたことは一度もない。御主達が良く思わぬのも解る。儂だって真のことを申さば、心のどこかで四郎殿は武王丸様が元服なされるまでの仮初の惣領じゃと思うておる」

「それで良いではないか」

明瞭な声で言ってから、昌景が髭の中に干物を放り込み、四角い顎でがりがりと噛み砕く。魚を瞬く間に喰い終えてから、盃よりもひと回り大きな器に、持参した徳利を傾ける。

「なにが良いのじゃ」

注ぎ終えた酒を呑もうと皿に口を付けた昌景に問う。猛将は一度口を止めたものの、皿を髭のなかに埋めて酒を呑む。一気に呑み干し、また徳利を傾ける。強かに呑んではいるが、目にはまだ覇気がみなぎっている。

「なにが良いのかと聞いておるのだ昌景」

皿の酒を二度干し、昌景が上座をにらんだ。

「四郎殿は武王丸様元服までの中継ぎである。それで良いと申しておるのじゃ」

「もし、武王丸様が元服なされても、四郎殿が惣領の座を明け渡さねば、御主はどうする」

「なに？」

解りやすく昌景が目に怒気を孕ませた。剣呑な視線を逸らすように、信春は昌秀に顔をむける。

「御主はどうじゃ昌秀」

「そは御先代の遺言に逆らう御所業にござりましょう」

「すでに四郎殿は御先代の遺言に逆らい、国の境を越えて兵を動かしておるではないか。そして御主たちは、それに従うておる」

「おい馬場美濃っ！」

机を叩いて昌景が怒鳴った。昌秀と目を合わせたまま、信春は口をつぐみ猛将の言葉を待つ。

「御主はさっきからなにが言いたいのじゃ。楽しく呑もうと申しておきながら、儂等を怒らせるようなことばかり申しておるではないか。いったいなにがしたいのだ。

え、馬場美濃よ」

ゆっくりと目を髭に覆われた赤ら顔に移す。真っ赤に染まった白目のなかに浮かぶ瞳が、怒りで小刻みに震えている。

やり残したこと。

まずはこの男を落とすことからはじめる。

「四郎殿はそこまで悪い将ではないと思うぞ昌景」

「そんなことは聞きとうはっ……」

「聞け昌景」

荒ぶる猛将に、穏やかな春の陽のごとき声を投げる。

「先々代の信虎公を甲斐から追放した信玄公が、信濃平定に躍起になったのは何故であろうかの」

「なんじゃそれは」

「信玄公のまわりには、信虎公に見出され重用された者ばかりであった」

甘利虎泰（あまりとらやす）、室住虎登（もろずみとらとお）、原虎胤（とらたね）など、信虎の頃に重用されていた家臣たちには虎の字を授かっている者が多い。彼等は信玄公が惣領となっても武田家に仕え続けた。

「父よりも己の方が武田家の惣領に相応しい。そう思わせるためにも、信玄公はなんとしても信濃を手中に収めたかったのではなかろうかのぉ。その頃はまだ儂も若かった故、御館様の猛々しさに付いてゆくのがやっとであった。なんとか功を挙げ、少しでも御館様に褒めてもらおう。そんなことばかり考えておった」

昌景の目から怒りの色が引いてゆく。若い頃の己に思いを馳せているのだろう。信春だけではない。昌景と昌秀も、若き頃は信玄公に従うことだけで満たされていたのだ。

「今になって思うとな。あの頃の御館様が見ておったのは隣国の敵ではなく身内であったのだ。先々代の頃よりの重臣たちに、武田家の惣領として認めてもらうためにあれほど躍起になって信濃を攻めたのではないか」

「四郎殿も一緒だと言いたいのか」

下唇を突き出すようにして昌景が問うてくる。その目はもはや上座をにらんではいない。信春に背をむけ、対岸の炎を見つめている。

「あの頃、信玄公が見ておった甘利殿や室住殿が、今の四郎殿にとっての儂等ではないのか」

「しかし甘利殿たちは、御館様に我等ほど口五月蠅きことは申しておらなんだぞ」

「そは信玄公が武田家の嫡男であったからじゃ」

諏訪四郎勝頼という定めが、勝頼と武田家の重臣たちの間にどす黒い闇となって横たわっている。その闇を取り払わなければ、武田家に明るい行く末はない。信春は死ぬ前に、両者のわだかまりを取り去ってしまいたかった。

「儂等が四郎殿を他家の惣領だと見ておるが故に、やることなすこと邪推してしまうのではないのか。良いか二人とも」

篝火の群れを見つめる昌景と、淡々と盃を傾け続ける昌秀に深い声を投げかける。

「四郎殿は」

二人は黙って聞いている。

「我等が慕い続け、追い続けた、信玄公の御子であるぞ」

盃を手にしたまま昌秀が動きを止めた。昌景は背をむけ身じろぎひとつしない。

「儂はの二人共」

静かに瓶子を手にする。すっかり乾ききった盃を、酒で濡らす。ゆるゆると嵩を増してゆく白濁した酒を見遣りながら、思い残すことのないよう腹のなかの想いを洗いざらい吐き出す。

「武王丸様が元服した後も四郎殿が武田家の惣領であっても良いと思うておる。いや、その頃になれば四郎殿は御先代に劣らぬ立派な惣領になっておると思うのじゃ」

昌景が振り返った。

「馬場美濃、御主そこまで……」

猛将の声にしずかにうなずき、信春は言葉を継ぐ。

「諏訪家の惣領であるべきはずの御方であったやもしれぬが、四郎殿の他に信玄公の跡を継ぐ者はおらぬのじゃ」

嫡男、義信は謀反の罪を問われ切腹し、次男は目を患い僧となり、三男は若くして死んだ。

この三人は正室の子である。

四男の勝頼だけが諏訪家の娘を母としていた。

「それ故、信玄公も四郎殿を惣領にしたのだ」

「しかし武田家代々の旗、孫子の旗を使うことは禁じられておる」

昌景が言う通り、信玄公は勝頼に武田家の惣領が戦に出る時に使う旗印の使用を禁じた。それ故、勝頼は諏訪四郎であった頃より使っていた〝大〟の一字が墨書（ぼくしょ）された旗印を今でも使っている。これが、武王丸元服での惣領委譲とともに、重臣たちが勝頼を軽んじる原因ともなっている信玄の遺言であった。

「それがなんじゃ」

吐き捨てるように言ってから、信春は笑った。

「武田家代々の旗を使えぬとも、四郎殿が惣領ではないか。我等だって認めておるのじゃ。そのようなことをいちいち持ち出し、揚げ足を取るようなことばかりしておる故に、四郎殿が儂等を敵のごとくに見てしまうのではないか」

信春は押す。

「儂等のほうから認めるのじゃ。さすれば四郎殿はきっと信玄公に負けぬ武田家の惣領となられる」

「ふふ」

突然、昌秀が笑い声を上げた。驚き、信春と昌景が同時に炎の元でも静かな風を孕む男を見た。

「なんじゃ昌秀」

笑顔のまま何も言わない昌秀に、昌景が声を投げる。

「言いたいことがあるならはっきり申せ」

昌景がうながすと、昌秀が静かに語り始める。

「馬場殿がそこまで腹を括られていようとは思いませなんだ。そこまで申してもらいながら、儂がなにも言わぬというのは卑怯であろうな」

「どうしたのだ御主まで」

いつの間にか元の姿勢に戻っていた昌景が、上座と昌秀へと顔を行ったり来たりさせる。そんな猛将の解りやすい動揺など気にも止めず、物静かな重臣は信春と対峙する。

「今の武田家はほころびだらけじゃ。いずれ滅びゆくことになろう。たとえこの戦に勝とうとも、このままでは武田家に先はない。儂等がその元凶になることだけは、なんとしても止めねばならぬと常々儂も思うておった」

今のままでは駄目だと思っているのは、己だけではなかったのだ。昌秀の言葉が、信春を後押しする。

「この戦が終わったら、四郎殿としっかりと向き合うてみぬか。のぉ昌景」

先刻まで自分の味方だと思っていたはずの昌秀の言葉に、荒武者が動揺していた。

二人の視線に射竦められ、逃げるように盃を手にして酌をする。昌秀の援護を受けつつ、信春は押す。

「今宵、御主がこのような席を設けてくれたのは、死んだ御館様の御導きであったのであろう。ここらで儂等が変わらねば、武田家は立ち行かぬ。きっと御館様がそう申されておるのじゃ」

「いくら儂が心を入れ替えたとしても、四郎殿は相手にせぬまい」

べたついた髭の隙間から、酒気とともに戸惑いの言葉を吐く昌景の目が泳いでいる。

もう少し……。

老いた身に久方振りに熱が籠る。信春は両手を盾について大きく乗り出し、武田随一の勇将を見据えた。

「四郎殿はまだまだ若い。なかなか素直にはなれぬ。じゃからこそ年老いた儂等が、先に変わらねばならぬのじゃ。儂等のほうから懐を開き、素直な想いを打ち明けるのだ」

「過日の軍議の席で、儂は言うたつもりじゃぞ」

昌景がぼそりと言った。退く退かぬという問答のことである。

「あれはただの言い争いではないか」

「儂と四郎殿はいつもそうではないか」

「御主の心根に四郎殿を悪しく思うておる心がある故ではないのか」

「それはっ……」

武勇こそが昌景の本分である。言葉での争いには向いていない。

「御主が喧嘩腰で言うから、四郎殿も喧嘩腰になってしまうのじゃ。何度も言うぞ昌景。四郎殿は信玄公の御子じゃぞ。武田家の惣領じゃ。敵ではないのだ」

「そんなことは解っておる。じゃが……」

叱られている童のように頬を膨らまし、猛将が口をつぐむ。信春は年嵩の兄のごとく、穏やかな言葉を投げかける。

「じゃが、なんじゃ」

「どうしても儂は信玄公のことを思い出してしまうのじゃ。信玄公ならばこうされた。信玄公ならこのように申されるであろう。四郎殿がなにか為される度に、儂は信玄公ならばどうなされたかと思うのよ。そして、どうしても腹が立ってしまう」

「四郎殿が足らぬのは当たり前ではないか。信玄公のように出来る訳があるまいに」

「そは無い物ねだりというものぞ」

信春の言葉に昌秀が続き、そのまま言葉を連ねる。

「儂だって四郎殿には思うところはある。今度の出兵にしろ、ここまで兵を進めた件にしろ、あまりにも家臣の言葉を聞かぬ」

「それは」

信春が擁護しようとしたのを、昌秀が手で止め、続けた。

「じゃからと言って、此奴は話をしても無駄じゃと儂等のほうで切り捨ててしもうては、四郎殿はずっとそのままではないか。若き頃は良い。だがこのまま年を重ねてみよ。阿諛追従する奸臣のみを重用するようなことになりかねぬ。そのような主君にしてしまうのは儂等じゃぞ昌景。それで冥途で信玄公に顔向けできるのか。今なら間に合う。この戦が終わった後で良い。儂等三人。いや高坂や原、小山田あたりも集めて、皆で四郎殿と語らい合うてみぬか。武田家の行く末のために」

日頃、口数の多くない昌秀の熱を帯びた言葉に、昌景が目を見張っている。信春は身を乗り出したまま、昌秀に続く。

「今ならまだ間に合う。儂等が四郎殿を認めねば、武田家に明日はない」

「二人共……」

盃と化していた皿で髭面を扇ぐ昌景の口から溜息が漏れる。対岸で揺れる篝火を目を細めながら眺め、武田家きっての猛将は大声で笑った。

「まずは目の前の敵を倒すのが先であろう。我等の倍じゃぞ、倍。まるでこの戦は勝ったも同然であるという物言いではないか」

たしかに昌景の言う通りである。信春は猛将の視線を追った。

三万もの大軍が連吾川のむこうにいるのだ。おそらく明日、ここに集う三人はみずからの手勢を率いて、彼等と相対することになるだろう。

「四郎殿のことは、この戦に勝ち儂等三人生きて甲府に戻った時に、考えてみるわい」

「そうじゃな。まずは勝たねばな」

猛将の言葉に答える信春の瞳は、炎の明かりの下で今なお忙しなく働き続ける敵兵の影をとらえていた。

漆　織田信長

闇のなかで鴉が啼いた。

織田上総介信長は、目を閉じたまま覚めた。朝の気を鼻から吸いこみながら、ゆっくりと現世に戻って来る。

夢は見ない。目を閉じたら、すぐに朝。戦の時はいつもそうだ。

気が昂ぶって眠れぬ者が多い。なかには数日もの間、寝ないという者もいるという。戦場にいるのだ。いつ死ぬやもしれぬ。心が落ち着かぬのも無理はない。もしかしたら眠れぬのが、まともなのではないかとも思う。

だが信長は寝る。

むしろ平穏で怠惰な毎日を過ごしている時のほうが、眠れない。体を動かすかどうかということではないのだ。戦場にいる時でも、一日中本陣でじっとしていることもある。それでも戦の時は良く眠れるのだ。

平穏よりも不穏の只中にいるほうが、心穏やかにいられるような気がする。そして恐らくそれは、人としては普通とは言えないのだろう。

では普通とはなにか。明確に答えられる者を信長は知らない。坊主ならばもっともらしいことを言うのかもしれないが、けっきょくは借り物の御題目を偉そうに垂れ流すだけである。そのくせ、それをそのまま言ってやると、屁理屈だとか、不信心だなどと上から語るから性質が悪い。

だから坊主は嫌いだ。

などと、他愛もないことを瞑目したまま考えているうちに、胡乱であった心が信長の形になってゆく。己が織田信長という男であることを知覚してゆく。

目覚めた。

そうはっきりと思えたら、今度はゆっくりと瞼を開いてゆく。

陣幕が幾重にも張られた本陣の真ん中であった。野辺に敷かれた畳の上に設えてある褥と綿入の衣の間に挟まったまま、空を眺める。濃藍のなか、東の方だけがうっすらと茜色に染まっていた。細長い雲が、赤から藍へと緩やかに色を変えながら流れてゆく。露わになったままの顔に当たる風が冷たい。五月も二十日が過ぎ、梅雨もそこまで迫っているとはいえ、まだ朝晩は冷え込む。

どうやら天気は良いようである。

「戦日和じゃ」

天を仰いだまま信長は一人つぶやく。

若衆や小姓は置かない。伽をさせることはないこともないのだが、ともに寝ることはなかった。

人と寝るのが嫌なのだ。理屈ではない。ただただ煩わしい。人の熱が褥に籠るのが、耐えられなかった。だから己が居室で寝る時もかならず一人である。

風の冷たさが心地よく感じられるようになってくると、今度はじょじょに体を起こしてゆく。別段、努めてゆるゆると起きているのではなかった。幼い頃からの癖だ。まず心が醒め、自分が信長であることを知覚してから目を開ける。それから横になったまま天を仰ぎ、心と体が馴染んだところで体を起こしてゆく。

寝ている間、信長は別のどこかにいる。自分でも良くわからない。夢を見ないのだから、寝ている時にどこかにいると感じている訳ではなかった。それでも、何故か寝ている時はここにはいないと思うのだ。昔からそうだ。物心付いた時から。

織田上総介信長は、この世の者であってこの世の者ではない。

そう感じるのだ。

誰にも言ったことがない。言っても解ってもらえぬから。

解ってもらえぬと思ったのには訳がある。ただ一人にだけ、幼い頃にこの想いの正体を問うたことがある。

母だ。

己は己ではない。己は何者なのじゃ。そう問うた信長に、母は醒めた口調で言った。

〝世迷言(よまいごと)を申されまするな。其方は吉法師(きっぽうし)殿でありましょう。左様なことを申されておられると嫡男の座を追われまするぞ〟

まだ幼名で呼ばれていた頃のことである。幼いうちに母と離され城を与えられた信長にとって、母との数少ない思い出であった。いつも信長に冷たかった母が、この時は常以上に冷淡であったのを今でもはっきりと覚えている。

世迷言……。

己の言っていることは世迷言なのか。

その日から信長は胸に抱いている違和を、誰にも伝えることはなかった。四十の坂を越えた今でも、幼き日と同じ想いは変わらず心に根付いている。眠っている時の信長は、別のどこかにいる。だから戻って来た時は、ゆっくりと体に馴染ませる。

そんな調子であるから、なにかの変事があり家臣の声で起こされたりすると、すこぶる機嫌が悪い。己が信長に馴染む暇もないままに、体だけが起きてしまうから、心が追いつかないのである。しかし一国の主であり、多くの家臣を従えているから、どうしても不測の事態は起きる。それは仕方無い。心が体に馴染まず機嫌が悪くとも、家臣たちに当たり散らすような愚かな真似はしていないつもりだ。ただ、そういう時に愚か者に出会ってしまうと抑えきれない。怒鳴る。蹴る。仕舞いには斬ってしまう。だから信長に長く仕える家臣たちほど、寝ている主に声をかけようとはしない。そういう者が声をかけるということは、余程のことである。

今朝はいまのところ声をかける者はいない。陣幕の外に小姓たちの気配がある。しかし信長から声をかけるまでは、決して声を上げない。

流れゆく雲を見つめたまま、腰から背骨へと力を伝えてゆく。じわりじわりと背骨から腸を包む肋（あばら）へと熱が伝わる。背骨を流れる力は頭骨へと辿り着く。骨から肉、肉から皮へ。体が信長という名の心とひとつになる。

頭から起きあがってゆく。

急がない。

枕から頭が離れ、褥から背が浮く。胸と腹で綿入の衣の重みを感じながら、体を起こしてゆく。

　褥の上に胡坐をかいて、膝に掌を置いた。もう一度瞑目し、鼻から息を吸う。朝の気に湿った匂いはなかった。雨は降らない。

「うむ」

　誰にともなくうなずく。

　雨が降らぬということは、なによりの僥倖であった。それだけが心配だったのだ。降らぬということは昨日のうちから解っていたのだが、万一ということもある。その万にひとつが気がかりであった。

　絶対に降らぬ。

　切なる願いを叶えんとの想いで、陣幕に囲われた露天で眠った。

　どうやら願いは通じたようである。

「おい」

　陣幕のむこうの気配を呼んだ。白地に木瓜紋が染め上げられた幕の端が揺れ、わずかに出来た隙間から、見慣れた若者が入って来る。素早い身のこなしで幕に一切触れず、身に着けた鎧を鳴らすことなくするすると畳の前に片膝立ちになって頭を垂れた。いま一番目をかけている小姓である。目端も利くし頭も良く回る。

「おい」

「は」

こちらが声をかけるまで、青年はいっさい声を吐かない。御目覚めになられましたか、などという解りきったことを口にするような愚か者を信長は傍に置かない。

「晴れたぞ」

言いながら立ち上がる。

白い単衣のみを着けた信長を前に、小姓が一礼してわずかに後ろに退いた。それを幕のむこうから覗いてでもいたかのように、数人の男たちが布を掻き分け入って来る。水を張った桶や手拭など、みずからの務めを果たすための物を手に持ち、男たちが畳の前に控えた。

信長は褥の上にどかりと腰を下ろした。すると男たちがいっせいに周囲に群がった。桶の水で湿らせた手拭で顔を拭われ、髭と月代に剃刀を当てられ、髪の手入れをされる。その間、信長は胡坐のまま男たちにすべてを任せている。

「敵はどうじゃ」

月代に当たる刃の冷たさを心地よく感じながら、信長は男たちの背後、畳の外に控える青年に問う。

「方々より白煙が上がっておりまする」

「ちゃんと朝餉を喰いよるか」

「そのようかと」

「こちらはどうじゃ」

「御家中の皆々様、各々の下知により支度が始まっておりまする」

「家康殿は」

「大事無いかと」

「うむ」

手入れを終えた男たちが、道具を手に手に一旦退いてゆく。しかし目をかけている小姓だけは畳の外に控えたまま残り、小動ひとつしない。頭を垂れたままの青年に声をかける暇すらない素早さで、男たちが戻って来る。

信長は立ち上がって褥から畳へと動く。すると二人の若者が褥と綿入の衣を器用に折り畳んで、幕のむこうに去ってゆく。

残った者たちが、幔幕の端に敷かれた別の畳の上に置かれていた鎧櫃から信長の鎧を取り出した。その間に、信長は当世袖や袴、革足袋などを着せられてゆく。衣の支度が終わると、男たちは鎧に取り掛かる。四半刻もせぬうちに、信長は顔の手入れと身支度の一切を終わらせた。

畳の端に並べられた草鞋に足を通す。するとそれまで黙って控えていた青年が、静かに近寄ってきて慣れた手付きで草鞋を結びはじめる。これだけは、一番身近に置いている彼の務めであった。結び終わった青年は、歩きだした信長の後方に従う。

男たちとは違い、幕の下をつかんで乱暴に引っ張り上げて外に出る。青年はどう滑り出たのか、信長の開いたそれにはもちろん付いて来ない。すぐさま肩越しに振り返ると、すでに顔色ひとつ変えずに従っている。いつものことだから、別段気にはしない。

本陣は幾重にも陣幕が張られて迷い道のようになっている。だが信長は道なりには進まない。前へ前へと一直線に陣幕を手繰り上げながら進んでゆく。十数枚の幕を抜けると、一気に視界が開けた。

戦場である。

細い川をへだてて敵味方が睨み合っていた。こちらは三万、敵は一万五千である。

数の上では、こちらの勝ちは揺るがない。

しかし……。

相手は甲斐の武田である。

油断は禁物だ。

「見てみよ。ほらほら、活きの良さそうな馬が、ようけおるわ」

こちらを攻める気配のない敵が、みずからの陣中で馬を乗り回している。

「仕掛けてくるつもりのようじゃな」

「そのようですな」

小姓が静かに肯定の言葉を吐いた。

極楽寺山にあった本陣を前線近くまで動かし、茶臼山に置いた。山というより丘に近いこの山からは、なだらかに下って連吾川の川筋にできた狭小な平地を一望の元に見渡せる。

信長は東にむかって家臣たちを横に並べた。

一番北方、信濃側にあたる左翼には……。

「殿ぉっ」

鎧を着た子猿が、石段を駈け登って来る。顔は鼠に似ていると信長は思うのだが、背恰好やすばしっこい身のこなしのため、家臣たちからは〝猿〟と呼ばれている。しかし、山の頂に立つ信長にむかって手を振る笑顔は、やはり鼠だ。兜を脱ぐと禿げた鼠である。左翼にあるべきはずの男だ。

「なにしに来おったか禿鼠っ」

日頃からそう呼んでいるあだ名を、小男にぶつける。嬉しくはない名であろうに、小男はへらへらと笑いながら、器用に石段を登ってきた。

羽柴藤吉郎秀吉。名は武士らしいが、本来のこの男の名は〝藤吉郎〟のところだけ。後は、この男自身が勝手に名乗っているだけのこと。羽柴などという姓にいたっては、織田家の重臣、丹羽長秀と柴田勝家の丹羽、柴田から一字ずつ取ったという出鱈目な代物だ。

生まれは百姓である。

信長が目をかけ重用してやっているから、こうして偉そうに鎧兜を着けていられている。

この男は本来、いま左翼に陣取っているべきなのだ。秀吉に前田利家、丹羽長秀らが織田軍の左翼から中央へと広がり、最右翼に滝川一益の率いる鉄砲と弓に長けた一隊を置いている。

滝川一益の右方に家康の兵たちが布陣していた。石川数正、本多忠勝、榊原康政ら、家康子飼いの名うての三河武士たちが揃っている。徳川軍を挟みこむようにして、織田軍の佐久間信盛、水野信元の二隊が最右翼にいた。佐久間は織田徳川間の調停などを行う織田家重臣であり、水野は家康の外伯父である。家康に近い二人と滝川一益の率いる弓鉄砲衆に、徳川軍を守らせるべく左右に布陣させた。

敵の布陣が、明らかに徳川勢に対して厚い。山県昌景の率いる赤備を筆頭に、原、内藤などの勇将智将の旗印が、敵左翼、つまりは徳川勢に相対するように布陣していた。あくまで敵の目的は徳川勢なのだ。

「愚か愚か愚か」

敵陣で馬を走らせている騎馬武者たちを見据え、信長はつぶやく。

「えへぇっ！　も、申し訳ありませぬっ！」

いつの間にか信長の目の前に立っていた秀吉が、素っ頓狂（すっとんきょう）な声で言った。頭のなかで思いを巡らしはじめるとまわりのことが見えなくなる。陣容について思いを馳せているうちに、秀吉のことをすっかり忘れていた。

「なにがじゃ」

わざとらしいくらいに泣きそうな顔をして主を見上げる小男を怒鳴りつける。すると秀吉はまたまた大袈裟（おおげさ）に両手を挙げて、口をすぼめる。

「と、殿が愚か愚かと申されておったので……」

「なんじゃ！　梅干しでも食うておるのか」

「いやいや、口に種など入れて殿の前に立てましょうか」

「じゃあ、何故そのような顔をしておるっ！　酸いのであろうっ！　そうであろう禿鼠」

すぼんだままの小男の唇を指さして怒鳴る。

「ご、御勘弁を」

本当に瞳を潤ませる。芝居もここまで堂に入ると、感心してしまう。芝居だとわかっていても、騙されてやろうという気になる。

「禿鼠っ」

横っ面を殴り飛ばし、ぎょろりとした秀吉の眼を正面から見据える。叩かれた頬に両手を当てて、百姓あがりの侍大将は目を白黒させた。

「何しに来おったと聞いたぞ儂はっ！」

二度問うのが嫌いだ。問いに即座に答えられない者が嫌いだ。愚か者が嫌いだ。殺してやりたくなる。

本来なら。

しかし秀吉は殺す気になれない。愚か者ではないからだ。二度問うことも、問いに即座に答えられないことも愚か者でないのなら許される。

愚か者かどうかを決めるのは信長だ。信長のなかにある尺度が決める。

秀吉は愚か者ではない。決めたのは勿論信長である。

三度目を言わせるような愚を犯す秀吉ではない。叩かれた戸惑いを即座に収め、気を取り直し答える。

「敵は動きまする」

「そのようなことは見ればわかる」

万を超す人間を一人の将の命で動かすというのは容易ではない。命が伝わって行くだけの時を要する。張り詰めた気が兵全体に伝播し、陣容が整い動き出すまでにはかなりの時がかかるのだ。

動く前には当然、支度が必要である。支度をはじめれば兵たちが発する気が変わるものだ。細かい動きが変わる。

万を超す大軍が動く前触れは、隠しようがない。どれほど戦に不慣れな者であろうと、なにかが違うと気付くものだ。

「そのようなことを言いにわざわざ来たのか」

「いえ」

戸惑いや畏怖が小男の目から消えた。

核心。

信長は眉根に皺を寄せ、禿げた鼠を見据える。

「先刻、某が飼うておる草の者が報せてきおったのですが、酒井殿が無事に山を抜けられ、鳶ヶ巣山砦に攻め入ったそうにござります」

初耳であった。

「恐らくまだ家康殿も知らぬかと。当然、敵も知らぬことでありましょう」

「そうか」

「このまま酒井殿が長篠城周辺の敵を一掃すれば、目の前の敵は退路を失い挟み撃ちとなりまする」

秀吉が悪辣な笑みを浮かべながら、信長を見上げた。あまりの悍ましさに、思わず顎先に拳を突き出す。

「痛っ！」

「小癪なことを申すなっ！」

「御許しをっ！」

貧相な髭を生やした尖った顎を押さえ、秀吉が涙目になる。

「酒井のことはようわかった。報せに参ったのは褒めてつかわす」

秀鼠の顔がぱっと明るくなる。こういう解りやすいところも、好ましい。わざとらしくても良い。面の皮が厚ければ、その下にある本心は見えないものだ。この男ほど面の皮が厚ければ、あざとさもまた愛嬌となる。

「おい禿鼠」

「ははっ」

信長の旗本衆たちが大勢見ていることなどお構いなしに、秀吉がその場でひざまずいた。いや、見ていることを分かった上で、この男はひれ伏したのである。己の忠心と主の威信を若い兵たちに示すために、わざわざ侍大将である秀吉自身が戦の前に道化を演じてみせたのだ。

信長は禿鼠の迫真の演技を冷淡に見下ろしながら、言葉を吐く。

「矢玉と火薬を集めさせたのはなんのためじゃ」

「この一戦のためにござりまする」

「惜しむなよ」

「承知いたしておりまする」

「解ったら、さっさと持ち場に戻れ」

「ははっ」

一度顔を地に埋めるようにして辞儀をしてから、跳ね上がった秀吉は、転がらんとする勢いで坂を駆け降りてゆく。ばたばたと四肢を乱暴に振り回しながら降りてゆく滑稽な姿に、周囲の旗本衆が笑いをこらえている。

「ぶふっ」

思わず信長は吹きだしてしまった。

「見よ禿鼠のあの姿を。あれでは猿と言われても仕方あるまいて」

「殿に褒められたのが、よほど嬉しかったのでしょう」

肩越しに見た小姓が目を細めている。

秀吉が去るとすぐに、対岸の敵が騒がしくなった。それまで十数人でひとかたまりになって点々と散らばっていた兵たちが、少しずつ集まってゆく。

敵の動きに味方も勘付いている。織田の諸将も、陣容を固めつつあった。

すでに信長から下知はしている。細かい命令が無いかぎりは、家臣たちに任せている。

東の山の稜線から陽が顔をのぞかせていた。

二重三重に巡らせた柵の前に、各隊の足軽たちが並ぶ。その手には鉄砲と弓が握られている。領国から集めさせた鉄砲は三千挺にのぼった。今回の戦に加わっていない家臣たちからも鉄砲と火薬、鉄砲の扱いに長けた者たちを徴集し、織田家総出で集めた数である。これだけの数を揃えることができる大名は、日ノ本に己一人であろうと思う。

信長が支配する堺の港には、異国から硝石が入ってくる。火薬の材料となる硝石は日ノ本ではごく少量しか手に入らない。堺の港から入る硝石を手にすることができる信長は、火薬の上でも他の大名では考えられないほどの量を確保できた。

潤沢な量の火薬と玉、鉄砲衆を諸隊に編成している。家康には滝川一益の隊を付けているし、徳川勢にも鉄砲衆はいる。秀吉や長秀が陣する織田勢の左翼。そして中央の一益。右方の徳川勢と佐久間、水野両隊。右、中、左に大きく分け、三段に備えて布陣し敵を待ち受ける。

「来い来い来い」

右の拳を左の掌に当てながら、信長は陣容を整えつつある敵にむかってささやく。

ここでどこまで削れるか……。

武田勢をこの一戦で退けられるとは、さすがに信長も思っていない。

河内の本願寺に毛利、四国の長曾我部に越後の上杉。加賀の一向宗門徒。関東には北条が控えている。

信長の敵は武田だけではない。

真正面からぶつかって大将を討つまで戦うような戦はできなかった。敵の倍の兵であろうと、正面から戦えば損耗は大きい。しかも敵は名うての戦上手、武田信玄が率いていた軍勢である。今なお、信玄の頃のそうそうたる将たちが率いているのだ。ただの一万五千ではない。

信長はこの戦で一兵たりとも失う気はなかった。それは秀吉たちにも厳命している。損耗を限りなく少数に留め、いかに多くの敵を屠(ほふ)るか。それが今回の戦における信長の策の根幹であった。

すべての策が、この根幹に基づいている。

弓鉄砲衆を領国中から集めたことに始まって、連吾川沿いに二重三重の柵と土盛を築いたこと、酒井忠次の献策を受け入れたことまでも。

今度の戦、信長にとっては野戦ではない。

籠城である。

細き川を挟んで野に対陣しながらも、信長は城に籠っていた。右、中央、左、三段に構えた城なのである。

後は。

敵の出方を見るだけだ。

整いつつある敵陣から、騎乗した鎧武者が三人ほどこちらに駆けてきた。馬のまま連吾川に入った騎馬武者たちは、柵の裏から様子をうかがう織田徳川両軍をあざ笑うかのように無遠慮に間合いを削って来る。手槍を小脇に抱えたまま、鞍の上でへらへらと談笑していた。

「撃つなよ」

届かぬ命を、柵の裏で敵の到来を待ち続ける味方の兵に下す。信長の心が通じたのか。いや、過日から厳しく言い渡している命を忠実に守り、味方は誰一人動かない。

騎馬武者たちは徳川勢の前まで馬を走らせる。すでに鉄砲の届く間合いだ。

「あれは」

柵を越えて飛び出した徳川方の二人の騎馬武者を見ながら、信長は小姓に問う。

「さて」

他家の武者である。旗印を見てもわかるはずもない。信長たちは知らなかったのだが、突出した徳川の騎馬武者は、内藤甚五左衛門、内藤弥次右衛門の二人であった。

物凄い勢いで武田の騎馬武者に近付いてゆく甚五左衛門たちが手綱を手放し弓を構える。敵は憎らしい笑みを口許にたたえたまま、背をむけ馬の尻を鞭で叩いた。

甚五左衛門たちは深追いはしない。敵が川を渡ったのを確かめてから、柵に戻った。

「三河武士は鼻息が荒いの」

小姓に言うでもなくつぶやく。咎めるようなことはしない。徳川勢の差配は家康に任せている。大きな流れを乱さない限りは、信長が徳川勢になにかを言うことはない。

「殿」

背後で青年が声を吐く。

と。

対岸でいくつかの法螺貝の音が重なり、喊声が轟いた。陣ごとに千数百ほどの集まりとなって、ゆるゆると兵が動き始める。駆けているのだろうが、遠く離れた丘の上から眺める信長には、牛の歩みのように見えた。

徒歩(かち)ばかりである。諸隊の将だけが馬上にあって、みずからが率いる兵たちを高いところから見下ろしているのみ。騎馬を操る者たちも、槍を手に駆けている。己が馬は従えている口取りに預けているのだ。矢玉が待ち受ける前線に、騎乗のまま突進してくるような愚か者は戦場にはいない。いる訳がない。無駄死になど、誰も望んではいないのだ。

最初の刃の交わりは古来変わらない。

槍を構えた足軽たちが、川を渡り終えた辺りで足を止め、隊ごとに陣容を整えはじめる。彼等とともに進んでいた弓、鉄砲を携えた者たちがじょじょに突出しはじめた。

各隊の弓鉄砲衆がひとかたまりになって、敵の最前に並んだ。織田徳川両軍の弓鉄砲衆は、柵の後ろに控えて敵の出方をうかがっている。

こちらからは撃たない。たとえ矢玉の届く場所に敵が来てもである。

一兵たりとも失わない。それは矢玉も同様である。潤沢に用意してはいるが、無駄撃ちはしない。

間合いを詰めてきた敵勢から銃声が轟いた。数百の火縄銃が同時に爆ぜたから、轟音が凄まじい。

しかし味方はまったく動揺していない。たかだか数百挺である。柵の裏に隠れ、初撃をいなせば恐れることはない。

火縄銃は玉を込めるのに時がかかる。火の点いた縄を挟んだ火挟みを上げ、銃口から火薬と玉を詰めて鉄の棒で突き固め、引き金付近の火挟みの、その下にある火皿に火薬を注ぐ。

これだけの作業をして、はじめて次弾を撃てるのだ。火皿の火薬は銃口から詰め込んだ火薬と繋がっている。火皿の火薬に火挟みに挟まれた火縄が触れることで着火。銃口の火薬が弾けて、玉が飛ぶ。

鉄砲衆が次弾を装塡（そうてん）する間に、弓兵たちが矢を放つ。

そのわずかな隙を見逃さず、銃弾をやり過ごした織田徳川両勢の鉄砲衆が銃口を柵の隙間から覗かせた。敵が弓弦（ゆずる）を弾く前に、千を超える鉄砲が一斉に放たれる。右翼、中央、左翼の三段に備えた味方が、渡河した敵を包みこむようにして玉を浴びせてゆく。柵のむこうにいるこちらの鉄砲衆の頭上を狙わんと弓を高く掲げて構えていた弓衆の無防備な脇腹に、面白いように玉が命中する。

玉籠めを終えた武田の鉄砲衆がふたたび銃口を柵の向こうにむける。

「遅い」

信長は口の端を歪（いびつ）なまでに吊り上げながら、愚かな敵めがけて邪（よこしま）な声を吐く。

敵が装塡を終えるより早く、こちらの鉄砲衆が二度目の銃弾を放つ。武田勢は弓衆、鉄砲衆いずれも無防備であった。装塡はおろか、矢を番（つが）えるよりも速い銃撃に、敵の先備えがぼろぼろと倒れてゆく。

柵の前に立つ織田徳川両勢の鉄砲衆が、銃口から煙を吐く火縄銃を、前を見たまま背後に回す。後方に控えていた足軽がそれを受け取り、新たな銃を手渡した。鉄砲衆は玉籠めが済んだ銃を構え、二度目の銃撃に倒れずなんとか発砲を試みんとしている敵に三度目の玉を浴びせる。

敵が崩れ去ってゆく。

三千の鉄砲を三つに分けた。時を要する玉籠めは、背後に控える足軽たちが行い、領国中から掻き集めた鉄砲の扱いに長けた者たちは、敵を撃ち殺すことに集中させる。弓や鉄砲にかならず生じる攻撃と攻撃の間の隙を無くすための策であった。しかしこれはあくまで弓、鉄砲同士の緒戦を制するための策でしかない。

間断なく玉を浴びせられる武田の弓鉄砲衆は、ろくな反撃も行えぬまま、間断なく浴びせられる矢玉を前に屍（しかばね）の山を築いてゆく。柵の外に出ずに戦う織田徳川両勢の犠牲は、運悪く敵に撃たれてしまった数名程度といったところだろう。

すでに武田勢からは銃声が聞こえなくなっている。聞こえて来るのは、味方のものばかりであった。

敵が大きく退き、火縄銃の間合いから外れた。取り残された屍が、無残な姿を晒している。

味方の銃声が止む。

柵を出ることは禁じている。追撃を試みようとする者は一人もいない。

弓や鉄砲を携えた敵が、味方の群れのなかに消えてゆく。下がったのだ。すべての隊が、速やかに弓鉄砲衆を下げた。

「山県昌景……。なかなかじゃな」

一番最初に鉄砲の間合いから外れたのは、赤備の一群であった。武田の赤備を率いる者は、侍ならば誰でもその名を知っている。昌景の動きに呼応して、武田勢は揃って兵を退けた。命が下されたというよりも、昌景の動きに皆が自然に従っているという感じである。

「猪武者だと聞いておったが、いやいやなかなか」

あれほど緒戦で圧倒されれば、凡夫であれば頭に血が昇って見境が付かなくなる。どれだけ銃弾を浴びせられようと、無闇矢鱈に押して少しでも挽回しようとするものだ。しかし昌景は、矢玉では勝負にならぬと悟ると、即座に兵を退いた。最初から数で劣る上に、散々に撃ち殺されている。そんな最中、相手に打撃を与えずに退くのはなかなか勇気がいるものだ。このままじりじりと兵を失ってゆけば、大勢はすぐにでも決してしまう。押し続けることで兵たちも高揚し、異常な力を発揮することもあしまう。

る。一旦退けば、前線に転がる味方の屍の山を目の当たりにして兵たちが怖気付いて

　この辺りの采配は難しい。

　もし信長が武田勢であったとしたら……。


退く。

　犠牲しか残らぬ緒戦を切り上げ、陣容を整え仕切り直す。兵の高揚などという不確かな要因に縋るなど愚の骨頂である。願えば通じる、御仏を信じれば勝つ、などという理屈と同じ。根拠のない物に頼りいたずらに兵を失い続けるよりは、士気が落ちる懸念はあっても一旦、退くことを選ぶ。

　そして昌景の撤退は、信長であっても同じ時であったと思える絶妙な間であった。弓鉄砲衆をすべて失うことなく、機が到来すれば前線に投入できるだけの数を保ったまま退く。このあたりの判断が、戦場では後々になって意味を成すことがある。

　戦では敵は待ってくれない。熟慮など許されぬなか、幾度も幾度も訪れる分かれ道を、最善と思う方にむかい進んでゆく。どれだけ迷ってもである。正しき道などないのだ。なぜなら敵もまた、己と同じように分かれ道を選んで進んでいる。互いが刻一刻と移り変わる戦場で、目の前の分かれ道を即座に選びながら殺し合いは続く。

山県昌景という男が選んだ道を、信長は好ましいと思い、この先の戦いがより一層楽しみとなった。

弓鉄砲衆を下げた敵が、ふたたび柵への間合いを詰めて来る。

「鉄砲衆の後ろに足軽を控えさせろ」

信長の言葉を聞いた小姓がうなずくと、背中に大きな母衣を着けた数名の男たちが、みずからの馬めがけて駆けて行く。母衣衆と呼ばれる信長の伝令である。馬廻、小姓より馬の扱いに長けた者を選んでいる。いまや一隊を率いる前田利家や佐々成政も、若い頃は赤と黒の母衣を着けて戦場を駆けまわっていたものだ。

織田勢のすべての家臣たちに、槍をたずさえた足軽を鉄砲衆の後ろに配するよう命を下した。敵が陣容を変えたためだ。弓鉄砲衆を下げ、足軽を前に並べ、敵がずんずんと進んでくる。

力押し。

多少の犠牲を払ってでも柵に辿り着き、鉄砲衆を討つ。今度の間合いは先刻の緒戦よりも深くなる。鉄砲では防げない敵がかならず出て来る。その時、鉄砲衆を護衛するのが背後に控える足軽たちの役目であった。

鉄砲衆のやることとは変わらない。迫って来る敵をただひたすら撃つのみ。矢玉は存分にある。玉数の心配はするなと鉄砲衆には言い含めてあるから、銃撃が止むことはない。

ふたたび銃声が聞こえ始めた。

小高い丘の上まで火薬が放つ煙のつんとした匂いが届いて来る。

一列に並んだ敵の足軽が、味方の屍を踏み越えながら進む。銃撃を掻い潜らんとするが、なかなか柵へは辿り着けない。

「くふふふ」

迫りくる敵を、籠る城から眺めるとはこういう心地であろうかと信長は夢想する。

籠城したことがない。

城に籠って敵に囲まれたことがない信長にとって、今度の戦がある意味はじめての籠城戦であるといえた。幾重にも張りめぐらした柵にむかって迫りくる敵。味方は柵を越えて戦おうとはしない。柵の裡は城である。柵は塀だ。塀の狭間から銃口を伸ばして敵を狙う千挺もの銃を前に、城に取り縋ろうとする敵がばたばたと薙(な)ぎ倒されてゆく。

我ながら堅牢(けんろう)な城であると思う。はじめて籠る城として、これほど堅き城はなかろう。三万もの兵が籠っている。囲む敵は一万五千あまり。矢玉は存分にある。

籠ってさえいれば勝てる。

「ほれ見ろ。敵はあの有り様ぞ」

やっとのことで柵に辿り着いた足軽が、頭を撃ち抜かれて倒れる姿を嬉々として指さす。陣笠の下から細い煙を上げながら動かなくなった男の左手の指が、土に埋まった丸太に喰い込んでいる。柵の柱をつかんだままの骸の上に、新たな敵が覆い被さるようにして倒れた。

だが、敵の動きが鈍い。

たしかに足軽が攻め寄せて来てはいるが、こちらを飲み喰らわんとするほどの勢いはなかった。昌景が率いる赤備をはじめとして、武田勢のことごとくが、主力を川縁まで下げている。柵へとかかってくるのは、騎馬武者に率いられた数百人程度。総攻撃からは程遠い。

「矢玉を使い切らせようとしておるのではありませぬか」

背後に控える小姓が言った。

「やはり武田は騎馬ということか」

振り返ると青年が薄い紅を引いた唇をわずかにほころばせながらうなずく。

馬にとって、この銃撃はなによりも邪魔であろう。的が大きく、徒歩武者などよりも露わになっているところが多い。腹や足を撃ち抜かれただけで馬は走ることができなくなる。敵陣深く乗り入れて、馬を撃たれて鞍から落ちれば、単身敵の群れのなかに取り残されることになる。どれだけ騎馬武者に自負があろうと、そのような愚を犯してまで馬で戦うことはないだろう。

「足軽どもを死なせてでも玉を使わせるか」

嫌いではない。

勝ちのためならば、どんな手でも使うべきなのだ。どれだけ多くの犠牲を払おうと、最後に勝てば良い。そういう意味では、足軽を犠牲にして玉を使わせようと敵がしているのなら、良い策であると思う。

だが。

勝負は別物である。

「勝頼よ。この程度の小競り合いで玉が尽きると思うておるのなら、御主は生きて甲斐に戻ることはできぬ」

そう。

信長にとってこの戦は籠城なのである。矢玉も火薬も兵糧も、蓄えは十分にある。しかも敵に包囲を受けているわけでもない。後方の岡崎城からいくらでも援助を受けることができるのだ。

「先に潰れるのは果たしてどちらであろうかのぉ」

攻め寄せて来る敵の後方、連吾川よりむこうにはためく〝大〟の一字が染め抜かれた旗印にむかって語りかける。あれは諏訪四郎勝頼のもの。本陣である。孫子の旗は見当たらない。信玄の死後、当主となってなお勝頼は父の家臣であった頃の旗を使い続けているのか。

哀れ……。

己がそのような扱いを受けたらと、信長は考える。

斬る。

それしかない。

すでに父は死んでいるのだ。刃向っているのは生きている家臣たちである。国というものは家臣だけがいるわけではないのだ。民百姓、坊主に神主、民とも呼べぬ有象(うぞう)無象(むぞう)まで。人という生き物の清濁綯交ぜになった坩堝(るつぼ)こそ、国である。目の前の家臣に手綱を付けることができぬ者に、国など担えるわけがない。

人には必ず些細なほつれくらいはあるものだ。針小棒大。ほつれを巨大な傷にでっち上げる。そして責める。首を刎ねるように持って行く。

それの繰り返しだ。

そのうち刃向う者はいなくなる。

現に信長は己を当主と認めぬ弟を殺した。尾張を割拠する叔父たちを殺し、国をみずからの物とした。武士である。殺した者の血でみずからの地位を作り上げてこそ、真の戦人であろう。

刃向う者がいなくなるまで殺し尽くす。それが終わるまでは信長ならば、目を外にはむけない。

勝頼はどうか。

大の一字の旗印を使っている以上、いまだ家中を纏め上げてはいないだろう。それでも兵を三河に進めた。眼前の敵と向かい合っている時は、ひと塊になって戦っているように見える。だが、その内実はどうか。

「一度、崩れはじめれば脆い」

じわりじわりと兵を損耗してゆくなかで、じきに家臣のなかに心が折れる者がでる。弱兵の心が折れる。そうなれば、どれだけ昌景などが勇猛に戦っても無駄だ。櫛の歯が抜けるように、次々と隊が崩れはじめる。後は、全軍の崩壊を待つだけだ。

それまで信長は動かない。

柵の背後に兵を並べ、攻め寄せてくる敵をひたすら撃ち殺すのみだ。

敵兵の勢いは依然としてぬるい。十数人がひと塊となって柵にむかって進んでくるが、柵を越えられる者はひとりふたり居れば良いほうで、大半が柵に触れることなく倒れてゆく。柵を越えられた者も最初のひとつを越えるだけで、待ち構えた足軽の槍衾を受け、撃ち殺された者よりも悲惨な屍を敵中に晒すことになる。

「おっ！　あれを見よっ！」

ぬるぬると攻め寄せてくる敵の足軽の群れのなかから、一騎の騎馬武者が躍り出た。弓手に槍を持ち、馬手の手綱を器用に操りながら、足軽たちを抜けて柵にむかって突出してくる。

当然のごとく、鉄砲衆が狙い撃つ。

「うほっ！　見よ見よ！　なかなかやりおるぞっ！」

右に左に馬を振りながら、騎馬武者は玉を避けてむかってくる。

「玉が見えておるのか彼奴はっ！」

敵の奮闘に歓喜の声を上げる。

柵に近付けば近付くほど、鉄砲衆も撃ち殺さんと躍起になる。鞍の上の武者にも、鬣を振り乱して駆ける栗毛の馬にも、玉の雨が容赦なく降り注ぐ。すでに数十発の玉が、騎馬武者を狙ったというのに、まだ一発も捉えきれてはいなかった。

「来るぞっ！」

柵を越えた。柵と柵の間の土盛を器用に駈け登って、二重目の柵をも軽々と越える。要領を得た騎馬武者はそのまま三重目の柵すらも越えて、単騎陣中へと乱入した。

「たわけがっ！」

怒鳴ったのは騎馬武者にではなかった。騎馬武者を撃ち殺さんと躍起になった周囲の鉄砲衆が、攻め寄せて来る足軽たちにしばしの間銃口をむけていなかったのである。騎馬武者が三重目の柵を抜けた時には、足軽たちが一重目の柵に殺到していた。

「引き締めよ一益っ！」

騎馬武者の乱入を許したのは滝川一益であった。

柵の間際まで押し寄せた敵の足軽と、鉄砲衆の背後に控えていた味方の足軽たちが槍を交えて戦いはじめている。柵のなかに乱入した騎馬武者は、右に左にと槍を振るいながら馬を走らせていた。

騎馬武者が入った辺りの統率が乱れはじめている。

「ええいっ！　なにをしておるかっ一益はっ！」

敵の騎馬武者の勇猛さは褒めてやりたいほどであった。それに比べて、一益の動きの遅さには腹が立つ。騎馬武者は一騎なのだ。柵のなかに入らせたとしても、大した働きなどできはしない。肝心なのは攻め寄せてくる足軽たちなのだ。どれだけ緩い波であろうと、一度押されてしまえば、じわじわと押し切られてゆく。

「滝川殿は鉄砲衆の扱いに長けておりまする。大事ありますまい」

怒りを露わにする主を諭すように、小姓が平静な声で告げる。

滝川一益は近江甲賀（こうが）の出だ。甲賀と伊賀（いが）は山がちで小さな集落が点在している故、集落同士の争いも多い。山を戦場として殺し合いを続けているから、忍（しのび）の術に長けていた。忍は火薬の扱いにも長じている。甲賀生まれの一益は、みずからで鉄砲を扱うことにも慣れているし、鉄砲がどういう物かを知り抜いていた。鉄砲衆を率いさせるのには適任であった。

乱入した騎馬武者が、周囲に群れ集った足軽たちの槍についに足を止められた。四方八方から突き出される穂先のひとつが、馬の腹を抉る。馬上の武者ではなく馬を狙うのは、騎馬武者と戦う時の定石であった。腹を抉られた馬が前のめりに倒れると、鞍の上にあった騎馬武者は無様に宙を舞う。そして足軽たちのなかに消えた。

もはや助かるまい。

信長の興味はすでに騎馬武者から外れている。

柵の間際まで攻め込まれている前線に目を移す。柵と柵の隙間にある土盛の背後に、一益は足軽たちを密集させていた。銃弾がなおも放たれている。銃弾から逃れた敵が柵を越えて乱入しようとすると、土盛を越えなければならない。そこを足軽が迎え撃つ。玉の雨を潜り抜け、躍り込んでくる敵が狂おしい程の凶暴さを放つ無数の槍によって突き殺されてゆく。銃弾のなかを生き延びて、わずかに気が緩んだところを無情なまで強硬な槍衾に狙われるのだから、敵もたまった物ではない。もう一兵たりとも柵の中には入れぬという、一益の気迫が足軽たちに乗り移っているかのようだった。

「それで良い」

眼下に見える一益の旗にむかって力強くうなずく。戦の火蓋が切られれば、総大将である信長がやることなどないといって良い。すでに戦い方は命じている。細かい指図をするほど、前線の兵たちと近いわけでもない。兵を動かすのは一益や秀吉たちである。

本陣に腰をすえ動かぬのが総大将の務めだ。

眼下で繰り広げられている戦いが始まる前に、信長がやれることの大半は終えている。そして今のところ、思った通りに進んでいるといっても良い。敵の動きがまだまだ鈍いが、この戦で白黒をつけることはないのだから、焦る必要もない。このまま敵の数をじわじわと削ってゆくだけで十分なのだ。

「殿」

背後から青年の声がする。すでにその真意を信長は悟っている。秀吉の旗を背負った騎馬武者が、茶臼山の麓で鞍を飛び降りたのが見えていた。

鞍を降りた武者が、息をきらして石段を駈け登って来る。

男から目を逸らして、一益の陣を見た。柵まで攻め寄せていた敵が、頑強な守りの前に崩れている。すでに他の場所と大差ないほどに、敵の勢いは削がれていた。足軽たちが懸命に守っていた土盛の辺りには、敵の骸が積み上げられている。それが新たな土盛となって、守りを一層強固にしていた。

陣中深く乱入した騎馬武者は、首を失い地に打ち棄てられている。腹を裂かれた馬もそのまま放置されていた。

「ふん」

華々しい働きも、こうなっては蛮行である。

「侮(あなど)れんな」

単騎駆けで、これほど陣中深くに突入されたのである。数騎同時に攻めて来ていたとしたら、どうなっていたことか。当然、陣中はしばし混乱に陥るだろう。それでも、やはり騎馬武者は味方の足軽がいてこそ十分に戦えるものだ。馬の足の速さを利用して突出したとしても、足軽たちが付いて来られない。柵と土盛を抜けられず、騎馬武者たちは馬を狙われ一騎ずつ殺されて終わり。

戦の趨勢に影響はない。

「伝令っ！」

石段を登ってきた男が叫ぶ。信長の前に進み出た小姓が、両者の間に立つ。男を見下ろし、冷え冷えとした声を投げる。

「申せ」

「ははっ」

漆黒の鎧兜に身を包んだ男が、青年と信長の前に膝を折って、深々と頭を下げる。目を伏せ石段のあたりに視線を彷徨(さまよ)わせたまま、男が威勢の良い声で言葉を紡ぐ。

「羽柴秀吉からの伝令にござりまする。酒井忠次殿、鳶ヶ巣山砦をはじめ、長篠城を包囲しておる武田勢を潰走せしめた由にござりまする。奥平信昌殿、長篠城より打って出られ、酒井殿とともに敵を攻め、敗残の兵どもを信濃へ追い払ったとのこと」

「そうかっ！」

　思わず信長は膝を叩いていた。

　忠次がやってのけた。長篠城から敵が去り忠次と信昌たちがいるということは、今目の前で戦っている武田勢は背後に敵を負ったのだ。忠次の思惑通り、挟み撃ちの格好となったのである。

「伝令の儀、相解った。其方がやることはなにも変わらん。柵の外に出ることなく、目の前の敵を屠ることだけを考えよと、禿鼠に伝えよ」

「ははっ」

　男は一礼して立ち上がると、機敏な動きで踵を返す。そのまま疲れも見せず、石段を一気に駆け降りると、乗って来たみずからの馬に飛び乗り去って行く。

　眼下では依然として、緩やかな敵の攻撃が続いている。先刻の騎馬武者の乱入以降、奇抜な動きをする者はいない。淡々と足軽たちが攻め寄せては銃弾に倒れてゆく。時折、敵からも銃声が聞こえてくるが、それもじょじょに収まって来ていた。

「おいっ」

「は」

　すでに信長の背後に戻っていた青年が、短い声で答える。

「長篠城を囲んでおった者たちが敗れたことを、じきに敵も知ろう」

「間違いなく」

銃声が途切れず天を震わす。どれだけ敵が足軽の命を犠牲にしたとしても、一日や二日で尽きる矢玉ではない。

「背に四千もの敵が現れたと知った武田の荒武者どもの顔が、見てみたいものよの」

小姓は答えない。

信長は口の端を吊り上げて笑う。

「さぁ、どうする武田勝頼」

終局は近い。

捌

山県昌景

己はいったい何と戦っているのか……。

柵へむかって進み、銃弾に倒れてゆく兵たちを馬上から見守りながら、山県昌景は釈然としない怒りに襲われている。

敵が柵から出てこない。

昌景が相対している徳川勢は、足軽たちが幾度か柵を越えて挑発してきたが、織田勢のほうはびくともしない。徳川勢が飛び出したといっても、小競り合い程度。兵たちの態勢を整えるために、こちらがいったん兵を退かせたところに、仕掛けてきたというだけのことで、再び攻め寄せると柵のなかへと引っ込んでしまう。

柵に籠った敵は、銃弾をこれでもかと撃ってくる。しかも、南北に連なり三段に構えられた陣のすべてから、驚くべき数の銃で撃ちかけられている。

戦巧者と呼ばれる昌景にも、さすがに為す術がなかった。

茶臼山にはためく信長の旗印を中心にして裾野から平野へと広がる敵陣は、さながら城のごとくである。断崖に建つ長篠城の包囲を解き、敵と野戦に臨まんとして、ふたたび城と相対したような心地であった。塀と柵の違いはあれど、取りつこうとすると銃弾が降って来るという点では同じである。普通の野戦ならば、敵の足軽たちの間に生まれた隙を騎馬武者の突入によって広げてゆけるのだが、このような堅牢な柵を築かれ足軽同士がぶつかることができない状況では、騎馬隊に出番はなかった。

先刻、内藤昌秀の陣から、若い騎馬武者が単騎で突出し、柵のなかへと躍り込んだが、戻ってはこなかった。

蛮行である。だが、若者の死と引き換えに昌景はこの戦の光明を見た。

一時、若者へと銃口が殺到し、柵に迫る足軽たちへの銃撃が和らいだ。その間に多くの足軽たちが、柵の間際まで到達し一重目の柵を越え、土盛まで至った。騎馬武者の突入に対する混乱が収まるとともに、敵の備えも落ち着きを取り戻し、結局はふたたび愚直な突進を繰り返す展開に逆戻りしてしまったのだが、もし柵を越えて敵を掻き乱すことができれば……。

命懸けである。策とも呼べぬ行いだ。若者の単騎駆けは抜け駆けの蛮行に他ならない。もし柵のむこうから帰還し、大将首のひとつでも取って来たとしても、抜け駆けの首など武功とは呼べない。罪に問わねば、兵たちへの示しがつかない。

それでも若者の無謀な行いが、一軍の将である昌景にもたらした物は大きかった。

いざとなれば。

だが今はその時ではない。

そこまで思って、昌景は腰に佩いた太刀の柄を拳で叩く。

時ではないというが、ならばいつまで、こんな愚かな戦いを続けなければならないのか。目の前では赤き鎧に身を包んだ足軽たちが、柵を越えんと懸命に戦っている。それを嘲笑うかのように、敵の鉄砲衆が絶え間なく銃弾を浴びせ掛けてくる。武田家では考えられぬほどの玉と火薬が、これでもかというほど豪快に消費されてゆく。

武田勢が渡河し、戦が始まってからすでに一刻以上が経過していた。その間、敵の銃撃は休まることがない。京、堺の物の流れを押さえる信長の富裕さを、まざまざと思い知らされている。

付け入る隙がなかった。

もはや城攻めである。無闇に城に攻め寄せれば、銃撃に晒されるのは当たり前だ。しかも相手は、背後にある岡崎城からいくらでも補給ができる。今日、勝負を決しようという気がないのは、柵のむこうに見える敵の緩慢さからもわかった。必死に戦っているのは柵の裏にいる鉄砲衆とそれを助ける足軽たちくらいなもので、将たちの周囲をまもる馬廻り勢などは、さながら戦見物を決め込む白粉首(おしろいくび)のごとき呑気さである。戦の最中であるから持ち場を離れることはないが、みずからのところまで敵が迫って来るという恐怖が無いから緩み切っている。川を隔てて相対する昌景に、緩慢さが伝わるほどの緩みようなのだ。

そんな敵を相手に、愚直に攻め寄せても意味がない。

撤退すべきである。

しかし。

大将からの下知がない。

勝頼はなんとしても、この場で家康と勝敗を決したいのだ。敵が亀のように甲羅に手足を引っ込めているというのにである。しかも敵は手足を引っ込めているだけではない。甲羅から四方八方に鉄の玉を飛ばし続けているのだ。近付いた者はことごとく玉を受けて倒れる。

無駄死にではないか。

それでも必死に意味を見出そうとすれば、執拗に足軽を差し向けることで敵の矢玉が尽きるのを待っているとも言えなくもない。

反吐が出る。

みずからの兵の命を犠牲にして、敵を消耗させるなど昌景には耐えられない。そんな戦をするくらいなら、みずから敵に打って出て、犬死にでもなんでもしてやる。そう考えると、先刻の昌秀の手下の若者の気持ちは、昌景には痛いほどわかる。

もはや戦にならない。このまま続けていても、ただただ兵が死ぬばかり。兵を退いて長篠を囲む味方と合流し、信濃へと戻るのが得策である。

誰も献策せぬというのなら、己がやるしかない。

そうこうしている間にも、川のむこうでは今なお手下たちが死んでゆく。どこからこれほどの銃弾と火薬を集めたのか。銃声は途切れない。敵陣から轟く銃声が、味方の心に恐怖を植え付けはじめている。恐れで士気が下がった兵に、これ以上の奮闘が出来るはずもない。

「四郎め……」

傍に侍る家臣たちにも聞こえぬほどの小声で、昌景は憎い名をささやく。

この戦が終わったら、馬場美濃や昌秀とともに向き合おうと思っていた。己の思うところをすべて曝け出し、武田家のため解り合おうと思っていたのだ。

しかし。

自信がない。

これほど足軽たちを無残に見殺しにできる大将を、昌景は心底から信頼できるのだろうか。

「行くしかあるまい」

顎を覆う強毛を左手でがっしと摑んで引っ張る。面の皮に心地良い痛みを感じながら、気を引き締める。

「おい」

傍を固める家臣たちに声をかけ、手綱を握る手に力をこめた。

「儂は本陣に……」

「伝令っ！」

昌景は言葉を飲んだ。声のした方を睨むように見る。百足(むかで)の旗を背負った騎馬武者が駆けて来る。伝令だ。

家臣たちが割れた隙間を駈けてきた騎馬武者は、転がるように鞍を降りて昌景の馬の前に跪く。

「伝令にござりまするっ！」

退却しかあるまい……。

やっと勝頼が腹を決めたのだ。また喧嘩をしなければならぬと思っていた矢先であった。遅くはあれど、主の英断を褒めてやりたいと思う。

「いかがした」

聞かずとも解る報告をうながすために、昌景は穏やかな声で言った。跪いたままの若者は、顔を伏せたまま肩を震わせている。前立の無い漆黒の兜が武骨で好ましい。

退却である。

忸怩(じくじ)たる想いで体が震えるのも無理はない。しかし、戦は退き時が重要である。今ならばまだ、小競り合いによって多少の犠牲が出た程度で済む。長篠城は攻めきれなかったが、奥三河の多くの城を落としたのだ。勝頼が、昌景たちの進言を受け入れて長篠城を力攻めで落とし、そのまま素直に退いておけば勝ちといえたであろう。この状況での撤退では、痛み分けである。

それでも甲羅に籠る敵を攻め続けてこれ以上の犠牲を出して敗北するよりは増しではないか。

「如何致した。早う申さぬか」

若者をうながす。

「鳶ヶ巣山砦が……」

思っていたことと違う言葉を若者が吐いた。昌景の眉間に深い皺が寄る。

「どうした」

不吉な予感が昌景の声に怒気を孕ませる。

「はっきりと申せ。鳶ヶ巣山砦がどうしたと言うのじゃっ！」

怒声に激しく体を震わせた若者が、いっそう深く頭を垂れて叫んだ。

「鳶ヶ巣山砦が落ちましたっ！　鳶ヶ巣山砦だけではありませぬ。長篠城を包囲しておった御味方は、酒井忠次に率いられし後詰によって壊滅した模様」

「なんと」

昌景はかっと目を見開き、なおも震える伝令をにらんだ。

「酒井忠次……」

徳川勢とは幾度も戦場で相対している。昌景は対岸の柵のむこうに、白地に朱の丸が染め抜かれた旗を探す。忠次の旗印である。

「忠次……。どこじゃ忠次」

右から左へ。そして左から右へ。じっくりと徳川勢の旗を目で追ってゆく。

無かった。

酒井忠次はこの場にいない。この伝令の言っていることに嘘はない。

今度は昌景が震える番だった。

してやられた。

真一文字に結ばれた唇のなかで奥歯が鈍い音を発てる。

「酒井勢は四千ほど。これに城のなかの奥平勢五百あまりが合流しておりまする」

怒りに震える昌景に、伝令が駄目押しの一語を付け足す。

状況が一変した。

武田勢は挟まれたのだ。

「ええぃっ！　だから言ったのだっ！」

怒りのまま想いが口からほとばしり出た。

「相解った。下がれ」

言われた若者が小さくうなずいて己が馬に飛び乗る。百足の旗をはためかせて、家臣たちの間を抜けてゆく。

勝頼からの下知はなかった。

この期に及んで、なにを悩んでいるのだ。

退く以外の選択はないではないか。

しかし……。

今までとは違う。後背に敵がいるのだ。ただ後ろに退くという訳にはいかない。

長篠城の異変を昌景が知ったということは、すでに敵には知れ渡っているはずだ。

こちらが退けば、厳しい追撃がある。

「馬場美濃と昌秀に遣いじゃっ！」

家臣たちに告げる。赤揃いの鎧に身を包んだ伝令が二人、昌景の前に現れた。

「なんとしても御館様を退かせるのじゃ。死なせてはならん。御主たちが殿軍となって、御館様を信濃へと逃がしてさしあげよとな」

馬場美濃と内藤昌秀への伝令が馬に乗って走り去る。

「本陣にもじゃっ！」

走り去った伝令と入れ替わりに、若い武者が目の前に頭を垂れる。

「もはや勝機はござらぬ。これより昌景が敵とぶつかり隙を作りまする。その間に御退きいただきたい。殿軍は馬場美濃と内藤昌秀が務めまする故。馬場美濃、昌秀と連携し、どうか退却をと儂が頭を下げて頼んでおったと伝えよっ！　良いか、くれぐれも儂が伏して頼んでおったと御伝えいたせ。その辺りの塩梅、頼んだぞ」

「必ずや、御館様の御心を動かしてみせまする」

「うむ、行けっ！」

顎を突き出すと、伝令は目に覇気をみなぎらせ力強くうなずき、背をむける。蹄（ひづめ）の轟く音を耳にしながら、昌景は対岸の敵を見据えた。

「今の儂の言葉、聞いておったな」

倒れてゆく足軽たちを見遣りつつ、周囲に侍る家臣たちに告げる。昌景が家中の臣のなかから選び抜いた馬の扱いに長けた若者たちであった。

「先刻の、昌秀のところの餓鬼は、みな見ておったな」

「玉を掻い潜れば、敵は乱れまする」

家臣たちのなかから声が上がる。馬扱いだけではなく、みな聡い。昌景がなにを言いたいのか、即座に理解して的確な答えを返して来る。

「すでに味方には長篠城のことは伝わっておるはずじゃ。儂が動けば昌胤あたりは、すぐにわかる。儂がなにをしようとしておるのかをな」

原昌胤。彼も昌秀同様、昌景とともに信玄を支えてきた重臣の一人だ。

「逍遥軒殿や信豊殿もきっと動かれよう。家臣一丸となって、なんとしても敵をこの場に縛り付け、御館様を退かせねばならん」

憎々しい奴。武田の本流ではない本来ならば諏訪家を継ぐべきだった奴。所詮は中継ぎでしかない奴。いつも喧嘩腰で生意気な奴。

だが……。

信玄公の忘れ形見。

死なせてはならぬこの世で最も大事な命。己が命と秤(はかり)にかければ、皿の上に載せた己の命など易々と飛んでしまう。

「皆……」

家臣たちの一人一人の顔をゆっくりと見てゆく。誰一人、恐れを抱いている者はいない。ここまで散々、耐えに耐えてきた。足軽たちの死を目の当(ま)たりにしながら、馬を走らせることができない理不尽な戦に耐えてきたのだ。

「儂に命をくれ」

皆がいっせいにうなずいた。己とひと回り以上も年の離れた若い家臣ばかりである。死なすのは惜しい。それでも、彼等とともに駆けることでしか、昌景の思い描く戦いはできなかった。

殺(や)るぞ。

存分に。

心に念じる。と、通じたのか若者たちが、目を潤ませながら天を仰いで吠えた。

「おおおおぉぉぉぉぉぉぉぉぉぉぉぉっ！」

敵の銃声を掻き分け、赤一色に染め抜かれた獣たちの雄叫びが天を震わせた。昌景のひと言に、皆が猛る。弛緩した戦に倦み切っていたのだ。無策なまま敵の銃弾によって倒されてゆく足軽たちを黙したまま見守りながら、心中には怒りの炎を滾らせていたのである。

「良いかっ！」

腹から気を吐き若者たちに叫ぶ。

「これまでのような小勢ではなく、全軍ひとつになって敵陣へと突入するっ！　我等は足軽たちの背後に陣取り、機を見て突出っ！　銃弾を掻い潜って柵の奥に乱入せよっ！　単騎であろうと構うなっ！　死ぬことを恐れず存分に敵を斬って捨てよっ！」

敵に囲まれれば馬を斬られて、引き摺り下ろされ嬲り殺しである。しかし、昌景の命を聞いて臆する者は一人もいない。待っていたとばかりに目を輝かせ、雄々しくうなずいている。武田の赤備だ。武田家の精強さの象徴である。嬲り殺しを怖れる者などいようはずもない。

「行くぞっ！」

昌景の声を聞いた馬廻りの若者たちは、それぞれの馬へむかって走って行く。すでに口取りたちが、手綱を手にして主を待っている。若者が駆け寄ると、手綱を手渡し己は槍を持つ。騎馬武者は必ず、口取りの従者とともに戦場を動く。足軽たちと地に足を付けて戦い、敵にほころびが生まれたら、口取りから馬を受け取り敵陣に突撃を敢行するのだ。そのため口取りは、馬の手綱を持ちながら戦場を巡り、絶えず主を視界にとらえていなければならない。騎馬武者と口取りは、夫婦以上の信頼で結ばれている。

「殿」

次々と馬に飛び乗って行く若者たちを見つめる昌景の背を、聞き慣れた声が撫でた。口取りの彦助である。山県家に長年仕える従者の家に生まれた少年だ。負けん気が強く、聡い。昌景は好んで戦場に従わせた。口取りとして働くのもすでに三度目である。

彦助が手綱を両手で掲げる。彦助の後ろで、愛馬が昌景を待つ。全身漆黒で光を帯びると青く輝くため、黒雲と名付けた。

うっすらと濡れた黒雲の大きな瞳が、真っ直ぐに昌景を見つめている。息は落ち着いていた。これだけ銃声と喊声が轟いていても、怯えも怒りもない。昌景とともに幾度も戦場を駈けている。この程度の戦には慣れているのだ。

彦助から手綱を受け取り、黒雲の鼻の脇をそっと撫でる。愛馬が口許をぶるりと一度震わせて、返事をした。言葉など解らないが、互いの気持ちは通じている。どうやら黒雲も、この時を待ちわびていたらしい。

「そうか、そうか」

ぽんと鼻面をやさしく叩いて腹にまわり、鐙(あぶみ)に足をかけ、鞍をつかむ。齢五十一。若い頃より体が重い。馬に飛び乗るのも辛くなってきた。鍛錬は続けている。しかし、体を動かしているからといって、若い頃同然に動けるわけではない。老いは誰にもやってくるのだ。

「ふう……」

鞍に座すだけで息が漏れる。

「彦助」

馬上から声を投げる。まだ年若い口取りが、羨ましいくらいに素早い身のこなしで馬を回り込み、足元に控えた。

「槍だ」

左手を手綱から外して、彦助の前に垂らす。

「殿」

不審そうに彦助が主を仰ぐ。

言いたいことは解る。

昌景は一軍の将なのだ。赤備を率いる武田家の宿老である。おいそれと前線に赴くような身分ではない。もちろん戦場に槍を携えてはいるが、それはあくまで護身のため。騎馬武者として戦うのは、馬廻りの者たちや彦助のような若者である。

「四の五の言うな。槍をよこせ」

言下に怒りを滲ませながら、若い口取りを急かす。

「彦助っ！」

「はいっ」

怒鳴られ、少年はやっと走り出した。

槍を待つ間、昌景は対岸の戦場を見つめる。今なお、足軽たちは小勢でいくつもの塊となって、柵にむかって攻撃を仕掛けていた。どの隊も同じような動きだ。すでに長篠城で起こったことを、味方の将たちも知っているはず。それなのにまだ、勝頼の新たな命を待つように小競り合いを続けている。

昌景が動けば変わってくるはず。

すでに馬場美濃、昌秀両名と本陣には、使者をむかわせている。使者の言葉を聞き、山県隊の動きを見れば、昌景の意図は勝頼たちに伝わるはずだ。

「四郎はなんと申すかのぉ」

いつも昌景の言うことに首を横に振る主であった。

死ぬな昌景。皆で一丸となって退くのじゃ。ならぬ、死んではならぬ昌景……。

「この期に及んで、女々しきことを思うものよ」

自嘲する。

今更、主との和解など望んでなんとする。この戦が終わって後のことなど、昌景は棄てた。

これから行うことは、独断専行の突出なのである。

万が一、生きて甲斐の地を踏んだとしても、責めを受ける。勝頼がなんと言おうと、昌景はそのつもりだ。

「殿」

彦助が槍を携え戻った。無言のまま左手で柄をつかむ。

「御主はここに残れ」

前線を見つめたまま、若き口取りに告げる。

「殿っ。私も……」

「じきに本陣は退く。御主は退く兵たちとともに信濃に戻れ。そして甲府に帰り、我が家に戻り儂の戦いぶりを子等に語って聞かせてくれ」

国許では子の昌満(まさみつ)が幼い兄弟や母たちとともに父の無事を祈っているはずだ。

済まぬ。

戻ることはできない。

「頼んだぞ」

「お待ちください殿っ」

「これまで世話になったの」

鐙に取り縋る泣き顔に微笑みかけて、馬腹を蹴った。彦助が力無く鐙から手を放すのを視界の端にとらえたが、昌景は振り返ることなく己を待つ騎乗の一群へと馬を進める。すでに馬廻衆が馬にまたがり、主の到来を今や遅しと待ち受けていた。

「これより前線にむかい、足軽たちと合流いたすっ！」

「ははっ」

百を超す男たちが一斉に答えた。

「合流と同時に、足軽に全軍突撃を命じる。我等は背後に陣取り、逐次(ちくじ)柵内への侵入を試みるっ！　臆するなっ！　単騎となろうと柵に入り、敵を乱せっ！　さすれば足軽への銃撃は緩み、柵を倒すこともできようっ！」

男たちが喊声を上げる。

槍を小脇に挟んだまま、昌景は手綱から手を放し、首に提げた面頬を手に取る。鼻から下にびっしりと生える強毛を押し付けるようにして、鉄の面で顔を覆う。頬の留め金を兜の緒にかけ、ふたたび手綱を握る。

「出陣っ！」

叫び、馬腹を蹴る。

昌景を守るように馬廻衆が鏃の形に馬を並べて足軽たちの元へと向かって行く。足並みは揃っている。誰一人、急いた者はいない。これから死地にむかうのだ。焦ることはない。

足軽たちの元まで辿り着いた。彼等のなかにも馬を連れている者は多い。口取りたちが馬とともに、列の後方で主の無事を祈っている。

「者共っ！　これより主を探し、馬に乗るように告げよっ！　そして儂の元に来るように伝えよっ！」

いきなりの昌景の登場にうろたえを見せていた口取りたちが、馬とともに足軽の群れへと走って行く。

「足軽大将っ！」

昌景の声が、千に達する山県隊の皆の耳に届く。

足軽大将と、口取りから馬を受け取った侍たちが、必死の形相で昌景の元へとむかってくる。馬廻衆は昌景の左右を固め、皆の到来を主とともに待つ。

ほどなくして足軽大将が揃い、騎乗の足軽たちは、その後ろに控える。その間も、攻撃を命じられたままの足軽たちが、小勢で柵へとむかってゆく。

すでに昌景の動きは昌胤ら、重臣たちも見ているはずだ。逍遥軒たち一門衆も、気付いているだろう。

「良いかっ！　我等山県隊は、これより一丸となって敵陣に突撃をかけるっ！」

昌景は足軽大将たちの目に、先刻の馬廻衆同様の高揚の光を見た。戦況を昌景とともに見守っていた馬廻衆よりも、前線にみずからの兵を送っている足軽大将たちのほうが、喜びは大きいだろう。じわじわと嬲り殺しになるくらいなら、死に物狂いで敵陣に殺到して死んだほうが増しだ。足軽大将たちの気持ちは痛い程わかる。

「長篠城を包囲しておった味方は潰走したっ！　我等は前後に敵を抱えておるっ！　このままでは挟み撃ちに遭うて、撫で斬りじゃっ！　なんとしても御館様だけは御救いせねばならんっ！　我等で敵に隙を作るっ！　儂に皆の命をくれっ！」

「おっ……。おぉっ、おぉぉぉぉぉっ！」

昌景と変わらぬ年の者から馬廻の若者と変わらぬ年頃の者まで、さまざまな年の足軽大将たちが、感極まって泣きそうになりながら、喊声を上げた。

熱い声を総身に浴び、足軽大将たちの後ろに並ぶ騎馬武者たちに視線を投げる。

「御主たちは、馬廻衆とともに、柵の奥へと乱入いたせっ！　良いなっ！　先刻の内藤隊の騎馬武者を見たであろうっ！　単騎であろうと、玉を掻い潜れば柵の奥に入ることができるっ！　柵の奥で暴れ回り、敵を乱せば徒歩の者が柵へと取りつけるっ！　御主たちは一心不乱に柵を目指せっ！」

これまた老若入り混じる騎馬武者たちが、思い思いに吠えた。

昌景は皆を見遣る。

「儂も行くっ！　ともに参ろうではないかっ！」

槍を掲げた。

「まずは足軽大将っ！　己が足軽衆へと儂の命を伝えよっ！　伝え次第、全員で柵へと駆けよっ！　全軍が突撃を始めたら、儂等騎馬衆も続くっ！　行けっ！」

足軽大将たちが、踵を返し走り去ってゆく。

振り返って原昌胤の軍勢を見た。

全軍を押し出しはじめている。その横にある昌秀が、じょじょに足軽たちをひとつに固めはじめていた。殿軍にむけての動きだ。

さすがは長年ともに戦場を駈け巡ってきた同朋である。昌景の伝令を聞き、意図を悟ってくれた。

中央に陣取る逍遥軒を筆頭にした一門衆も動き始めている。その奥に見える右翼勢では、真田信綱の隊が、すでに全軍で突撃を開始しているようだった。

速い。

あの動きは、昌景を見てからのものではない。恐らく、鳶ヶ巣山砦陥落の報を受けてすぐに、突撃の支度に入ったのだ。でなければこれほど速く、全軍をまとめることはできない。

「良い動きじゃ真田の小倅め」

信綱の父、幸隆は、上信濃の国人であったが、同じ上信濃の国人である村上義清に領地を奪われ一時、上野に逃れた後に信玄を頼った。小国の国人でありながら智謀鋭く、信玄の覚えも目出度かった。その嫡男である信綱は、弟の昌輝とともに参陣している。

同じ右翼に陣取る信綱が決死の突撃を敢行しているのだ。昌景からの言葉を聞いた馬場美濃も、すでに腹を決めているに違いない。今頃は本陣に赴き、勝頼に退却を迫っているはずだ。

やっと戦そのものが動き出した。

長篠城を囲んでからというもの、つまらぬ戦であった。鳥居強右衛門という武勇の士を使って小細工を弄し、逆手に取られ城中の兵の士気を上げてしまったことなど、今思い出しても腸（はらわた）が煮えくり返ってしまう。

敵も敵だ。

野戦でありながら、幾重にも柵を巡らして引きこもり、銃弾を浴びせ掛けるだけ。無粋（ぶすい）極まりない小細工ではないか。

敵も味方も小賢しい者ばかり。戦は小細工などせず、正々堂々ぶつかりあってこそ。

「この山県昌景が、真の戦を馳走いたしてやろうではないか」

面頬の奥で笑う。

足軽たちから雄叫びが上った。大将たちから昌景の命を聞いたのだろう。誰もが、昌景と同じ気持ちなのだ。

戦いたくて仕方がないのである。

それでこそ武田の兵。

それでこそ赤備。

槍を握る手に力がみなぎる。熱い物が胸から込み上げてきて、目の奥に揺らぐ。鼻を吸い、流れるのを必死に抑えながら、味方の突撃を待つ。

左右に侍る馬廻衆は、ひと言も発せず昌景の命を待ち続ける。

戦がはじまって、ゆうに二刻は過ぎているはずだというのに、今なお敵は惜しげもなく銃弾を放ち続けていた。これだけの物量の差を見せつけられれば、小細工も感嘆に価する。この地に引き摺り込まれた時点で、武田家に勝ちはなかったのだ。

「いや……」

ゆっくりと首を横に振る。

昌景の目はしっかりと捉えていた。

厭離穢土欣求浄土（おんりえどごんぐじょうど）の旗を。

家康の旗だ。

あの旗の下に家康がいる。

この戦の敵の大将はあくまで家康だ。信長は長篠城に対する後詰である家康の、これまた後詰に過ぎない。

家康が死ねば、この戦は勝ちなのだ。

三重の柵を越え、本多忠勝、榊原康政を抜け、家康の本陣へと辿り着くことができれば、勝ち目はある。

あの信長も、桶狭間では敵軍の大将、今川義元ただ一人を討つことで戦力差を覆して勝ちを得たではないか。

信長にできて己にできぬことはない。

主を逃がす戦い。果たしてそれだけで良いのか。己は山県昌景である。武田家随一と呼ばれる武勇の士だ。

やるべきことは他にある。

「行けぇいっ！」

穂先で天を突き、昌景は叫んだ。熱く滾る瞳が見ているのは、一丸となって駆けだした足軽たち。間断なく続く銃撃を恐れもせず、敵陣目掛けて全力で駆ける。

「ではっ！　行って参りまするっ！」

馬廻の若者が昌景に一礼し、十数騎を引き連れ駆けだした。

「我等もすぐに行くっ！　存分に駆けよっ！」

「ははっ」

行く末を見据える若者は、昌景に答え遠ざかって行く。

騎馬武者の一群が、足軽たちを追い抜いて川を渡る。

撃たれた。

馬が倒れ、槍を持ったまま前のめりに投げ出される。

他の馬は助けようともしない。

一人取り残された男は、足軽たちとともに柵にむかって駆ける。

一騎、また一騎と撃ち抜かれてゆく。敵は見事に馬だけを狙う。頭、腹、前足と、一撃で動きを止める。

足軽たちが柵に殺到していた。その群れのなかに倒れた馬が呑まれてゆく。

一騎のみが柵の裡に雪崩込んだ。しかしそれもすぐに見えなくなった。

「次っ」

昌景が吠えると、馬廻の若者たちがふたたび十数騎でまとまって駆けてゆく。本来、敵陣の隙を衝くための騎馬武者である。銃弾の壁にむかって突撃を敢行するのは、明らかに無謀であった。

案の定、二度目の突撃でも、柵を越えられたのは二騎あまり。他はすべて足軽の渦に呑まれてしまった。

三度目の十数騎が駆けて行く。

一重目の柵が、方々で揺れている。足軽たちがかなりの数で取りついているようだった。

「良いぞ」

手綱を握る手を覆う鞢が、汗でびっしょりと濡れている。

敵陣に総攻撃を仕掛けているのは、山県隊だけではなくなっていた。原昌胤をはじめとした左翼の面々、遠くでは逍遥軒や武田信豊ら一門衆も仕掛けている。戦場の声が、先刻までよりも激しい。銃声を掻き消さんばかりの喊声が、味方から上がっている。

「武田の戦らしゅうなってきたではないか」

頬が緩む。

柵の奥に隠れている敵も慌ただしくなってきた。昌景が攻めているあたりを守っているのは、本多忠勝、榊原康政をはじめとした三河衆である。そのもっと左方には、織田からの加勢である佐久間、水野両隊が陣取っているが、昌景は目もくれない。織田の加勢は柵の裏に籠り、銃弾を横から浴びせかけてくるだけで、徳川勢の柵が揺さぶられていようと、出てきて助けるようなことはなかった。大方、持ち場を離れるなとでも、信長に厳命されているのだろう。

腑抜けは眼中にない。

「まだまだじゃっ！」

三度目の騎馬武者たちが柵前で倒れた。

「今度は左右から二隊同時に揺さ振れっ！」

馬廻に命じると、二人の若者が左右に分かれて十数騎を引き連れ駆けだした。

半分には満たないが、かなりの騎馬を前線に投入している。そろそろ一重目の柵くらいは破りたかった。

「押せ押せ押せ……」

手綱をつかんだ拳で鞍を小刻みに叩きながら、昌景は前線で戦う足軽たちを見守る。

目の前の戦にすべてを注いでいる。本陣の勝頼がどうなったのかなど、頭の片隅にもなかった。宿老などと呼ばれ、どれだけ重用されようと、身の丈が変わるわけでもない。昌景はどこまで行っても、若き頃のまま。戦場を駆けまわっている武勇一辺倒の武骨者なのだ。

左右から攻め寄せる騎馬隊に、銃弾が集中する。

「良し」

鞍を叩く拳が調子を早めていく。身を乗り出し、前線を注視する。

一人、二人、三人……。

馬を倒されて飛ばされてゆく。なかには頭から地に激突して、首の骨を折って動かなくなる者もいる。敵にひと太刀も浴びせられぬまま死んでいく者たちを踏み越え、味方は前に前にと進む。

柵が揺れている。その奥で、鉄砲衆や足軽たちが忙しない。

敵がはじめて退いた。柵が保たないのだ。

「行けぇいっ！」

身を乗り出し叫ぶ。

倒れた。

やっとひとつ目の柵が倒れた。ひとつ倒れると、横に並んだ柵が次々と倒れ始める。傷を抉られるよりも、一重目の柵を放棄して皆で退くことを家康は選んだのだ。

「吉と出るか凶と出るか」

本陣にいる小賢しい三河の男にむかって語りかける。

退いてもなお、敵に動揺はない。元から二重目を守っていた兵に一重目から退いて来た者が合流したことで、守りがより堅固になり、銃弾も密度が増した。しかも一重目の柵の間には、大の男の背丈より高い土盛がある。柵を放棄してもなお、土盛が足軽たちの進行を阻んでいた。倒れた柵で足場が悪いため、騎馬武者は土盛を越えなければならない。皆より高い場所に馬とともに立つのだ。当然狙い撃ちにされる。

先刻よりも厳しい銃撃に晒され、左右より攻めたてた騎馬武者たちも次々と倒れてゆく。

「次じゃっ！　三隊を連れて行けっ！　そして今度は、正面から真一文字に駆け抜けよっ！」

若者たちが駆けて行く。

昌景の手許に残っている騎馬武者は百そこそこ。

そろそろ己の出番か。

鼓動が早くなる。

右方に広がる味方に目をやった。

原たちは、いまだ柵を倒せずにいる。その先の一門衆も同様だ。昌秀が率いる内藤勢は、少しずつ本陣にむかって近づいて行く。

「あれは……」

六連銭の旗が柵の奥でいくつも揺れている。

「信綱め、やりおったか」

真田の軍勢だけが柵の奥へと乱入して戦っている。信綱がいる辺りに見えるのは、羽柴、前田などの織田家の若き将たちの旗であった。

「それにしても」

ふたたび前線の味方に目をやる。

「ばんばんばんばん、五月蠅(うるさ)いのぉ」

片方の眉を思い切り吊り上げ、昌景は毒付く。

しつこい。

敵が浴びせ掛けて来るのは鉛の玉ばかり。武田の精兵と刃を交えんとする猛者(もさ)は一人もいない。

一直線に戦場を駆け抜け、連吾川を越えた騎馬の一団が銃弾に倒れてゆく。

「行けっ」

先頭を駆ける馬廻の若者が、飛来する鉛の玉を次々と避けてゆく。手綱を器用に扱い馬を右に左にとじぐざぐに走らせ、己も鞍の上で体を忙しなく振り続けている。飛んでくる玉が見えているのではないかと思うほど、若者は巧みに馬を駆り、あっという間に倒れた一重目の柵まで辿り着いた。足軽たちの群れを掻き分け、土盛を駆け上がる。若者の後ろに、数騎が続く。

「気を付けろよ」

手に汗握り昌景は若者の深紅の背に語りかける。

若者が立つ土盛に銃弾が集中する。

蹄が土盛を蹴った。

足軽たちの頭を越えて、馬が二重目の柵のむこうへと乱入する。後に続く数騎も、若者を真似た動きで敵陣に躍り込んだ。

「よぉおっしっ！」

右の拳を突き上げ叫んでいた。

体が熱い。

もうじっとしていられなかった。

「すべての騎馬で行くっ！　良いなっ！」

左右に並ぶ騎馬武者たちに吠える。

槍を脇に挟み、前方をにらむ。

二重目の柵が揺れ始めていた。あれを倒せば、残りの柵はわずか。三重目が崩れれば、まばらに建てられた柵のみとなる。

それでやっと。

昌景が望んだ野戦が始められる。

途方もなく面倒な戦だ。

なのに。

疲れは微塵もなかった。それどころか、早く前線に駆けだしたくて仕方ない。

二重目の柵の奥で、先刻の若者が暴れ回っている。槍を右に左にと振るいながら、足軽が突き出す穂先を避け続けていた。

昌景は左手の槍を掲げる。

「小細工はいらんっ！　思うまま、みずからの武を信じ進めっ！　我等が目指すは本陣に翻る厭離穢土欣求浄土の旗印のみぞっ！」

喊声が身を包む。

体の芯が震える。

齢五十一にして、これほどの高揚を味わえるとは。

至福。

昌景は生死の境で恍惚（こうこつ）を存分に堪能（たんのう）していた。

鼻を突く火薬の匂いを味わいながら、ゆっくりと息を腹に収める。丹田に気がみなぎって行く。両目の間の肉の奥のあたりに、ちりちりと爆ぜるような感覚がある。丹田の気をそこにむかってぶつけるように駆け上がらせながら、男たちに叫ぶ。

「殺れぇぇぇっ！」

槍を振り下ろし、馬腹を蹴る。

これまでの鬱憤を晴らすように、黒雲が駆け出す。後ろに引っ張られそうになるほどの強烈な疾走に、鐙にかけた両足で踏ん張りながら耐える。

黒雲の走りに負けじと、馬廻や騎馬衆も己が馬を懸命に走らせる。横一列に並ぶようにして柵へと突進するなか、黒雲だけが頭ひとつ飛び出していた。

連吾川がぐんぐんと近づいて来る。

二重目の柵が方々で激しく揺れていた。その奥の敵が、最後の柵の列まで退こうとしている。

川はもう目の前だった。川を渡ると、柵へと押し寄せる足軽たちの最後尾である。

黒雲の蹄が、川面を蹴った。水飛沫が舞う。

風を切る甲高い音が耳元で鳴った。銃弾の射程に入ったのだ。ここから先は、人馬いずれの急所であろうと、一発でも貰ったらそこで終わりである。

それがどうした。

恐れなどとうの昔に振りきっている。黒雲と二人、銃弾が過ぎ去る音を四方に聞きながら突き進む。

「邪魔じゃっ、避(ど)けぇいっ！」

足軽たちに怒鳴る。

昌景の声を聞いた足軽たちが、さっと道を開く。武田家一の武勇を誇る赤備である。騎馬と足軽の連携は、どの隊にも負けない。騎馬の突出を認めたら、足軽たちはすぐさま道を開く。味方の蹄に蹴られるような愚鈍な者はいない。

足軽たちが割れてできた前線までの一本道を、昌景は駆ける。その後ろを馬廻や騎馬衆が付き従う。そういう道が足軽の群れのなかに幾筋も出来ていた。

喊声が轟き、二重目の柵が倒れた。昌景はすでに前線にいる。先発した騎馬武者がどれだけ残っているのかはわからない。ただ、いたるところで二重目の柵が倒れて行くのだけが見える。

「つ！」

耳元で鉄が弾けた。衝撃で頭が後方に持って行かれそうになったが、頑強な首でなんとか耐えた。朱塗りの兜の吹返(ふきかえし)から、煙が上がっている。

撃たれた。

鼻の奥で、つんとした匂いがする。

体の芯から震える。

金色の前立ての兜を着けた昌景は、赤備のなかでも一際目を引く。誰が見ても、手柄首であることは一目瞭然だ。恐らく多くの銃口が、昌景にむけられていることだろう。先刻から周囲で銃弾が行き過ぎる、風を切る音が鳴り止まない。

昌景は今、この戦場で誰よりも死に近い場所にいる。

これこそが戦……。

小脇に抱えた槍の穂先が武者震いとともに小さく揺れた。

倒れた柵のむこうに敵が逃げてゆく。その背を追うように、朱い胴丸を着けた足軽たちが死に物狂いで地を駆ける。

「殺れぇっ！　手当たり次第に殺れぇっ！」

味方を叱咤しつつ、黒雲を駆る。

逃げ遅れた敵を屠りながら、足軽たちが最後の柵の列へと取り縋る。土盛に駈け登り、その先へと目をやった。

騎馬武者は一人も残っていない。

すでに百を超す赤備の騎馬衆が、鉄砲の餌食となっている。昌景が手塩にかけて育てた者たちであった。ふたたび同じだけの騎馬衆を育てるのに、どれほどの歳月がかかることかと思って、すぐさま掻き消す。

生きて戻ることを考えるより先に、やるべきことがある。

土盛を駆け降り、昌景は足軽たちが取りつく柵にむかう。後ろから付いてくる騎馬武者たちが、土盛を降りるのを機に、左右にばらけた。

昌景たちは足軽のように柵に達するのが目的ではない。

狙いを定めた柵の脇に馬首をむける。

ここからが正念場だ。

槍を持つ手に力を込める。

「ぐぬっ」

右に進もうと馬を斜めに向けた時、左の太腿が急に熱くなった。焼けた鉄の棒をねじ込まれたようである。熱くなっている場所より先の足に力が入らない。

撃たれた。

黒雲の足は鈍っていない。手負いの昌景を乗せたまま、先刻までとなんら変わらず柵と柵の間を目指している。

愛馬の無事に安堵しつつ、歯を食いしばった。面頬のなかが脂汗でじっとりと濡れている。

三重目の柵に足軽たちが取りついていた。倒された柵の裏にいた者たちも糾合し、敵の守りは堅くなっている。銃弾が止む気配はない。

「押せっ」

声がかすれる。どうやら太腿からかなりの血が流れだしているようだ。

柵の間を騎馬武者が駆け抜けて行く。遅れてはならじと、昌景も黒雲を走らせる。土盛を駈け登り、柵を抜けた。その奥には、敵の備えが幾重にも張りめぐらされている。

ここからが本当の戦だ。

しかし。

昌景の手勢のうちで、ここまで辿り着いた者はあまりにも少ない。

掻き乱す。

まずはそこから。

騎馬武者がかく乱すればするほど、柵に取りつく足軽たちから狙いが逸れる。柵さえ倒せば、味方は増える。

「我が名は山県昌景っ！　柵の裏に籠る卑怯卑劣な徳川の弱兵共よっ！　死にたくなければ道を開けいっ！」

敵の渦の只中にある昌景の視界から、家康の旗は消えていた。本陣の場所を脳裏に思い描く。そして、家康へむけて馬首をむける。

眼下には黒雲を仕留めんとする足軽どもの槍が群れていた。

「小癪なりっ！」

手綱から手を放し、両手で槍を振るう。左足で踏ん張ることができないから、体勢を保つのが難しい。少しでも気を抜けば、体が斜めに傾いてしまう。鞍から落ちそうになるのを、槍を振るう勢いで凌ぐ。

数瞬のうちに十を超す足軽が、昌景の槍の餌食となった。

「馬じゃっ。馬をやれっ」

足軽どもが叫ぶ。騎馬衆の馬を狙うのは常道中の常道である。自明のことを必死に叫んでいる敵の愚かさを嘲笑いながら、昌景の槍が四方八方に飛んでゆく。

左足が利かないことに慣れてきた。主の異変を愛馬も悟っている。昌景が鞍の上で大きく揺れると、体を逆に振って落ちぬようにする。人馬が一体となって、足の怪我を補っていた。

「ふぶっ……」

銃弾が鎧を突き抜ける。右の脇腹を貫かれた。

痛みはない。熱いだけだ。

まだやれる。

昌景はひたすらに槍を振るう。気が付けば、周囲で赤い鎧を身にまとった騎馬武者が駆けている。かなりの数の者が、柵を越えているようだ。

「本陣じゃっ！　本陣を目指すぞっ！」

槍を突き上げ皆にむかって吠える。

穂先の群れのなかで、赤備が乱れ舞う。

霞む。

目が。

眼前を銀色の閃光が走り抜ける。鉄がぶつかる音が顔の前で鳴った。

槍だ。

足軽が突き出した槍が、顔を掠めた。

面頬が宙を舞う。

小癪な真似をした足軽は、すでに喉を貫いて始末している。

髭が脂汗で濡れて気持ち悪い。

皆はどうしたのか。

ちらと背後を見遣る。

三重目の柵が揺れていた。足軽たちがじきに来る。

他の味方は、まだ柵を倒すまでには至っていないようだ。

「昌胤……」

原隊が、散り散りになって敵に背をむけている。他の隊の勢いもない。昌景が率いる赤備が最も敵に肉薄しているようだった。

本陣はどうだ。

勝頼は……。

無事に逃げてくれたのか。

遥か後方に〝大〟の字の旗印を探す。

「はう」

喉から声が漏れた。

いつの間にか地に倒されている。

黒雲はどうした。

倒れている。

腹がばっくりと裂けて腸が飛び出していた。

足軽たちの顔、顔、顔。

泥だらけで汚い面が笑っている。引き攣って醜い笑みではないか。

「山県昌景殿とお見受けいたすっ！」

鎧武者が叫んだ。

「まだ子供ではないか」

力無い声で昌景はつぶやく。

「御首（みしるし）頂戴っ！」

「やらぬ」

槍を杖代わりにして立ち上がった。

頭が重い。

「四郎殿どうか……」

視界が傾く。

昌景は絶えた。

終章

果敢に柵へと突撃を続けていた敵が退き、本陣の周囲に固まったのを見て、徳川家康は己が兵を一気に押し出し追撃の態勢に入った。時を同じくして信長も、織田勢に総攻撃を命じたようである。

武田勢は勝頼の本隊を先頭に、長篠にむかって退いてゆくのを、家康は本陣である高松山から眺めていた。

追撃を命じてから一刻あまり。いまだ追撃戦は続いている。

家康は本陣で報せを待つ。

ここまで大勝するとは思ってもみなかった。敵を退けた今も、勝ったという実感がない。

果たしてこれは野戦であったのか。己は本当に敵と戦ったのか。

後ろ暗い迷いが、胸の裡にくぐもっている。

柵を幾重にも張り巡らし、その後ろに籠って銃弾を射かけるだけ。信長の策を受け入れてのことだ。信長は領国から火縄銃を掻き集め、膨大な量の火薬と玉を用意した。

一兵たりとも損なわぬ戦をする。

そう信長は言った。

そして。

勝った。

一人の犠牲も出なかったというわけにはいかなかったが、完膚無き大勝利である。恐らく策を考えた信長自身ですら、これほどの勝利は予想だにしていなかったであろう。

「申し上げますっ」

前線より戻った伝令が、床几に座す家康の前に控えた。無言のまま伝令の言葉を待つ家康の手には、一度も振ることのなかった軍配が握られている。

「敵の殿軍であった馬場信春、内藤昌秀、討死。馬場信春は織田家中、塙九郎左衛門尉殿が、内藤昌秀は朝比奈弥太郎殿が討ち取った由にござりまする」

朝比奈弥太郎は家康の臣である。

無言のままうなずくと、伝令は一度深々と頭を垂れてから走り去った。

「甘利藤蔵、土屋昌続、原昌胤、山県昌景。これに馬場信春と内藤昌秀が加わり、譜代家老衆は六人でござりまするな」

かたわらに控えた本多忠勝がつぶやいた。家康は右手に握った軍配で左の掌を叩きながら、答える。

「家老どもは昼前頃から全軍で向かって来おったからな」

譜代家老の死に対して、一門衆は一人も討ち取ることができなかった。

「家老衆が突撃を仕掛けてきおったのは、長篠城のことを聞いた故にござりましょう」

そんなことは言われずとも解っている。山県昌景の動きを見て、他の家老衆も動いた。突撃によってこちらの目を前線にむけさせ、勝頼の退路を確保しようとしたのである。

結果。

多くの家老が銃弾に倒れた。

「なんとも……」

忠勝が声を吐く。家康は横目で腹心の巨体を見上げた。

「不服そうじゃな」

主の問いに、忠勝は鼻息を荒らげ首を横に振った。

忠勝が不服であるのは問わずとも解る。この男は、徳川家の武の柱だ。家康に過ぎたる者と陰で言われているのも知っている。三河一国治めることすらかなわない家康には勿体無い男だと周囲の者が思うほどに、忠勝という男は武に愛されていた。

そんな男が今日の戦に満足している訳がない。してくれては困る。

「このような……」

右手に握る愛槍を震わせ忠勝がくぐもった声を吐く。鞢(ゆがけ)に覆われた手と柄の間で、鈍い音が鳴る。

「このような戦は戦とは呼べませぬ」

やっとのことで吐き出した猛将の声は怒りに震えていた。

気持ちはわかる。

野戦とは、敵味方が正々堂々相対し、用兵と武勇によって勝敗を決するものだ。このような卑劣な策で敵を屠ることが、勝利だと言えるのか。

だが……。

想いとは裏腹な言葉を、重臣に投げかける。

「だが信長殿の策のおかげで、我等はさほど兵を死なせずに済んだのだぞ。犠牲は三重目までかかられた時のものくらいだ。御主も見たであろう、山県昌景の戦いぶりを。正面からあれと戦っておったら、どうなっておったかと思うと、ぞっとする」

「ふんっ！」

主従であることなど忘れたかのように、忠勝が家康にむかって荒い鼻息で答える。

「なんじゃ」

冷静にうながす。すると徳川きっての猛将は、顔を紅く染め、眼下に広がるおびただしい数の敵の骸を見下ろしながら言葉を継いだ。

「柵の裏にこそこそ隠れ、鉛の玉を浴びせ掛けるだけの戦ならば、拙者のような者はいりませぬ」

「ふふふふ、確かにの」

思わず笑ってしまった家康に、忠勝が怒りの視線を浴びせ掛ける。猛将の裂帛の気迫をにやけ面のまま受け止めた家康は、素直な気持ちを舌に乗せた。

「たしかにこのような戦なれば、御主のような武勇はいらぬな」

主の言葉を受け、忠勝が眉根を寄せて、あからさまに不機嫌になる。武勇の士のこのあたりの解りやすさは嫌いではない。

「殿はもう拙者はいらぬと申されるか」

「狡兎死して走狗烹らると言うでな」

家康がぼそりとつぶやくと、忠勝が目を真っ赤にして睨んでくる。狡賢い兎を追っていた良く走る狗も、兎が死ねば必要なくなり煮られて喰われる。武勇の士である忠勝は己を走る狗に充てた。

腹心の気持ちは痛い程わかる。わかるからこそ、怒りを曝け出させているのだ。

「忠勝よ」

腹心は答えず、主を睨み続ける。

無言でも猛将の怒りの圧は凄まじい。そこらの弱卒ならば、忠勝にひと睨みされただけで体が縮こまって動けなくなる。人としてどうこうという問題ではない。人のなかにある獣が、強者を怖れるのだ。どれだけ敗けぬと心で思っても無駄である。忠勝の全身から立ち昇る怒気と赤く染まった瞳で射竦められたら、大抵の男はそれだけで無事では済まない。

「山県昌景も、御主のような男であったのであろうな」

武田の赤備を率いた猛将の名を家康が口にした時、忠勝の瞳に宿る怒りの炎が少しだけ揺らいだのを家康は見逃さない。

二重目の柵まで破られた。

山県昌景という男の武が赤備の兵たちを駆り立て、鉛の玉すら押し退け柵を倒したのだと家康は思っている。前線から離れた本陣にいながら、昌景の殺気はたしかに家康にまで届いていた。昌景の武が、徳川の兵たちを震わせたのはたしかだ。

「織田の左翼に攻め寄せた者もおったな。旗印はたしか六連銭であった」

「上信濃の国衆、真田幸隆の嫡男、信綱と弟の昌輝にござりまする」

「詳しいの」

「羽柴、丹羽勢を散々に掻きまわしておったと聞き及んでおりまする故」

織田家中においても武勇というよりは、知略によって立つ二人である。羽柴秀吉と丹羽長秀、忠勝はいずれも快く思ってはいない。そんな二人を慌てさせた真田の方に、心情としては肩入れしているようだった。

「その真田も柵深く入って戦うておったようじゃな」

「兄弟いずれも討死いたした模様。惜しき者を亡くし申した」

真田信綱、昌輝は敵だ。しかし忠勝は、敵である二人の死を素直に惜しんでいた。

この時は、忠勝本人も家康も知らなかったが、後に忠勝は二人の甥にあたる男児に、己が娘を嫁がせることになる。

「そんなに気に喰わぬか。今度の戦が」

「はい」

迷いなく忠勝は答えた。

家康はふたたび戦場に目をむける。おびただしい数の敵が屍をさらしていた。敵と家康たちを隔てていた連吾川は敵の血で真っ赤に染まり、手足の欠けた骸が流れに乗れずに、いくつも浮かんでいる。忠勝が厭う戦によって築かれた屍の山であった。

「戦は変わると思うか」

死した敵が横たわる設楽原を見つめながら問う主を前に、徳川随一の猛将は答えに窮している。家康は答えを待たずに、みずから言葉を連ねた。

「これからの戦が、今日のような物になると思うか。鉄砲、玉、火薬。その多寡だけで勝敗が決し、それらを多く持つ者が、誰よりも強い。そのような戦いが、戦となると御主は思うか、忠勝」

反吐が出るほど醜悪な戦場から目を背け、家康は愛すべき猛将の怒りで紅潮した顔を見上げた。いきなりの問いに戸惑う忠勝は、口をへの字に曲げて顔を思い切り歪ませている。

「御主らしくないではないか。はっきりと己が思うたことを申してみよ」

「変わりませぬっ！」

猛将の叫びは答えというよりは、悲痛な願いのように聞こえた。〝変わらない〟ではない。〝変わらないでくれ〟と忠勝は叫んでいた。

忠勝のような猛将は謀略や奸智とは無縁である。考えることは主に任せ、戦場を駈けまわり主の望みを形にするのが務めだ。だからこそ、こんな小賢しい戦が心底嫌いなのだ。

「変わらぬよ」

猛将の願いにそっと寄り添う。

「変わってたまるか……」

振ることの無かった軍配を両手で硬く握りしめ、家康は床几から身を乗り出す。脂の詰まった腹が鎧で押されていささか息苦しい。しかし息をするのを忘れるほど、家康は一心に敵の骸を見つめた。

「我等は武士ぞ。そうであろう忠勝」

「左様にござりまする」

猛将の声がかすかに震えている。天を突く愛槍の穂先が、西に傾く陽の光を受けて朱に輝いていた。

「儂も御主と同じ想いぞ。このような物が戦である訳がなかろう。銭の力をひけらかし、堂々と戦わんとする者を間合いの外から撃ち殺す。これで勝ったと言えるのか。胸を張って功を誇れるのか」

「殿……」

「信長殿は知らん。が、儂は無理じゃ。このような戦に勝ってもなにも嬉しゅうはない」

軍配をつかむ手が震える。忠勝と同じ怒りが身中で暴れていた。

幾度……。

幾度、この軍配を振ろうと思ったことか。　徳川勢全軍にむけて、柵を出て迎え撃てと命じんとしたことか。　柵のむこうでばたばたと倒れて行く武田勢の悲し気な顔が、いたたまれなかった。満足に戦うことすら許されず、己が武勇を誇る場すら奪われてしまった敵の無念を想うと、胸が締め付けられる。

「あの男のやり口じゃ」

憎々しげにつぶやいた主の言葉を聞いた忠勝が、目を見開いた。腹心の動揺に構わず、家康は続ける。

「あの男は武士ではない。商人よ。いかに味方を死なせずに敵を殺すか。それだけを考えておるのじゃ。それ故、このような卑劣な戦が思いつける」

織田家と徳川家は対等である。

信長が今川義元を討ち、家康は三河で独立を果たした。一年後、両家の同盟は成った。それから十四年、今なお両家の関係は続いている。義元を討ち、美濃を平定し、足利義昭（あしかがよしあき）とともに上洛を果たし、信長は順調に版図を拡大させていった。一方、家康は武田信玄に悩まされ続けた十四年であった。

気付けば信長との力の差は覆しきれないほどに開いてしまっている。

今度の戦は徳川家と武田家の戦であった。織田家はあくまで援軍である。

なのに……。

家康は信長の策に逆らえなかった。家康と違い領国の四方に敵を抱える信長に犠牲は避けたいと言われれば、うなずくしかなかったのである。

「これほどの」

燃えながら落ちてゆく夕陽をにらむ忠勝に、言葉を投げる。猛将は黙したまま、顔だけを主にむけて続きを待つ。

「これほどの大勝になるとは信長殿も思うておらなんだはずじゃ。儂もそうじゃ。まさかこれほどの敵を屠ることになろうとは、昨日忠次を送り出す時には夢にも思うてなかったわ」

　勝ち過ぎた。

　己も信長も。

「これで」

　忠勝が口を開く。

「これで味を占めるのではありませぬかな信長殿は」

「どうであろうかの」

　首を横に振る。

「信長殿は戦巧者じゃ。今度の戦は忠次の献策も含め、すべてのことが上手く運んだに過ぎん。それは信長殿も解っておられよう。第一、このような仕掛けがどこでも通用するはずもない。案ずるな忠勝。戦は変わらぬ。御主や山県殿のような武勇の士こそ、戦の華であることは変わらん。なにがあっても」

　泡沫(うたかた)の勝利。

　この戦を想う家康の胸に、そんな言葉が浮かんだ。

　軍配を握ったままの右手と空の左手を高々と上げ、背筋を伸ばす。背の骨が肉のなかでぼりぼりと鳴った。鼻から息を吸い、家康は忠勝に聞かせるでもなくつぶやく。

「それにしても、あの武田に勝ったとは思えぬなぁ。正々堂々、正面からぶつかって勝ちたかったわ」

心からの言葉だ。

これまで幾度も辛酸を嘗めさせられた因縁の敵である。惣領同士が顔を合わせての戦であった。犠牲を恐れず正面からぶつかり退けてこその勝利である。

「こんなものは勝ちでもなんでもないわ」

「勝頼の首は取れておりませぬ。馬場美濃守、内藤昌秀が命を賭して守ったのです。武田はまだ終わりませぬ。必ずやまた相見える時が参りましょう」

「そうじゃな。その時は……」

忠勝を見上げた。

「存分に働きまする」

力強い猛将の笑みに誘われ、家康も頬を緩ませた。

＊

潰走する味方の諸隊が集って来る最中、馬場美濃守に説き伏せられた勝頼は、土屋昌恒、初鹿野伝右衛門尉の二人だけを連れて戦場を後にした。

　設楽原から退いた勝頼は、寒狭川を越えて長篠方面から北上し、田峯へと逃れた。田峯城を守る菅沼家は武田家に帰属していたが、設楽原での敗北を知り入城を拒んだ。田峯城に着くころには一門衆の武田信豊、小山田信茂とその将兵が合流したが、勝頼の手勢はわずか。入城を拒まれれば大人しく引き下がるより術はなかった。もともと奥三河の国人たちは、武田と徳川両家の狭間で揺れ動く曖昧な存在であった。主従の縁を保っていられるのは力あったればこそ。と、言っても、ここまであからさまに裏切られるとは思ってもみなかった。

　昨日まで味方であった雑兵たちに矢を射かけられながら、勝頼は田峯城を後にして北上し、武節城へと入った。この城でやっと、勝頼はひと息つくことができたのである。

　武節城の本丸屋敷の広間に、鎧を脱いで座していた。左右に控える家臣たちの顔ぶれが、戦の前の半数にも満たない。

　胡坐をかいた足の隙間に垂れる己が両手をぼんやりと見つめる。血も泥も付いていない白い手がなんとも滑稽であった。

　死んだ。

皆、死んだ。

「だからっ！」

床を激しく叩く音とともに、悲鳴じみた声が耳を射す。勝頼は重い頭を持ち上げて、声のしたほうを見る。

一門衆だ。穴山信君、父の弟の子である。

勝頼の目から見て、信君は戦場でまともに働いていなかった。山県昌景や内藤昌秀、原昌胤ら、家老衆が懸命に川を渡って戦っているなか、わずかな足軽を川縁に向かわせるだけで、決して銃弾の飛び交う前線に手勢を立たせはしなかった。一門衆でも逍遥軒や信豊は昌景たちに負けじとみずから馬を走らせ前線にむかっていたのを勝頼も本陣から見ている。

この男だけは……。

動かなかった。

なのに、退くのは一番速かった。馬場美濃に説き伏せられて勝頼が退却を決断するのを知るかどうかという時には、手勢とともに雁峯山(がんぽうさん)にむけて退いていたのである。

勝頼が武節城に入ったというのをどこで聞きつけたのか、まるで最初から勝頼とともに逃げて来たのだと言わんばかりの顔で、平然とこの場に座っていたのには驚いた。

そんな信君が、怒りを満面にたたえながら上座の勝頼を睨んでいる。

「だから儂は言ったではないかっ！」

なにを言ったのか、この従兄弟は。答える言葉が見つからない勝頼に、信君は罵声を浴びせ続ける。

「こんな戦はやるべきではないとっ！」

いつこの従兄弟がそんなことを言ったのか……。

覚えていない。戦うな。前線にむかわずに退け。そう言って勝頼を止めた者たちは、今この場にはいない。

馬場信春、内藤昌秀。

そして。

山県昌景。

主への無礼を顧みず、喧嘩腰で野戦に反対した者たちだ。

皆、死んでしまった。

「反対する我等を説き伏せ、御主は兵を動かした。わざわざ敵の面前まで進み出て戦うたのじゃ。長篠城を早々に攻め落として退けば良かったものを、家康の首欲しさに設楽原に打って出おった。御主の短慮が、皆を死なせたのじゃっ！　どうするつもりじゃっ！」

「今更、そのようなことを申しても詮無きことであろう。今は一日も早う甲府に戻り、国を固めねばならん時ぞ」

叔父である逍遥軒が、信君をたしなめる。しかし従兄弟の怒りは収まらない。瞼に涙を溜め、目を真っ赤にしてなおも叫ぶ。

「奥三河の国衆たちが裏切りはじめておる。このままでは上野や上信濃も危ういぞっ！　武田家は終わりじゃっ！　すべては御主の短慮の所為じゃっ！」

終わってからならなんとでも言える。

昌景たちは違った。主の勘気を恐れず、真っ向から諫めてくれた。

家老たちは、決して嫌悪だけで勝頼を諫めていたのではなかったのだ。父の遺言のみに固執していた訳でもなかったのである。

武田家のため……。

何故気付かなかったのか。

己は諏訪四郎勝頼であって、武田家の惣領になり得ぬ男である。そんな呪いの言葉で己を縛って、目を曇らせていた。己の家老たちに対する嫌悪が、対立を生んだのだ。

もっと穏やかに語り合えていたら……。

皆を死なせることはなかった。

失ってから気付くとは、あまりにも情けない。勝頼は己の不甲斐なさに、打ちのめされて信君を正視し続けることが出来ない。

頭が重かった。

「顔をお上げなされ」

温かい声が丸まりそうになる背中を支える。

釣閑斎だ。

長坂釣閑斎もまた、家老たち同様、懸命に前線にむかい戦ってくれた。それでもこうして生きているのは、馬場信春と内藤昌秀のおかげである。御館様には御主がいねばならんと言って、信春と昌秀は殿を買って出たのだ。

「なんじゃ長坂っ！　御主はこの男をかばうつもりかっ！」

「顔を御上げくだされ」

信君の言葉を聞き流し、釣閑斎は勝頼に語りかける。

重い頭を上げて、右方にある釣閑斎の皺だらけの顔を見た。眉も髭も白い釣閑斎が、柔和な顔を上座にむけている。

「御館様」

怒りの視線を浴びせて来る信君を居ぬ者のように扱いながら、釣閑斎が一語一語噛み締めるようにして言葉を連ねる。

「馬場美濃たちがみずからの身命を賭して、御館様を逃がしたのは何故にございまするか」

不意に脳裏をかすめたのは、信春の顔ではなかった。

鼻から下が髭で覆われた鬼瓦……。

昌景の赤ら顔が懐かしかった。

もしも、己が心を開いていたなら、昌景は迎え入れてくれただろうか。笑って許してくれたであろうか。主と家臣として、解り合えただろうか。

「このようなところでうなだれて、過ぎ去りしことをくどくどと責められるためでございましょうや」

「なんじゃその物言いはっ！」

信君が怒鳴るが釣閑斎は小動(こゆるぎ)もしない。

勝頼は目を閉じ、釣閑斎にむかって首を横に振った。

「そうでありましょう。逍遥軒様が申された通りにございます。ここは一日も早う甲府に御戻りになられ、国の固めに努めねばなりませぬ。討死した者たちの家督を早急に相続せしめ、兵たちの補塡もせねばなりませぬ。忙しゅうなりますぞ」

武田家を保つ。

昌景たちが命を捨てて、勝頼に託した一事である。

胡坐をかいた膝の前に手を差し出す。床に指を突き、家臣たちに頭を下げる。

「今度の敗けは儂の不徳が招いたもの。言い訳はせぬ。済まぬ」

「謝ったからと申しっ……」

「それ以上なにか申すと儂が黙っておらぬぞ」

逍遥軒の厳しい声が、信君の口を塞いだ。

「続けてくだされ御館様」

叔父の柔らかな声にうながされ、勝頼はみずからの想いを言葉にする。

「許してくれとは言わぬ。儂のことを憎んでくれても良い。ただ武田家を想うてくれておるのなら、力を貸してくれ。儂は武田家を終わらせぬ。かならずや再び、信長と雌雄を決するだけの力を蓄えてみせる。頼む。儂に力を貸してくれ。死んでいった山県たちのためにも、儂は天下を取らねばならぬ」

「天下……。にござりまするか」

逍遥軒がつぶやく。勝頼は顔をあげて、叔父にむかって力強くうなずいた。

「父、信玄。そしてこの戦で死した山県たちの志を継ぐには、それしかあるまい」

「良き心構えかと」

釣閑斎がゆるりと頭を下げた。

「真に」

逍遥軒が続く。

二人に誘われるように他の家臣たちが頭を垂れる。

最後に信君だけが残った。

「穴山殿」

信君は答えなかった。

勝頼は動じない。もう己は諏訪の四郎ではないのだ。武田家の惣領である。息子が元服するまでの中継ぎでも良いではないか。多くの家臣を死なせた暗愚（あんぐ）な将でも良いではないか。

この命は武田家のために。

昌景たちに誓った。

「ともに歩んでくれまいか穴山殿」

咳払いをひとつし、信君がそっぽを向く。勝頼はただ静かに従兄弟を見つめ続ける。

「このような敗けは二度と許さぬぞ」

吐き捨てるように言った信君も、床に手を突いた。

この日、勝頼は真の武田家惣領となった。

設楽原での敗戦の後も武田家は七年続く。そしてその間に、勝頼は武田家の最大版図を築いた。長篠の戦いと呼ばれるこの戦での敗戦が、武田家を滅亡へと導いた訳ではなかった。昌景たちの死によって、武田家は勝頼を柱としてひとつとなり、七年もの長きにわたって信長、家康に抗したのである。

○主な参考文献

新訂　信長公記　太田牛一著　桑田忠親校注　新人物往来社
古典文庫　信長記　上下　小瀬甫庵撰　神郡周校注　現代思潮新社
改訂　甲陽軍鑑　上中下　磯貝正義　服部治則校注　新人物往来社
敗者の日本史9　長篠合戦と武田勝頼　平山優著　吉川弘文館
歴史文化ライブラリー382　検証　長篠合戦　平山優著　吉川弘文館
織田信長合戦全録　桶狭間から本能寺まで　谷口克広著　中公新書
信長の戦争　『信長公記』に見る戦国軍事学　藤本正行著　講談社学術文庫
考証　織田信長事典　西ヶ谷恭弘著　東京堂出版
ドキュメンタリー織田信長　濵田昭生著　東洋出版
シリーズ実像に迫る021　長篠の戦い　信長が打ち砕いた勝頼の〝覇権〟　金子拓著　戎光祥出版

本書は文庫書下ろし作品です。

|著者|矢野 隆　1976年福岡県生まれ。2008年『蛇衆』で第21回小説すばる新人賞を受賞。その後、『無頼無頼ッ！』『兇』『勝負！』など、ニューウェーブ時代小説と呼ばれる作品を手がける。また、『戦国BASARA3　伊達政宗の章』『NARUTO－ナルト－シカマル新伝』といった、ゲームやコミックのノベライズ作品も執筆して注目される。他の著書に『弁天の夢　白浪五人男異聞』『清正を破った男』『生きる故』『我が名は秀秋』『戦始末』『鬼神』『山よ奔れ』『大ぼら吹きの城』『朝嵐』『至誠の残滓』『源匣記　獲生伝』『愚か者の城』『とんちき 耕書堂青春譜』などがある。

戦百景　長篠の戦い

矢野 隆

2021年6月15日第1刷発行

講談社文庫
定価はカバーに
表示してあります

発行者――鈴木章一
発行所――株式会社　講談社
東京都文京区音羽2-12-21　〒112-8001
電話　出版（03）5395-3510
　　　販売（03）5395-5817
　　　業務（03）5395-3615

デザイン―菊地信義
本文データ制作―講談社デジタル製作
印刷―――豊国印刷株式会社
製本―――株式会社国宝社

Printed in Japan

ISBN978-4-06-523776-2

講談社文庫刊行の辞

二十一世紀の到来を目睫に望みながら、われわれはいま、人類史上かつて例を見ない巨大な転換期をむかえようとしている。

世界も、日本も、激動の予兆に対する期待とおののきを内に蔵して、未知の時代に歩み入ろうとしている。このときにあたり、創業の人野間清治の「ナショナル・エデュケイター」への志を現代に甦らせようと意図して、われわれはここに古今の文芸作品はいうまでもなく、ひろく人文・社会・自然の諸科学から東西の名著を網羅する、新しい綜合文庫の発刊を決意した。

激動の転換期はまた断絶の時代である。われわれは戦後二十五年間の出版文化のありかたへの深い反省をこめて、この断絶の時代にあえて人間的な持続を求めようとする。いたずらに浮薄な商業主義のあだ花を追い求めることなく、長期にわたって良書に生命をあたえようとつとめるところにしか、今後の出版文化の真の繁栄はあり得ないと信じるからである。

同時にわれわれはこの綜合文庫の刊行を通じて、人文・社会・自然の諸科学が、結局人間の学にほかならないことを立証しようと願っている。かつて知識とは、「汝自身を知る」ことにつきていた。現代社会の瑣末な情報の氾濫のなかから、力強い知識の源泉を掘り起し、技術文明のただなかに、生きた人間の姿を復活させること。それこそわれわれの切なる希求である。

われわれは権威に盲従せず、俗流に媚びることなく、渾然一体となって日本の「草の根」をかたちづくる若く新しい世代の人々に、心をこめてこの新しい綜合文庫をおくり届けたい。それは知識の泉であるとともに感受性のふるさとであり、もっとも有機的に組織され、社会に開かれた万人のための大学をめざしている。大方の支援と協力を衷心より切望してやまない。

一九七一年七月

野間省一

講談社文庫 最新刊

佐々木裕一　**暴れ公卿**〈公家武者信平ことはじめ(四)〉
狩衣を着た凄腕の刺客が暗躍！ 元公家で剣豪でもある信平に疑惑の目が向けられるが……。

矢野 隆　〈戦百景〉**長篠の戦い**
多視点かつリアルな時間の流れで有名な合戦を描く、書下ろし歴史小説シリーズ第1弾！

北森 鴻　**香菜里屋を知っていますか**〈香菜里屋シリーズ4〈新装版〉〉
ついに明かされる、マスター工藤の過去と店の秘密――。傑作ミステリー、感動の最終巻！

中村ふみ　**大地の宝玉 黒翼の夢**
復讐に燃える黒翼仙はひとの心を取り戻せるのか？ 『天空の翼 地上の星』前夜の物語。

三國青葉　**損料屋見鬼控え 2**
霊が見える兄と声が聞こえる妹が事故物件を解決。霊感なのに温かい書下ろし時代小説！

作画：蔡志忠 訳：和田武司 監修：野末陳平　**マンガ 老荘の思想**
超然と自由に生きる老子、荘子の思想をマンガ化。世界各国で翻訳されたベストセラー。

宮西真冬　**首 の 鎖**
介護に疲れた瞳子と妻のDVに苦しむ顕。二人の運命は、ある殺人事件を機に回り出す。

本格ミステリ作家クラブ選・編　**本格王２０２１**
激動の二〇二〇年、選ばれた謎はこれだ！ 作家・評論家が厳選した年に一度の短編傑作選。

講談社タイガ

青崎有吾 松澤くれは　**ネメシスⅥ**
失踪したアンナの父の行方を探し求める探偵事務所ネメシスの前に、ついに手がかりが!?

内藤 了　**蠱峯神**〈よろず建物因縁帳〉
かの富豪の邸宅に住まうは、人肉を喰い散らかす蟲……。因縁を祓うは曳家師・仙龍！

徳永 圭　**帝都上野のトリックスタア**
大正十年、東京暗部。姿を消した姉を捜す少年・勇は、謎めいた紳士・ウィルと出会う。

ヘンリー・ジェイムズ　行方昭夫 訳　解説=行方昭夫　年譜=行方昭夫

ロデリック・ハドソン

弱冠三十一歳で挑んだ初長篇は、数十年後、批評家から「永久に読み継がれるべき卓越した作品」と絶賛される。芸術と恋愛と人生の深淵を描く傑作小説、待望の新訳。

シA6
978-4-06-523615-4

ヘンリー・ジェイムズ　行方昭夫 訳　解説=行方昭夫　年譜=行方昭夫

ヘンリー・ジェイムズ傑作選

二十世紀文学の礎を築き、「心理小説」の先駆者として数多の傑作を著したジェイムズの、リーダブルで多彩な魅力を伝える全五篇。正確で流麗な翻訳による決定版。

シA5
978-4-06-290357-8

松本清張　新装版 紅刷り江戸噂
松本清張　大奥婦女記〈レジェンド歴史時代小説〉
松本清張他　日本史七つの謎
松谷みよ子　ちいさいモモちゃん
松谷みよ子　モモちゃんとアカネちゃん
松谷みよ子　アカネちゃんの涙の海
眉村　卓　ねらわれた学園
眉村　卓　なぞの転校生
麻耶雄嵩　翼ある闇〈メルカトル鮎最後の事件〉
麻耶雄嵩　痾
麻耶雄嵩　メルカトルかく語りき
麻耶雄嵩　神様ゲーム
町田　康　耳そぎ饅頭
町田　康　権現の踊り子
町田　康　浄土
町田　康　猫にかまけて
町田　康　猫のあしあと
町田　康　猫とあほんだら
町田　康　猫のよびごえ
町田　康　真実真正日記
町田　康　宿屋めぐり
町田　康　人間小唄
町田　康　スピンク日記
町田　康　スピンク合財帖
町田　康　スピンクの壺
町田　康　スピンクの笑顔
町田　康　ホサナ
舞城王太郎　煙か土か食い物〈Smoke, Soil or Sacrifices〉
舞城王太郎　世界は密室でできている。〈THE WORLD IS MADE OUT OF CLOSED ROOMS〉
舞城王太郎　好き好き大好き超愛してる。
舞城王太郎　イキルキス
舞城王太郎　短篇五芒星
真山　仁　虚像の砦
真山　仁　新装版 ハゲタカ(上)(下)
真山　仁　新装版 ハゲタカII(上)(下)
真山　仁　レッドゾーン(上)(下)
真山　仁　グリード〈ハゲタカIV〉(上)(下)
真山　仁　ハーディ〈ハゲタカ2・5〉(上)(下)
真山　仁　スパイラル〈ハゲタカ4・5〉
真山　仁　シンドローム〈ハゲタカ5〉(上)(下)
真山　仁　そして、星の輝く夜がくる
真梨幸子　孤虫症
真梨幸子　深く深く、砂に埋めて
真梨幸子　女ともだち
真梨幸子　えんじ色心中
真梨幸子　カンタベリー・テイルズ
真梨幸子　イヤミス短篇集
真梨幸子　人生相談。
真梨幸子　私が失敗した理由は
松本裕士　兄弟〈追憶のhide〉
円居　挽　丸太町ルヴォワール
円居　挽　烏丸ルヴォワール
円居　挽　今出川ルヴォワール
円居　挽　河原町ルヴォワール
円居　挽 原作 福本伸行　カイジ ファイナルゲーム 小説版
松岡圭祐　探偵の探偵
松岡圭祐　探偵の探偵II

講談社文庫 目録

講談社文庫 目録

村上 龍 村上龍映画小説集
村上 龍 新装版限りなく透明に近いブルー
村上 龍 新装版コインロッカー・ベイビーズ
村上 龍 歌うクジラ(上)(下)
向田邦子 新装版 眠る盃
向田邦子 新装版 夜中の薔薇
村上春樹 風の歌を聴け
村上春樹 1973年のピンボール
村上春樹 羊をめぐる冒険(上)(下)
村上春樹 カンガルー日和
村上春樹 回転木馬のデッド・ヒート
村上春樹 ノルウェイの森(上)(下)
村上春樹 ダンス・ダンス・ダンス(上)(下)
村上春樹 遠い太鼓
村上春樹 国境の南、太陽の西
村上春樹 やがて哀しき外国語
村上春樹 アンダーグラウンド
村上春樹 スプートニクの恋人
村上春樹 アフターダーク

村上春樹 佐々木マキ絵 羊男のクリスマス
村上春樹 佐々木マキ絵 ふしぎな図書館
村上春樹 糸井重里 夢で会いましょう
村上春樹・文 安西水丸・絵 ふわふわ
U・K・ル＝グウィン 村上春樹訳 空飛び猫
U・K・ル＝グウィン 村上春樹訳 帰ってきた空飛び猫
U・K・ル＝グウィン 村上春樹訳 素晴らしいアレキサンダーと、空飛び猫たち
U・K・ル＝グウィン 村上春樹訳 空を駆けるジェーン
T・ファリッシュ著 B・ルート絵 村上春樹訳 ポテト・スープが大好きな猫
群ようこ いいわけ劇場
村山由佳 天翔る
睦月影郎 密通妻
睦月影郎 快楽のリベンジ
睦月影郎 快楽ハラスメント
睦月影郎 快楽アクアリウム
向井万起男 渡る世間は「数字」だらけ
村田沙耶香 授乳
村田沙耶香 マウス
村田沙耶香 星が吸う水

村田沙耶香 殺人出産
村瀬秀信 気がつけばチェーン店ばかりでメシを食べている
村瀬秀信 それでも気がつけばチェーン店ばかりでメシを食べている
室積光 ツボ押しの達人
室積光 ツボ押しの達人 下山編
森村誠一 悪道
森村誠一 悪道 西国謀反
森村誠一 悪道 御三家の刺客
森村誠一 悪道 五右衛門の復讐
森村誠一 悪道 最後の密命
森村誠一 ねこの証明
毛利恒之 月光の夏
森博嗣 すべてがFになる 〈THE PERFECT INSIDER〉
森博嗣 冷たい密室と博士たち 〈DOCTORS IN ISOLATED ROOM〉
森博嗣 笑わない数学者 〈MATHEMATICAL GOODBYE〉
森博嗣 詩的私的ジャック 〈JACK THE POETICAL PRIVATE〉
森博嗣 封印再度 〈WHO INSIDE〉
森博嗣 幻惑の死と使途 〈ILLUSION ACTS LIKE MAGIC〉
森博嗣 夏のレプリカ 〈REPLACEABLE SUMMER〉

講談社文庫 目録

- 森 博嗣　今はもうない 〈SWITCH BACK〉
- 森 博嗣　数奇にして模型 〈NUMERICAL MODELS〉
- 森 博嗣　有限と微小のパン 〈THE PERFECT OUTSIDER〉
- 森 博嗣　黒猫の三角 〈Delta in the Darkness〉
- 森 博嗣　人形式モナリザ 〈Shape of Things Human〉
- 森 博嗣　月は幽咽のデバイス 〈The Sound Walks When the Moon Talks〉
- 森 博嗣　夢・出逢い・魔性 〈You May Die in My Show〉
- 森 博嗣　魔剣天翔 〈Cockpit on knife Edge〉
- 森 博嗣　恋恋蓮歩の演習 〈A Sea of Deceits〉
- 森 博嗣　六人の超音波科学者 〈Six Supersonic Scientists〉
- 森 博嗣　捩れ屋敷の利鈍 〈The Riddle in Torsional Nest〉
- 森 博嗣　朽ちる散る落ちる 〈Rot off and Drop away〉
- 森 博嗣　赤緑黒白 〈Red Green Black and White〉
- 森 博嗣　四季 春〜冬
- 森 博嗣　φ(ファイ)は壊れたね 〈PATH CONNECTED φ BROKE〉
- 森 博嗣　θ(シータ)は遊んでくれたよ 〈ANOTHER PLAYMATE θ〉
- 森 博嗣　τ(タウ)になるまで待って 〈PLEASE STAY UNTIL τ〉
- 森 博嗣　ε(イプシロン)に誓って 〈SWEARING ON SOLEMN ε〉
- 森 博嗣　λ(ラムダ)に歯がない 〈λ HAS NO TEETH〉
- 森 博嗣　η(イータ)なのに夢のよう 〈DREAMILY IN SPITE OF η〉
- 森 博嗣　目薬α(アルファ)で殺菌します 〈DISINFECTANT α FOR THE EYES〉
- 森 博嗣　ジグβ(ベータ)は神ですか 〈JIG β KNOWS HEAVEN〉
- 森 博嗣　キウイγ(ガンマ)は時計仕掛け 〈KIWI γ IN CLOCKWORK〉
- 森 博嗣　χ(カイ)の悲劇 〈THE TRAGEDY OF χ〉
- 森 博嗣　イナイ×イナイ 〈PEEKABOO〉
- 森 博嗣　キラレ×キラレ 〈CUTTHROAT〉
- 森 博嗣　タカイ×タカイ 〈CRUCIFIXION〉
- 森 博嗣　ムカシ×ムカシ 〈REMINISCENCE〉
- 森 博嗣　サイタ×サイタ 〈EXPLOSIVE〉
- 森 博嗣　ダマシ×ダマシ 〈SWINDLER〉
- 森 博嗣　女王の百年密室 〈GOD SAVE THE QUEEN〉
- 森 博嗣　迷宮百年の睡魔 〈LABYRINTH IN ARM OF MORPHEUS〉
- 森 博嗣　赤目姫の潮解 〈LADY SCARLET EYES AND HER DELIQUESCENCE〉
- 森 博嗣　まどろみ消去 〈MISSING UNDER THE MISTLETOE〉
- 森 博嗣　地球儀のスライス 〈A SLICE OF TERRESTRIAL GLOBE〉
- 森 博嗣　今夜はパラシュート博物館へ 〈THE LAST DIVE TO PARACHUTE MUSEUM〉
- 森 博嗣　虚空の逆マトリクス 〈INVERSE OF VOID MATRIX〉
- 森 博嗣　レタス・フライ 〈Lettuce Fry〉
- 森 博嗣　僕は秋子に借りがある I'm in Debt to Akiko 〈森博嗣自選短編集〉
- 森 博嗣　どちらかが魔女 Which is the Witch? 〈森博嗣シリーズ短編集〉
- 森 博嗣　探偵伯爵と僕 〈His name is Earl〉
- 森 博嗣　喜嶋先生の静かな世界 〈The Silent World of Dr.Kishima〉
- 森 博嗣　実験的経験 〈Experimental experience〉
- 森 博嗣　そして二人だけになった 〈Until Death Do Us Part〉
- 森 博嗣　つぶやきのクリーム 〈The cream of the notes〉
- 森 博嗣　つぼやきのテリーヌ 〈The cream of the notes 2〉
- 森 博嗣　つぼねのカトリーヌ 〈The cream of the notes 3〉
- 森 博嗣　ツンドラモンスーン 〈The cream of the notes 4〉
- 森 博嗣　つぼみ茸(きのこ)ムース 〈The cream of the notes 5〉
- 森 博嗣　つぶさにミルフィーユ 〈The cream of the notes 6〉
- 森 博嗣　月夜のサラサーテ 〈The cream of the notes 7〉
- 森 博嗣　つんつんブラザーズ 〈The cream of the notes 8〉
- 森 博嗣　ツベルクリンムーチョ 〈The cream of the notes 9〉
- 森 博嗣　100人の森博嗣 〈100 MORI Hiroshies〉
- 森 博嗣　的を射る言葉 〈Gathering the Pointed Wits〉
- 森 博嗣　カクレカラクリ 〈An Automaton in Long Sleep〉
- 森 博嗣　DOG&DOLL

講談社文庫　目録

諸田玲子　其の一日
諸田玲子　森家の討ち入り
森　達也　「自分の子どもが殺されても同じことが言えるのか」と叫ぶ人に訊きたい
森　達也　すべての戦争は自衛から始まる
本谷有希子　腑抜けども、悲しみの愛を見せろ
本谷有希子　江利子と絶対〈本谷有希子文学大全集〉
本谷有希子　あの子の考えることは変
本谷有希子　嵐のピクニック
本谷有希子　自分を好きになる方法
本谷有希子　異類婚姻譚
本谷有希子　静かに、ねぇ、静かに
茂木健一郎　「赤毛のアン」に学ぶ幸福になる方法
茂木健一郎 with ダイアログ・イン・ザ・ダーク　まっくらな中での対話
森川智喜　キャットフード
森川智喜　スノーホワイト
森川智喜　一つ屋根の下の探偵たち
森林原人　セックス幸福論〈偏差値78のAV男優が考える〉
桃戸ハル編・著　5分後に意外な結末〈ベスト・セレクション〉
桃戸ハル編・著　5分後に意外な結末〈ベスト・セレクション　黒の巻・白の巻〉
森　功　高倉健〈隠し続けた七つの顔と「謎の養女」〉
山田風太郎　甲賀忍法帖〈山田風太郎忍法帖①〉
山田風太郎　伊賀忍法帖〈山田風太郎忍法帖③〉
山田風太郎　忍法八犬伝〈山田風太郎忍法帖④〉
山田風太郎　風来忍法帖〈山田風太郎忍法帖⑪〉
山田風太郎　新装版戦中派不戦日記
山田正紀　大江戸ミッション・インポッシブル〈顔役を消せ〉
山田正紀　大江戸ミッション・インポッシブル〈幽霊船を奪え〉
山田詠美　晩年の子供
山田詠美　A2Z
山田詠美　珠玉の短編
柳家小三治　ま・く・ら
柳家小三治　もひとつま・く・ら
柳家小三治　バ・イ・ク
山口雅也　垂里冴子のお見合いと推理
山本一力　深川黄表紙掛取り帖
山本一力　牡丹酒〈深川黄表紙掛取り帖(二)〉
山本一力　ジョン・マン1　波濤編
山本一力　ジョン・マン2　大洋編
山本一力　ジョン・マン3　望郷編
山本一力　ジョン・マン4　青雲編
山本一力　ジョン・マン5　立志編
椰月美智子　十二歳
椰月美智子　しずかな日々
椰月美智子　ガミガミ女とスーダラ男
椰月美智子　恋愛小説
柳　広司　キング&クイーン
柳　広司　怪談
柳　広司　ナイト&シャドウ
柳　広司　幻影城市
柳　広司　風神雷神(上)(下)
薬丸　岳　天使のナイフ
薬丸　岳　闇の底
薬丸　岳　虚夢
薬丸　岳　刑事のまなざし
薬丸　岳　逃走
薬丸　岳　ハードラック
薬丸　岳　その鏡は嘘をつく

講談社文庫　目録

薬丸　岳　刑事の約束
薬丸　岳　Aではない君と
薬丸　岳　ガーディアン
薬丸　岳　刑事の怒り
矢野龍王　箱の中の天国と地獄
山崎ナオコーラ　論理と感性は相反しない
山崎ナオコーラ　可愛い世の中
山田芳裕　へうげもの　一服
山田芳裕　へうげもの　二服
山田芳裕　へうげもの　三服
山田芳裕　へうげもの　四服
山田芳裕　へうげもの　五服
山田芳裕　へうげもの　六服
山田芳裕　へうげもの　七服
山田芳裕　へうげもの　八服
山田芳裕　へうげもの　九服
山田芳裕　へうげもの　十服
山田芳裕　へうげもの　十一服
山田芳裕　へうげもの　十二服
矢月秀作　AC T〈警視庁特別潜入捜査班〉
矢月秀作　ACT2　告発者〈警視庁特別潜入捜査班〉
矢月秀作　ACT3　掠奪〈警視庁特別潜入捜査班〉
矢野　隆　清正を破った男
矢野　隆　我が名は秀秋
矢野　隆　戦始末
矢野　隆　乱
山本　弘　僕の光輝く世界
山内マリコ　かわいい結婚
山本周五郎　白石城死守〈山本周五郎コレクション〉
山本周五郎　さぶ〈山本周五郎コレクション〉
山本周五郎　完全版 日本婦道記(上)(下)〈山本周五郎コレクション〉
山本周五郎　戦国武士道物語 死處〈山本周五郎コレクション〉
山本周五郎　戦国物語 信長と家康〈山本周五郎コレクション〉
山本周五郎　幕末物語 失蝶記〈山本周五郎コレクション〉
山本周五郎　逃亡記 時代ミステリ傑作選〈山本周五郎コレクション〉
山本周五郎　家族物語 おもかげ抄〈山本周五郎コレクション〉
山本周五郎　繁あね〈美しい女たちの物語〉
山本周五郎　雨あがる〈映画化作品集〉
柳田理科雄　スター・ウォーズ 空想科学読本
柳田理科雄　MARVEL マーベル空想科学読本
靖子靖史　空色カンバス〈瑠空寺凸凹縁起〉
安本由佳・山本理沙　不機嫌な婚活
山中伸弥・平尾誠二・惠子　友情〈平尾誠二と山中伸弥「最後の約束」〉
夢枕　獏　大江戸釣客伝(上)(下)
唯川　恵　雨心中
行成　薫　ヒーローの選択
行成　薫　バイバイ・バディ
行成　薫　スパイの妻
柚月裕子　合理的にあり得ない〈上水流涼子の解明〉
吉村　昭　私の好きな悪い癖
吉村　昭　吉村昭の平家物語
吉村　昭　暁の旅人
吉村　昭　新装版 白い航跡(上)(下)
吉村　昭　新装版 海も暮れきる
吉村　昭　新装版 間宮林蔵
吉村　昭　新装版 赤い人
吉村　昭　新装版 落日の宴(上)(下)

2021年3月12日現在